台灣の讀者の皆さんへのコメント

海を越えて旅したことのない私の書いた小說が、
海を越えて多くの讀者の皆樣のもとに屆いていることを、
心から嬉しく思っています。
この作品も、どうぞお樂しみいただけますように！

致親愛的台灣讀者

從未出國旅行的我，
這次很高興自己寫的小說能跨海與許多讀者見面，
希望這部作品能帶給您無上的閱讀樂趣。

宮部みゆき

さよならの儀式

再見的儀式

宮部美幸

MIYABE MIYUKI

宮部美幸

作品集／68
MIYABE MIYUKI

再見的儀式

Contents

總導讀 傅博

宮部美幸的推理文學世界「增補版」

日本當代國民作家宮部美幸

近年來在日本的雜誌上，偶爾會看到尊稱宮部美幸爲國民作家。怎樣才能榮獲這個名譽呢？好像沒有確切的答案，然而綜觀過去被尊稱爲國民作家的作家生涯便不難看出國民作家的共同特徵。

明治維新（一八六八年）一百多年以來，被尊稱爲國民作家的爲數不多，夏目漱石和吉川英治是最早期的國民作家。夏目漱石是純文學大師，其作品具大眾性，一九一六年逝世至今，已歷九十年，其作品在書店仍然可見，代表作有《我是貓》、《少爺》等等。吉川英治是大眾文學大師，其作品有濃厚的思想性，對二次大戰戰敗的日本國民發揮了鼓舞的作用，其著作等身，代表作有《宮本武藏》、《新・平家物語》等等。

屬於戰後世代的國民作家有松本清張和司馬遼太郎。松本清張是社會派推理文學大師，其寫作範圍十分廣泛，除了推理小說之外，對日本古代史研究、挖掘昭和史等，留下不可磨滅的貢獻。司馬遼太郎是歷史文學大師，早期創作時代小說，之後撰寫歷史小說和文化論。這兩位作家的共同特徵是，著作豐富、作品領域廣泛、質與量兼俱。他們的思想對一九六〇年代後的日本文化發揮了影響力。

上述四位之外，日本推理小說之父江戶川亂步、時代小說大師山本周五郎，以及文學史上創作量最多、男女老少人人喜愛的赤川次郎也榮獲國民作家的尊稱。

綜觀以上的國民作家，其必備條件似乎是著作豐富、多傑作；作品具藝術性、思想性、社會性、娛樂性、普遍性；讀者不分男女，長期受到廣泛的老、中、青、少、勞動者以及知識分子的閱讀。

宮部美幸出道至今未滿二十年，共出版了四十三部作品，包括四十萬字以上的巨篇八部、長篇二十四部、中篇集四部、短篇集十三部，非小說類有繪本兩冊、隨筆一冊、對談集一冊。以平均每年出版兩冊的數量來說，在日本並非多產作家，但是令人佩服的是，其寫作題材廣泛、多樣，品質又高，幾乎沒有失敗之作。所獲得的文學獎與同世代作家相較，名列第一，該得的獎都拿光了。質的成功與量成比例，是宮部美幸文學的最大武器，也是獲得國民作家之稱的最大因素。

宮部美幸，本名矢部美幸，一九六〇年十二月二十三日生於東京都江東區深川。東京都立墨田川高中畢業之後，到速記學校學習速記，並在法律事務所上班，負責速記，吸收了很多法律知識。一九八四年四月起在講談社主辦的娛樂小說教室學習創作。

一九八七年，〈吾家鄰人的犯罪〉獲第二十六屆《ALL讀物》推理小說新人獎，〈鎌鼬〉獲第十二屆歷史文學獎佳作。一位新人，同年以不同領域的作品獲得兩種徵文比賽獎項實爲罕見。

前者是透過一名少年的觀點，以幽默輕鬆的筆調記述和舅舅、妹妹三人綁架小狗的計畫所引發的意外事件，是一篇以意外收場取勝的青春推理佳作，文風具有赤川次郎的味道。後者是以德川幕府時代的江戶（今東京）爲時空背景的時代推理小說。故事記述一名少女追查試刀殺人的凶手之經過，全篇洋溢懸疑、冒險的氣氛。

要認識一位作家的本質，最好的方法就是閱讀其全部的作品。當其著作豐厚，無暇全部閱讀時，則是先閱讀其處女作，因爲作家的原點就在處女作。以宮部美幸爲例，其作品裡的偵探，不管是系列偵探或個案偵探，很少是職業偵探，大多是基於好奇心，欲知發生在自己周遭的事件眞相，而做起偵探的業餘偵探，這些主角在推理小說是少年，在時代小說則是少女。其文體幽默輕鬆，故事收場不陰冷而十分溫馨，這些特徵在其雙線處女作之中已明顯呈現。

繼處女作之後的作品路線，即須視該作家的思惟了；有的一生堅持一條主線，不改作風，只追求同一主題，日本的推理小說家大多屬於這種單線作家——解謎、冷硬、懸疑、冒險、犯罪等各有專職作家。

另一種作家就不單純了，嘗試各種領域的小說，屬於這種複線型的推理作家不多，宮部美幸即是罕見的複線型全方位推理作家。她發表不同領域的處女作——推理小說和時代小說——同時獲得肯定，登龍推理文壇之後，此雙線成爲宮部美幸的創作主軸。

一九八九年，宮部美幸以《魔術的耳語》獲得第二屆日本推理懸疑小說大獎，拓寬了創作路線，由此確立推理作家的地位，並成爲暢銷作家。

宮部美幸作品的三大系統

這次宮部美幸授權獨步文化出版社，發行台灣版《宮部美幸作品集》二十七部（二十三部中有四部分爲上下兩冊），筆者以這二十三部爲主，按其類型分別簡介如下。

要完整歸類全方位作家宮部美幸的作品實非易事，然其作品主題是推理則毋庸置疑。筆者綜合故事的時空背景以及現實與非現實的題材，將它分爲三大系統。第一類爲推理小說，第二類時代小說，第三類奇幻小說，而每系統可再依其內容細分爲幾種系列。

一、推理小說系統的作品

宮部美幸的出道與新本格派崛起（一九八七年）是同一時期，早期作品除可能受此影響之外，文體、人物設定、作品架構等，可就是受到赤川次郎的影響了。所以她早期的推理小說大多屬於青春解謎的推理小說；許多短篇沒有陰險的殺人事件登場，大多是以日常生活中的家庭糾紛爲主題，屬於日常之謎系列的推理小說不少。屬於本系列的有：

1.《吾家鄰人的犯罪》（短篇集，一九九〇年一月出版）收錄處女作以及之後發表的青春推理短篇四篇。早期推理短篇的代表作。

2.《完美的藍——阿正事件簿之一》（長篇，一九八九年二月出版／獨步文化版．宮部美幸作品集01——以下只記集號）「元警犬系列」第一集。透過一隻退休警犬「阿正」的觀點，描述牠與現在的主人——蓮見偵探事務所調查員加代子——的辦案過程。故事是阿正和加代子找到離家出走的少年，在將少年帶回家的途中，目睹高中棒球明星球員（少年的哥哥）被潑汽油燒死的過程。在搜查過程中浮現的製藥公司的陰謀是什麼？「完美的藍」是藥品名。具社會派氣氛。

3.《阿正當家——阿正事件簿之二》（連作短篇集，一九九七年十一月出版／16）「元警犬系列」第二集。收錄〈動人心弦〉等五個短篇，在第五篇〈阿正的辯白〉裡，宮部美幸以事件委託人登場。

4.《這一夜，誰能安睡？》（長篇，一九九二年二月出版／06）「島崎俊彥系列」第一集。透過中學一年級生緒方雅男的觀點，記述與同學島崎俊彥一同調查一名股市投機商贈與雅男的母親五億圓後，接獲恐嚇電話、父親離家出走等事件的眞相，事件意外展開、溫馨收場。

5.《少年島崎不思議事件簿》（長篇，一九九五年五月出版／13）「島崎俊彥系列」第二集。在秋天的某個晚上，雅男和俊男兩人參加白河公園的蟲鳴會，主要是因爲雅男想看所喜歡的工藤小姐一眼，但是到了公園門口，卻碰到殺人事件，被害人是工藤的表姊，於是兩人開始調查眞相，發現事件背後的賣春組織。具社會派氣氛。

6.《無止境的殺人》（長篇，一九九二年九月出版／08）將錢包擬人化，由十個錢包輪流講自己所見的主人行爲而構成一部解謎的推理小說。人的最大欲望是金錢，作者功力非凡，藉由放錢的錢包揭開十個不同的人格，而構成解謎之作，是一部由連作構成的異色作品。

7.《繼父》（連作短篇集，一九九三年三月出版／09）「繼父系列」第一集。一個行竊失風的小偷，摔落至一對十三歲雙胞胎兄弟家裡，這對兄弟的父母失和，留下孩子各自離家出走，於是兄弟倆要求小偷當他們的爸爸，否則就報警，將他送進監獄，小偷不得已，承諾兄弟倆當繼父。不久，在這奇妙的家庭裡，發生七件奇妙的事件，他們全力以赴解決這七件案件。典型的幽默推理小說集。

8.《寂寞獵人》（連作短篇集，一九九三年十月出版／11）「田邊書店系列」第一集。以第三人稱多觀點記述在田邊舊書店周遭所發生的與書有關的謎團六篇。各篇主題迥異，有命案、有日常之謎、有異常心理、有懸疑。解謎者是田邊舊書店店主岩永幸吉和孫子稔。文體幽默輕鬆，但是收場不一定明朗，有的很嚴肅。

9.《誰？》（長篇，二〇〇三年十一月出版／30）「杉村三郎系列」第一集。今多企業集團會長今多嘉親之司機梶田信夫被自行車撞死，信夫有兩個未出嫁的女兒，聰美與梨子。梨子向今多會長提議，要出版父親的傳記，以找出嫌犯。於是，今多要求在集團廣報室上班的女婿杉村三郎協助姊妹倆出書事務。聰美卻反對出書，杉村認爲兩姊妹不睦，藏有玄機，他深入調查，果然……

10.《無名毒》（長篇，二〇〇六年八月出版／31）「杉村三郎系列」第二集。今多企業集團廣報室臨時僱用的女職員原田泉與總編吵架，寄出一封黑函後，即告失蹤。原田的性格原來就稍有異常，今多會長要求杉村三郎調查眞相。杉村到處尋找原田的過程中，認識曾經調查過原田的私家偵探北見一郎，之後杉村在北見家裡遇到「隨機連環毒殺案」第四名犧牲者的孫女古屋美知香，於是捲入毒殺事件的漩渦中。杉村探案的特徵是，在今多會長叫他處理公務上的糾紛過程中，因其正義感使他去解決另外的事件。

以上十部可歸類爲解謎推理小說，而從文體和重要登場人物等來歸類則是屬於幽默推理、青春推理爲多。屬於這個系列的另有以下兩部。

11.《地下街之雨》（短篇集，一九九四年四月出版）。

12.《人質卡濃》（短篇集，一九九六年一月出版）。

以下九部的題材、內容比較嚴肅，犯罪規模大，呈現作者的社會意識。有懸疑推理、有社會派推理、有報導文體的犯罪小說。

13.《魔術的耳語》（長篇，一九八九年十二月出版／02）獲第二屆日本推理懸疑小說大獎的社會派推理傑作。三起看似互不相干的年輕女性的死亡案件，和正在進行的第四起案件如何演變成連續殺人案。十六歲的少年日下守，爲了證實被逮捕的叔叔無罪，挑戰事件背後的魔術師的陰謀。宮部美幸早期代表作。

14.《Level 7》（長篇，一九九〇年九月出版／03）一對年輕男女在醒來之後失去記憶，手臂上被印上「Level 7」；一名高中女生在日記留下「到了 Level 7 會不會回不來」之後離奇失蹤。尋找自我的男女，和尋找失蹤女高中生的眞行寺悅子醫師相遇，一起追查 Level 7 的陰謀。兩個事件錯綜複雜，發展爲殺人事件。宮部後期的奇幻推理小說的先驅之作、早期代表作。

15.《獵捕史奈克》（長篇，一九九二年六月出版／07）持散彈槍闖入大飯店婚宴的年輕女子關沼惠子、欲利用惠子所持的槍犯案的中年男子織口邦雄、欲阻止邦雄陰謀的青年佐倉修治、欲去探望臥病妻子的優柔寡斷的神谷尙之、承辦本案的黑澤洋次刑警，這群各有不同目的的人相互交錯，故事向金澤之地收束。是一部上乘的懸疑推理小說。

16.《火車》（長篇，一九九二年七月出版）榮獲第六屆山本周五郎獎。停職中的刑警本間俊介受親戚栗坂和也之託，尋找失蹤的未婚妻關根彰子，在尋人的過程中，發現信用卡破產猶如地獄般的現實社會，是一部揭發社會黑暗的社會派推理傑作，宮部第二期的代表作。

17.《理由》（長篇，一九九八年六月出版）二〇〇一年榮獲第一百二十屆直木獎和第十七屆日本冒險小說協會大獎。東京荒川區的超高大樓的四十樓發生全家四人被殺害的事件。然而這被殺的四人並非此宅的住戶，而這四人也不是同一家族，沒有任何血緣關係。他們爲何僞裝成家人一起生活？他們到底是什麼人？又想做什麼？重重的謎團讓事件複雜化，事件的眞相是什麼？一部報導文學形式的社會派推理傑作。宮部第二期的代表作。

18.《模仿犯》（百萬字長篇，二〇〇一年四月出版）同時榮獲第五十五屆每日出版文化獎特別獎，二〇〇二年同時榮獲第五屆司馬遼太郎獎和二〇〇一年度藝術選奬文部科學大臣獎文學部門獎。在公園的垃圾堆裡，同時發現女性的右手腕與一名失蹤女性的皮包，不久凶手打電話到電視公司和失主家中，果然在凶手所指示的地點發現已經化爲白骨的女性屍體，是利用電視新聞的劇場型犯罪。不久，表面上連續殺人案一起終結，之後卻意外展開新局面。是一部揭發現代社會問題的犯罪小說，宮部文學截至目前爲止的最高傑作，推理文學史上的不朽名著。

19.《R．P．G》（長篇，二〇〇一年八月出版／22）在食品公司上班的所田良介於杉並區的建築工地被刺死，在他的屍體上找到三天前在澀谷區被絞殺的大學女生今井直子身上所發現的同樣纖維，於是兩個轄區的警察組成共同搜查總部，而曾經在《模仿犯》登場的武上悅郎則與在《十字火焰》登場的石津知佳子連袂登場。是一部現今在網路上流行的虛擬家族遊戲爲主題的社會派推理小說。

宮部美幸的社會派推理作品尚有：

20.《東京下町殺人暮色》（原題《東京殺人暮色》，長篇，一九九〇年四月出版）。

21.《不需要回答》（短篇集，一九九一年十月出版／37）。

二、時代小說系統的作品

時代小說是與現代小說和推理小說鼎足而立的三大大眾文學。凡是以明治維新之前爲時代背景的小說，總稱爲時代小說或歷史．時代小說。

時代小說視其題材、登場人物、主題等再細分爲市井、人情、股旅（以浪子的流浪爲主題）、劍豪、歷史（以歷史上的實際人物爲主題）、忍法（以特殊工夫的武鬥爲主題）、捕物等小說。

捕物小說又稱捕物帳、捕物帖、捕者帳等，近年推理小說的範疇不斷擴大，將捕物小說稱爲時代推理小說，歸爲推理小說的子領域之一。捕物小說的創作形式是日本獨有，其起源比日本推理小說早六年。一九一七年，岡本綺堂（劇作家、劇評家、小說家）發表《半七捕物帳》的首篇作（阿文的魂魄〉，是公認的捕物小說原點。

據作者回憶，執筆《半七捕物帳》的動機是要塑造日本的福爾摩斯——半七，同時欲將故事背景的江戶的人情和風物以小說形式留給後世。之後，很多作家模仿《半七捕物帳》的形式，創作了很多捕物小說。

由此可知，捕物小說與推理小說的不同之處是以江戶的人情、風物爲經，謎團、推理爲緯而構成的小說。因此，捕物小說分爲以人情、風物爲主，與謎團、推理取勝的兩個系統。前者的代表作是野村胡堂的《錢形平次捕物帳》，後者即以《半七捕物帳》爲代表。

宮部美幸的時代小說有十一部，大多屬於以人情、風物取勝的捕物小說。

22.《本所深川詭怪傳說》（連作短篇集，一九九一年四月出版／05）「茂七系列」第一集。榮獲第十三屆吉川英治文學新人獎。江戶的平民住宅區本所深川，有七件不可思議的事象，作者以此七事象爲題材，結合犯罪，構成七篇捕物小說。破案的是回向院捕吏茂七，但是他不是主角，每篇另有主角，大多是未滿二十歲的少女。以人情、風物取勝的時代推理佳作。

23.《幻色江戶曆》（連作短篇集，一九九四年八月出版／12）以江戶十二個月的風物詩爲題，結合犯罪、怪異構成十二篇故事。以人情、風物取勝的時代推理小說。

24.《最初物語》（連作短篇集，一九九五年七月出版，二〇〇一年六月出版珍藏版，增補一篇作品／21）「茂七系列」第二集。以茂七爲主角，記述七篇茂七與部下系吉和權三辦案的經過，作者在每篇另有記述與故事沒有直接關係的季節食物掌故，介紹江戶風物詩。人情、風物、謎團、推理並重的時代推理小說。

25.《顫動岩——通靈阿初捕物帳1》（長篇，一九九三年九月出版／10）「阿初系列」第一集。破案的主角是一名具有通靈能力的十六歲少女阿初，她看得見普通人看不見的東西，而且一般人聽不到的聲音也聽得到。某日，深川發生死人附身事件，幾乎與此同時，武士住宅裡的岩石開始顫動。這兩件靈異事件是否有關聯？背後有什麼陰謀？一部以怪異取勝的時代推理小說。

26.《天狗風——通靈阿初捕物帳2》（長篇，一九九七年十一月出版／15）「阿初系列」第二集。天亮颳起大風時，少女一個一個地消失，十七歲的阿初在追查少女連續失蹤案的過程中遇到邪惡的天狗。天狗的眞相是什麼？其陰謀是什麼？也是以怪異取勝的時代推理小說。

27.《糊塗蟲》（長篇，二〇〇〇年四月出版／19・20）「糊塗蟲系列」第一集。深川北町的鐵瓶大雜院發生殺人事件後，住民相繼失蹤，是連續殺人案？抑或另有陰謀？負責辦案的是怕麻煩的小官井筒平四郎，協助他破案的是聰明的美少年弓之助。本故事架構很特別，作者先在冒頭分別記述五則故事，然後以一篇長篇與之結合，構成完整的長篇小說。以人情、推理並重的時代推理傑作。

28.《終日》（長篇，二〇〇五年一月出版／26・27）「糊塗蟲系列」第二集。故事架構與第一集一樣，在冒頭先記述四則故事，然後與長篇結合。負責辦案的是糊塗蟲井筒平四郎，協助破案的除了弓之助之外，回向院茂七的部下政五郎也登場，作者企圖把本系列複雜化，或許將來作者會將幾個系列納爲一大系列。也是人情、推理並重的時代推理小說。

以上三系列都是屬於時代推理小說。案發地點都在深川，但是每系列各具特色，有以風情詩取勝，也有以人際關係取勝，也有怪異現象取勝，作者實爲用心良苦。宮部美幸另有四部不同風格的時代小說。

29.《扮鬼臉》（長篇，二〇〇二年三月出版／23）深川的料理店「舟屋」主人的獨生女阿鈴發燒病倒，某日一個小女孩來到其病榻旁，對她扮鬼臉，之後在阿鈴的病榻旁連續發生可怕又可笑的不可思議的事，於是阿鈴與他人看不見的靈異交流。一部令人感動的時代奇幻小說佳作。

30.《怪》（奇幻短篇集，二〇〇〇年七月出版）。

31.《鎌鼬》（人情短篇集，一九九二年一月出版）。

32.《忍耐箱》（人情短篇集，一九九六年十一月出版／41）。

33.《孤宿之人》（長篇，二〇〇五年出版／28．29）。

三、奇幻小說系統的作品

史蒂芬．金的恐怖小說和奇幻小說《哈利波特》成爲世界暢銷書後，原處於日本大眾文學邊緣的奇幻小說獲得成長發展的機會，漸漸確立其獨立地位，而宮部美幸的奇幻小說就在這欣欣向榮的機運中誕生。她的奇幻作品特徵是超越領域與推理小說結合。

34.《龍眠》（長篇，一九九一年二月出版／04）榮獲第四十五屆日本推理作家協會獎的長篇獎。週刊記者高坂昭吾在颱風夜駕車回東京的途中遇到十五歲的少年稻村慎司，少年告訴記者：「我具有超能力。」他能夠透視他人心理，慎司爲了證明自己的超能力，談起幾個鐘頭前發生的事件眞相，從此兩人被捲入陰謀。是一部以超能力爲題材的奇幻推理傑作，宮部早期代表作。

35.《十字火焰》（長篇，一九九八年十一月出版／17．18）青木淳子具有「念力放火」的超能力。有一天她撞見了四名年輕人欲殺害人，淳子手腕交叉從掌中噴出火焰殺害了其中的三個人，另一個逃走了。勘查現場的石津知佳子刑警，發現焚燒屍體的情況與去年的燒殺案十分類似。也是一部以超能力爲題材的奇幻推理大作。

36.《蒲生邸事件》（長篇，一九九六年十月出版／14）榮獲第十八屆日本SF大獎。尾崎孝史為了應考升學補習班上京，其投宿的飯店發生火災，因而被一名具有「時間旅行」的超能力者平田次郎搭救到一九三六年二月二十六日的二·二六事件（近衛軍叛亂事件）現場，兩名來自未來的訪客能否阻止起義而改變歷史?也是一部以超能力為題材的奇幻推理大作。

37.《勇者物語——Brave Story》（八十萬字長篇，二〇〇三年三月出版／24·25）念小學五年級的三谷亘的父母不和，正在鬧離婚，有一天他幻聽到少女的聲音，決心改變不幸的雙親命運，打開幽靈大廈的門，進入「幻界」到「命運之塔」。全書是記述三谷亘的冒險歷程。一部異界冒險小說大作。

除了以上四部大作之外，屬於奇幻小說的作品尚有以下四部：

38.《鴿笛草》（中篇集，一九九五年九月出版）。

39.《偽夢1》（中篇集，二〇〇一年十一月出版）。

40.《偽夢2》（中篇集，二〇〇三年三月出版）。

41.《ICO——霧之城》（長篇，二〇〇四年六月出版）。

以上三十九部是小說。另有四部非小說類從略。

如此將宮部美幸自一九八六年出道以來，一直到二〇〇五年底所出版的作品，歸類為三系統後，再按時序排列，便很容易看出作者二十年來的創作軌跡，也可預見今後的創作方向。請讀者欣賞現代，期待未來。

二〇〇七·十二·十二

本文作者簡介

傅博

文藝評論家。另有筆名島崎博、黃淮。一九三三年出生，台南市人。於早稻田大學研究所專攻金融經濟。在日二十五年以島崎博之名撰寫作家書誌、文化時評等。曾任推理雜誌《幻影城》總編輯。一九七九年底回台定居。主編「日本十大推理名著全集」、「日本推理名著大展」、「日本名探推理系列」以及「日本文學選集」（合計四十冊，希代出版）。二〇〇九年出版《謎詭．偵探．推理──日本推理作家與作品》（獨步文化），是台灣最具權威的日本推理小說評論文集。

進入「宮部美幸館」，就是進入最具原創力與當下性的新新羅浮宮

導讀 張亦絢

宮部美幸並不是不容錯過的推理作家——她是不容錯過的作家。她不只值得我們在休閒時光中，一飽推理之福，也為眾人締造了具有共同語言的交流平台，讓我們得以探討當代的倫理與社會課題。

在這篇導讀中，我派給自己的任務，是在高達六十餘部作品中，挑出若干作品，介紹給兩類讀者，一是還未開始閱讀宮部美幸者；二是面對她龐大的創作體系，雖曾閱讀一二，但對進一步涉獵，感到難有頭緒的讀者。

入門：名不虛傳的基本款

在入門作品上，我推薦《無止境的殺人》、《魔術的耳語》與《理由》。

《無止境的殺人》：對於必須在課業或工作忙碌時間中，抽空閱讀的讀者，短篇集使我們可以自行調配閱讀的節奏——小說其實具備我們在小學時代都曾拿到過的作文題目旨趣：假如我是×××——本作可看成「假如我是某某某的錢包」的十種變奏。擬人化的錢包是敘述者。如何在看似同一主題下，變化出不同的內容，本作也有「趣味作文與閱讀」的色彩，是青春期讀者就適讀的想像力之作。短篇進階則推《希望莊》。從短篇銜接至較易讀的長篇，《逝去的王國之城》則是特

別溫馨的誠摯之作。

《魔術的耳語》：這雖不是作者的首作，但卻是作者在初試啼聲階段，一鳴驚人的代表作。北上次郎以〈閱讀小說的最高幸福〉讚譽，我隔了二十年後重讀，依然認為如此盛讚，並非過譽。媚工、心智控制、影像——分別代表了古老非正式的「兩性常識」、傳統學科心理學或醫學、以至商業新科技三大面向的操縱現象及後遺症——這三個基本關懷，會在宮部往後的作品，比如《聖彼得的送葬隊伍》中，不斷深入。雖是作者的原點之作，也已大破大立。

《理由》：與《火車》同享大量愛好者的名作；雖然沒有明顯資料顯示，是枝裕和的《小偷家族》受到《理由》一書的影響，但兩者除了有所相通，寫於一九九九年的《理由》更是充分顯露宮部美幸高度預見性天才的作品。住宅、金融與土地——社會派有興趣的主題，偶爾會得到若干作家略嫌枯燥的處理——《理由》則以「無論如何都猜不到」的懸疑與驚悚，令人連一分鐘也不乏味地，就看完了批判經濟體系的上乘戲劇。說它是「推理大師為你／妳解說經濟學」，還是稍微窄化了這部小說。除了推理經典的地位之外，也建議讀者在過癮的解謎外，注意本作中，無論本格或社會派中，都較少使用的荒謬諷刺手法。

冷門？尺度特別的奇特收穫

接著我想推三部有可能「被猶豫」的作品，分別是：《所羅門的偽證》、《落櫻繽紛》、與《蒲生邸事件》。

《所羅門的偽證》：傳統的宮部美幸迷，都未必排斥她的大長篇，比如若干《模仿犯》的讀者非但不抱怨長度，反而倍受感動。分成三部、九十萬字的《所羅門僞證》可能令人遲疑，節奏太慢？眞有必要？事實上，後兩部完全不是拖拉前作的兩度作續，三部都是堅實縝密的推理。最後一部的模擬法庭，更是將推理擴充至校園成長小說與法庭小說的漂亮出擊：宮部美幸最厲害的「對腦也對心說話」，更是發揮得淋漓盡致。此作還可視爲新世紀的「青春冒險小說」。說到冒險，過去的未成年人會漂到荒島或異鄉，然而現代社會的面貌已大爲改變：最危險的地方，就在「哪都不能去」的學校家庭中。誰會比宮部美幸更適合寫青春版的「環遊人性八十天」？少年少女之於宮部美幸，恰如黑猩猩之於珍古德，或工人之於馬克斯，三部曲可說是「最長也最社會派的宮部美幸」。

《落櫻繽紛》：「療癒的時代劇」，本作的若干讀者會說。但我有另個大力推薦的理由，我認爲，這是通往，小說家從何而來的祕境之書。除了書前引言與偶一爲之的書名，宮部美幸鮮少吊書袋。然而，若非讀過本書，不會知道，她對被遺忘的古書與其中知識的領悟與珍視。如果想知道，小說家讀什麼書與怎麼讀，本書絕對會使你／你驚豔之餘，深受啓發。

《蒲生邸事件》：儘管「蒲生邸」三字略令人感到有距離，然而，融合奇幻、科幻、歷史、愛情元素的本作，卻可說是一舉得到推理圈內外矚目，極可能是擁護者背景最爲多元的名盤。如果對「二二六事件」等歷史名詞卻步，可以完全放下不必要的擔憂。跳脫了「你非關心不可」與「你知道也沒用」兩大陣營的簡化教條，這本小說才會那麼引人入勝。我會形容本書是「最特殊也最親民的宮部美幸」。

以上三部，代表了宮部美幸最恢宏、最不畏冷門與最勇於嘗試的三種特質，它們有那麼一點點專門的味道，但絕對值得挑戰。

中間門：看似一般的重量級

最後，不是只想入門、也還不想太過專門——介於兩者之間的讀者，我想推薦《誰？》、《獵捕史奈克》與《三鬼》三本。

《誰？》：小編輯與大企業的千金成婚，隨時被叫「小白臉」的杉村三郎成爲系列作中，業餘到專業的偵探。看似完全沒有犯罪氣氛的日常中，案中案、案外案——至少有三案會互相交織連鎖——其中還包括一向被認爲不易處理的陳年舊案。喜歡生活況味與懸疑犯罪的兩種讀者，都容易進入；宮部美幸還同時展現了在《樂園》中，她非常擅長的親子或手足家庭悲劇。動機遠比行爲更值得了解——這不但是推理小說的法則，也是討論道德發展的基本認識：不是故意的犯罪、不得已的犯罪與不爲人知的犯罪，爲何發生？又如何影響周邊的人？除了層次井然，小說還帶出了「少女勞動者會被誰剝削？」等記憶死角。儘管案案相連，殘酷中卻非無情，是典型「不犯罪外，也要學會自我保護與生活」的「宮部伴你成長」書。

《獵捕史奈克》：主線包括了《悲嘆之門》或《龍眠》都著墨過的「復仇可不可？」問題。節奏快、結局奇，曾在《魔術的耳語》中出現的「媚工經濟」，會以相反性別的結構出現。本作是在各種宮部之長上，再加上槍隻知識的亮眼佳構。光是讀宮部美幸揭露的「槍有什麼」，就已值回票價——何況還有離奇又合理的布局，使得有如公路電影般的追逐，兼有動作片與心理劇的力道。雖然不同年齡層的男人互助，也還是宮部美幸筆下的風景，但此作中宮部美幸對女性的關愛，已非零星或一閃而過，而有更加溢於言表的顯現。

《三鬼》：《本所不可思議草紙》的細緻已非常可觀，《三鬼》驚世駭俗的好，並不只是深刻運用恐怖與妖怪的元素。它牽涉到透過各式各樣的細節，探討舊日本的社會組織與內部殖民。以兼作書名的〈三鬼〉一篇為例，從窮蓄栗山蓄到窮村洞森村，令人戰慄的不只是「悲慘世界」，而是形成如此局面背後「不知不動也不思」的權力系統。這是在森鷗外〈高瀨舟〉與〈山椒大夫〉譜系上，更冷峻、更尖銳也可說更投入的揭露——看似「過去事」，但弱勢者被放逐、遺棄、隔離並產生互殘自噬的課題，可一點都不「過去式」。雖然此作最令我想出聲驚呼「萬萬不可錯過」，不代表其他宮部的時代推理，未有其他不及詳述的優點。

透過這種爆發力與續航性，宮部美幸一方面示範了文學的敬業；在另方面，由於她的思考結構具有高度的獨立性與社會批判力，也令人發覺，她已大大改寫了向來只強調「服從與辦事」的「敬業」二字的涵意。在不知不覺中，宮部美幸已將「敬業」轉化為一系列包含自發、游擊、守望相助精神的傳世好故事。

進入「宮部美幸館」，就是進入最具原創力與當下性的新新羅浮宮。

本文作者簡介

張亦絢

巴黎第三大學電影及視聽研究所碩士。早期作品，曾入選同志文學選與台灣文學選。另著有《我們沿河冒險》（國片優良劇本佳作）、《晚間娛樂：推理不必入門書》、《小道消息》、《看電影的慾望》，長篇小說《愛的不久時：南特／巴黎回憶錄》（台北國際書展大賞入圍）、《永別書：在我不在的時代》（台北國際書展大賞入圍）。二〇一九起，在BIOS Monthly撰寫影評專欄「麻煩電影一下」。

母親的法律

咲子媽媽去世的時候，我並沒有哭泣。三個月前，主治醫師告訴憲一爸爸「繼續治療只會增添媽媽的痛苦」，爸爸決定停止對媽媽施打「希克羅辛」。我和一美兩人哭了整晚，心裡早有覺悟。

媽媽在人生走到盡頭前的大約八十天，都住在一棟名爲「Cosmos」的安寧中心裡。這裡的外觀雖然是帶有昭和時期復古風格的西式紅磚建築，內部卻有著最新設備，看護人員也都相當優秀。我想媽媽應該走得平靜安詳。庭院裡種滿了當季的繽紛花朵，從每一間房間的窗戶都欣賞得到。每天的清晨及傍晚，都有各式各樣的野鳥聚集在小水池邊。運氣好的話，還可以看見可愛的野生松鼠。

舉行守靈夜儀式的那天晚上，當時媽媽所住的那個樓層的主任也到場了。閒聊的時候，他告訴我們「Cosmos」這個詞有兩個意思。一個是花名，也就是「大波斯菊」，另一個意思則是「宇宙」，安寧中心取這個名字是基於後者的意思。即將啓程前往天國的病患，以及圍繞在身邊的親友們，在那裡形成了一個小小的宇宙。

「咲子小姐就像是劃過了宇宙的美麗彗星。」主任這麼說。

我也這麼覺得。咲子媽媽眞的很美。不只人美，心也美。

我是在四歲又七個月的時候，成爲咲子媽媽的女兒。媽媽當時三十四歲，和憲一爸爸結婚第十年，家裡已經有了九歲十個月的翔，以及五歲半的一美。我加入之後，家裡變成了五個人。爸爸及媽媽擁有第一級的收養資格，可以收養新生兒，他們卻收養了配對名單裡排在較後面的我。

「我一看見妳的臉，聽見妳的聲音，就不再考慮其他孩子了。」

根據憲一爸爸的說法，當初領養翔及一美，也是靠著媽媽這種「一見鍾情」而決定。

「媽媽的眼光很好，絕對不會看錯，所以爸爸很安心。事實證明媽媽果然沒有看錯，對吧？」

正如同爸爸所說的，在我加入後的十二年之間，我們一家人相處得和樂融融。正因爲如此，即便我早已知道這個家會因爲失去咲子媽媽而瓦解，我還是無法阻止自己感到悲傷。

當養父母因爲離婚或喪偶而恢復單身時，必須將未成年的養子、養女送回「大家庭」。這是《受虐兒保護及養育特別措施法》（俗稱《母親法》）中明定的基本原則。在我出生的二十多年之前，這套法律剛實施沒多久，就算養父母因爲離婚或喪偶而剩下一人，只要當事人提出訴願並獲得「母親制度管理委員會」核可，養子女就可以繼續住在寄養家庭。但後來發生了好幾起醜聞，因此這個「網開一面」的做法被取消了。

咲子媽媽生前對於委員會這種不通人情的做法相當不滿。她認爲從前導致單親寄養家庭遭拆散的那幾起醜聞裡，有一些根本是冤枉了當事人，甚至是有人刻意捏造假新聞。

「每個養父母都通過嚴謹的心理測驗，而且受過長時間的教育，怎麼可能一失去伴侶，就對養子女犯下性虐待的惡行？」媽媽常這麼說。

不管是政府還是母親委員會，都對養父母太不信任了。爲什麼他們不能對自己訂下的制度更有自信？很少口出怨言的媽媽，曾經這麼向憲一爸爸抱怨。當時是三更半夜，而且他們正在喝葡萄酒，或許媽媽有點醉了。

面對媽媽的義憤塡膺，憲一爸爸面露苦笑。

「我認爲妳說得很有道理，但世間很多人不這麼認爲。委員會堅持拆散單親寄養家庭，主要的原因或許不是防止虐待，而是化解這社會上對養父母的偏見。說起來，這也是保護我們這些養父母。」

爸爸與媽媽郎才女貌，他們一起喝葡萄酒的模樣，美得有如一幅畫。那天晚上我沒有睡覺，躲在暗處偷偷看著他們，內心不禁爲身爲他們的女兒而感到驕傲。

沒想到四年後，媽媽舊疾復發。糾纏著媽媽的惡性新生物，在媽媽年輕時奪去了她的子宮，還意猶未足，不肯放過媽媽。媽媽最後敗給病魔，我們一家人也注定拆散。

《母親法》號稱是足以拯救全國受虐兒於水深火熱的奇蹟之法。在科學家已研究出惡性新生物的發生機制之後問世的分子標靶藥物「希克羅辛」，也號稱是能夠全面遏止惡性新生物繼續蔓延的奇蹟之藥。但不管是《母親法》還是「希克羅辛」，都還沒有辦法解決所有問題。

或許以後會更加完美吧。我只能這麼說服自己。

媽媽的喪禮結束後，一美與我便打包了行李，在一個月的緩衝期間結束前，搬進了當地的「大家庭」。基於憲一爸爸及我們的個人意願，我們保留了憲一爸爸的姓氏。但是以社會的角度來看，我們的戶籍已歸屬於母親委員會。

一美十七歲，二葉（就是我）十六歲。雖然我們是只差一歲的姊妹，但根據「大家庭」的規定，十三歲以上的兒童皆是住在單人房裡。「大家庭」是委員會專門提供給無寄養家庭的養子女的生活據點，而我們姊妹所入住的「大家庭」是由附近的數個地方政府共同經營，所以收容的兒童相當多（根據「大家庭」的規定，養子女在擁有正當職業且能獨力生活之前，都會被視爲「兒童」，這也是讓我很不滿的一點）。建築物本身是老舊的公營住宅改建，方便性及安全性都不錯，唯一缺點是天花板太低。即使內部裝潢及家具再漂亮，過低的天花板也給人舊時代的感覺。

翔由於已經成年了，並沒有與我們同住，而是住進遠方某大學的學生宿舍。搬家的那天，他特地犧牲了假日，來幫我們整理房間。

「根本沒有什麼行李，何必大老遠跑來？」

「我就是放心不下妳們。」

哥哥很像媽媽，我們姊妹則是像爸爸。從小常有人對我們這麼說。當然那僅限於不知道我們是根據《母親法》住進寄養家庭的養子女。然而翔長大後，變得跟憲一爸爸愈來愈像。像的不是五官，而是動作、習慣及說話的用字遣詞。

至於一美及我，既不像爸爸也不像媽媽。我們跟翔也不像，甚至我們姊妹之間也不像。即使如此，在外人的眼裡，我們還是像親子，像兄妹，像姊妹。據說雖然我們的臉孔完全不同，但散發出的氛圍及一些小動作有幾分神似。

當人與人生活在一起，互相包容、幫助及體諒，自然而然會開始出現相似之處。受到細心照顧的孩子，會吸收細心照顧自己的雙親各種優點，變得愈來愈像也是理所當然。因此親子之間到底有沒有血緣關係，其實影響不大……不，應該說是幾乎毫無影響。

翔的眼神中流露出些許寂寞，他對我們說道：

「我們永遠都是兄妹。」

「當然。」我回答。

一美與我打算將來找到工作後，就在外頭租一間房間一起住，而且會經常與翔及憲一爸爸見面。雖然現在還沒有辦法獨力生活，但只要待在「大家庭」裡，就完全不必煩惱生計的問題。不僅學費完全由國家負擔，還有「零用錢」可以領。而且一美上了高中之後，就開始打工賺錢，我也打算這麼做。在打工這件事情上，我們必須清楚報告工作地點及性質，並且獲得核可。只不過在搬進「大家庭」，報告的對象從養父母變成了「大家庭」裡的負責人員。

「對了，翔。」一美正背對著我們，整理著她從古物店裡一張張蒐集來的老唱片及ＣＤ。她頭也不回地問道：「你跟那個女朋友還在交往嗎？」

翔一聽，眼中霎時閃過一抹憂鬱之色。我故意裝沒看見，捧著一堆衣服站了起來。

「分手了。」翔回答。

「噢。」一美只是這麼應了一聲。翔沒有看見，我卻看得一清二楚。一美微微揚起了嘴角，但這股笑意馬上就消失了。

咲子媽媽正準備要搬進「Cosmos」的那個時期，翔曾經與爸爸商量，想要帶女朋友回來探望媽媽。爸爸原本也很贊成，認爲媽媽一定會很開心，但最後那個女朋友並沒有出現。

那時翔與女朋友交往半年左右，還沒有告訴她「我們家是依據《母親法》組成的寄養家庭」。我認爲這並沒有什麼不對，畢竟他們才交往半年而已。打從一開始就介紹自己的家庭，反而不自然。

但這只是我的觀點，翔的女朋友不這麼認爲。翔想趁媽媽的健康狀況還算穩定的時候，把女朋友介紹給媽媽，因而對女朋友說出了詳情。沒想到女朋友大發雷霆，直呼自己「被騙了」。甚至連她的父母也出面指責我們，整件事情鬧得不可開交。後來我們才知道，女朋友的父母長期參與《母親法》的反對運動。這件事讓我也很氣憤，我認爲翔遭那個女朋友欺騙了。

「一美、二葉，對不起。因爲她的事情，讓妳們心裡不舒服。」

「沒那回事。」

我這麼回答，一美卻沉默不語。擺好了唱片與CD之後，她終於轉過頭來，臉上漾起笑容。

「我肚子餓了，要不要一起吃午餐？」

吃完了午餐後，我們三人在街上逛街購物，翔拿他自己的錢買了T恤給我們，最後我們送翔到車站搭車。回「大家庭」的途中，我們走在翠綠色的行道樹下，一美忽然說起了剛剛的話題。

「……她們說我很噁心。」

我嚇了一跳，不由得停下腳步。一美也停下步伐，轉頭望著我。

「翔的女朋友和她媽媽跑到我打工的地方來，對我這麼說。」

「什麼時候發生的事？妳告訴爸爸了嗎？」

一美一臉倦懶地聳了聳肩，說道：

「沒什麼好說的，她們後來被趕走了。多虧店長幫我說話。」

一美每個星期會有數天，放學後到咖啡廳打工。那是書店裡的咖啡廳，一美很喜歡看書，這個工作很適合她。店長是位女性，我也見過。聽說有兩個小孩，給人非常好的印象。

「她們為什麼說妳噁心？」

「她們說我已經有月經了，不應該繼續和沒有血緣關係的爸爸及翔住在一起。」一美笑著說道。「那時候她們粗魯地闖進店裡，嘴裡嚷嚷著『月經』什麼的。跟我比起來，她們才是不檢點的女人吧。」

一美接著描述，當時她嚇傻了，不知如何是好，女店長此時挺身而出，對她們說道：「妳們說她噁心，只因為她住在寄養家庭裡，這表示妳們的心裡一直隱藏著噁心的念頭。說到底，妳們才是真正噁心的人。」女店長態度客氣，卻在言詞上犀利反擊。

「表面上不失禮數，卻狠狠把她們數落了一頓，真是太厲害了。」一美接著說道。

「如果我也在場就好了。我心裡有好多話想罵她們。」

而且我非常想要親眼看一看，那對母女聽了女店長這義正詞嚴的反擊後，露出什麼表情。

一美卻搖了搖頭，說道：「二葉，幸好妳當時不在。我不希望妳跟我一樣受到打擊。我實在想不透，她們怎麼會知道我的打工地點？翔絕對不可能告訴她們。」

這點確實很令人納悶。社會上有不少人強烈反對《母親法》，而且在發起反對運動的團體中，也不乏特別激進的人物。因此寄養家庭的成員不管是在現實生活中，還是在網路上，對於人際關係及個資使用都很謹愼。

「後來呢？她們還有再來騷擾妳嗎？」

「別擔心，沒事了。但店長叫我最近低調一點，先待在廚房幫忙。我也因爲這樣，現在變得好會做三明治，下次做給妳吃。」

「大家庭」裡有供應三餐的食堂，基本上不用自己烹煮食物，但想自炊也可以，只要提出申請就行了。我們正在討論周末想要過自炊的生活。

「對不起，對妳說了些奇怪的話。我們回去吧。」

一美的臉上恢復了笑容。她將肩膀上的黑色長髮輕輕一撥，轉身邁步而行。

一美長得很漂亮。套句傳統的說法，一美就是所謂的『明眸皓齒』的美女吧。」憲一爸爸曾這麼形容。他認爲咲子媽媽擁有「魅力」，而一美擁有「美麗」。

但身爲妹妹的我，一點也不美。就算我再怎麼努力梳頭髮，梳到手都痛了，也沒辦法讓自己的頭髮像一美的黑髮那樣有如鏡子般柔順光亮。因此我習慣把頭髮剪短。雖然差異這麼大，在周圍眼裡，我們還是姊妹。這正是《母親法》的魔法，奠基在科學及醫學之上的二十一世紀新魔法。

在依據《母親法》組成寄養家庭時，委員會非常注重養父母及養子女的外貌相似度。除非養父母提出「希望孩子和自己長得完全不同」的請求（眞的有這種養父母），否則委員會盡量讓養子女及養父母在外貌上有相似特徵。不過委員會所注重的外貌，指的並不是五官長相，而是骨骼、肌肉的結構，以及頭蓋骨、下顎骨的形狀。

自從國會通過《母親法》法案，寄養家庭配對用的遺傳基因分析技術便開始快速發展，幾乎能以突飛猛進來形容。另一方面，過去被視為「並非嚴謹的科學」而沒落的「骨相學」也開始崛起，尤其是融合3D模擬技術的新骨相學，在社會上引發一股風潮。這可說是兒童心理學、教育心理學及認知心理學等各科學家團隊，針對《母親法》的寄養家庭進行種種模擬實驗的成果。

頭蓋骨及下顎骨的形狀相似，聲音就會相似。只要聲音相似，就算長相完全不同，也會給人「很像」的錯覺。還有一點，那就是比起臉部五官，其實全身骨骼（也就是體格）的一致性更會給人「很像」的感覺。兩個人即便面貌神似，只要體格及聲音不同，還是很難讓他人感覺「很像」。

而最重要的關鍵，在於當一個人感覺某人「跟自己很像」時，內心深處會萌生兩種截然相反的心情。一種是「因為很像所以想要親近」，另一種則是「因為很像所以產生戒心」。

「因為很像所以想要親近」的理由，是因為人是社會性的動物，必須靠「同族感」來判斷另一人是否為相同社會組織的成員。

但如果在同一個社會組織裡有兩個人太過相似，這兩個人可能必須面臨爭奪相同利益或職責地位的問題，由此而產生了「因為很像所以產生戒心」的心態。當這個社會組織夠巨大，讓夠多成員獲得利益及職責地位，競爭就不會太明顯，相似的成員也能夠互相幫助，繼續擴張社會組織。

同樣的道理，處在發育期的孩子，若能跟隨聲音或體格與自己相似（即便只是部分相似）的保護者或教育者，感受到的壓力會較小，學習的狀態也較安定且有效率。但如果跟隨在相同教育者身邊的孩子們都有著相似的外貌、體格及聲音，人數占整個家庭的百分之四十五以上，孩子們之間的緊張感就會開始上升。這些有著相似特徵的孩子們，會開始爭奪「原本屬於自己」的利益及職責地位。

委員會在依據《母親法》組織寄養家庭時，對於這些心理機制都會進行充分的考量。養父母及養子女最好盡量相似（但不是五官面貌之類表面上的相似），而養子女與養子女之間最好「不要太過相似」。而且最理想的狀況，是根據上述條件所組成的兄弟姊妹（養子女），在共同生活的過程中逐漸產生「彷彿與生俱來的」相似特質。

我們一家人，可說是最接近完美的範本。在「母親魔法」的保護下，一家五口過著幸福快樂的生活。這樣的家庭卻因爲咲子媽媽的過世而遭到拆散，彷彿一顆耀眼的星星就這麼碎裂了。

搬進「大家庭」的半個月後，我還沒有找到合適的打工，負責人員卻先把我叫了去，說是想要決定我與地區委員會進行面談的日期。

「妳的母親才過世不久，就要妳參加面談活動，眞的很抱歉。」

負責處理一美及我的相關事宜的人員，是位年紀足以當我們祖母的女性。她對我們的態度總是非常客氣且溫柔。

「沒關係，母親的納骨儀式已經結束了，而且一美和我對未來的事都已經有想法了。」

受《母親法》保護的養子女，會在十六歲面臨一個重要的轉捩點。十五歲以下的養子女完全是被動的受保護狀態，本人的想法只是當作參考。但過十六歲，本人也擁有決定權，能夠在進行決策的時候投下自己的一票。總票數爲四票，分別爲母親委員會的委員一票、負責擔任觀察員的兒童心理學家一票、負責監督母親委員會的監督官一票、養子女自己一票。

那天我與負責人員在狹小但擺設溫馨舒適的面談室裡相對而坐，桌上擺著從餐廳拿來的香草茶。負責人員的面前，擺著母親委員會專用的平板電腦，以及全新的紙本檔案夾。關於寄養家庭、養父母及養子女的一切個資，全都保存在委員會的資料庫裡。只有在進行個人面談的時候，他們才會取出像這樣的紙本檔案夾。與其說是上個世紀的遺物，其實更像是製造感傷氣氛的小道具。

「妳已經決定好了？」

「不須再幫我配對寄養家庭了。」我說道。「我相信一美也是打算直接在『大家庭』裡報考大學，考上哪一間就讀哪一間。」

負責人員輕輕點頭，沒有說話。一旦回到「大家庭」裡，我與姊姊都會被視爲獨立的個體，個人隱私受到重重把關。就算負責人員已經和一美談過了，也絕對不會對我說出她打算怎麼做，或是說過什麼話。同樣的道理，一美也沒有辦法從負責人員口中得知我的一切動向。明知如此，我還是忍不住在談話中提到了一美。可見得我實在是個依賴心很強的妹妹。

「我自己也是這麼打算。唯一的差別，只在於我待在『大家庭』的時間會比一美多一年……當然前提是我能順利考上大學。」我說道。

負責人員輕輕一笑，臉上擠出了明顯的皺紋。

「妳的成績很優秀，一定沒問題的。一美已經和妳談過要考什麼大學、什麼科系了嗎？」

「我們想要讀的方向不同，不太能當做參考。」

一美想要學幼兒教育及發展心理學，將來想當國小老師或是母親委員會幼兒部門的調查員。養子女可說是受《母親法》拯救，獲得全新的人生，因此有很多養子女希望長大後能進入委員會工作。一來是報恩，二來是貢獻社會。

但我不一樣。等我成年之後，我想要把自己的身世及母親委員會忘得一乾二淨，從此過自己想過的人生。在咲子媽媽受醫師宣告時日不多之前，我對未來的路一直懵懵懂懂，什麼也沒多想。但我現在的意志非常清楚，我想要學習西洋美術史，成爲這個領域的專家。我知道不管是要當學者，還是美術館的管理員，都是相當競爭的工作，但不會輕言放棄。這是咲子媽媽年輕時的夢想。

「一美好像想搬進大學宿舍，但我沒有那樣的堅持，可以住在學校附近的『大家庭』裡。」

「好，我明白了。在今後的對談裡，我們的教育輔導員及高中的生涯發展指導老師會給妳進一步的具體建議。」

負責人員臉上帶著溫柔的微笑，輕觸手中的平板電腦。

「妳原本的養父母，是第一級養父母中最優秀的一對。」

「謝謝。」

我以自然的口吻道了謝，卻猛然感覺眼淚快要奪眶而出，趕緊輕輕閉上眼睛，強忍了下來。

「他們是很棒的父母。」

負責人員將視線從平板電腦上抬起，凝視著我說道：

「既然妳不希望配對新的寄養家庭，想要由『大家庭』保留監護權，接下來只須辦一點簡單的手續。妳與前養父田坂憲一，以及翔、一美這些哥哥、姊姊也都可以自由交流，沒有限制。只是既然妳要繼續待在『大家庭』裡，每個月就必須接受一次面談，雖然有點麻煩，請妳務必配合。」

「我明白了。」

「從醫療紀錄來看，妳的『記憶沉澱化』並沒有出現任何異常徵兆。這紀錄是正確的嗎？」

這句話若從其他人的口中問出來，就像是惡劣的玩笑。但從負責人員眼角流露出的笑意看來，她並不帶絲毫惡意。

「多虧了爸爸媽媽，我們的身心非常健康。」我說道。

「最近好嗎？有沒有什麼變化？會不會感到不安，或是常作噩夢？」

「目前沒有。有時夢見咲子媽媽哭泣，但不是噩夢，而是回想起從前的幸福時光。」

所謂的「記憶沉澱化」，是受《母親法》所保護的孩子們所必須接受的基本療程。不是將遭虐待的經驗從記憶中刪除，而是使其沉澱在記憶的深處，讓孩子們永遠不再想起那些事。

其實除了孩童之外，有很多成年人也會因爲遭遇犯罪事件、意外事故或災害，承受了巨大的內心創傷，而接受短期記憶的沉澱化治療。但是受《母親法》所保護的孩子們（就是即將與健全的養父母進行配對的準養子女們）所接受的記憶沉澱化治療，與一般的治療方式並不相同。其最大的差異，就在於孩子們必須將關於施虐者（親生父母、親戚或其配偶）的一切也沉澱至記憶的深處。

以我自己爲例，我不記得關於親生父母的一切。而且完全沒有回想起的徵兆。那些經驗都已沉入了我記憶的最深處。翔形容那就像是「沉入湖底的玻璃碎片」。因爲是透明的玻璃碎片，一旦沉入湖底，就再也看不見了。但如果嘗試將碎片徒手撈起，很可能會割得雙手傷痕累累。

負責人員口中的「異常的徵兆」，就是沉澱化的效果因爲某些原因而變得不安定，導致記憶突然湧上心頭。就好像玻璃碎片漂浮在水面，不僅容易傷害心靈，而且會讓當事人陷入徬徨驚恐。

我自己從來不曾有過這樣的經驗。就我所知，翔也不曾有過。唯獨一美，在我剛受憲一爸爸及咲子媽媽收養的那段時期，出現過幾次輕微症狀。那多半是因爲爸爸、媽媽都把心思放在新來的我身上（其實那段時期並不長），再加上一美跟我只差一歲，導致她的情緒變得有些不穩定。

根據《母親法》接受記憶沉澱化療程的第一代養子女，如今都已到了爲人父母的年紀。他們每個人都過健全的社會生活。養子女在成年後進入社會，就與一般民眾沒有什麼不同，曾經受《母親法》保護的經歷絕對不會被公開。到目前爲止，從來沒有一個案例顯示沉澱化的療程對他們的人生造成負面影響。這一點，連平日最喜歡吹毛求疵的監督組織也大加讚揚。反對《母親法》的抗議分子經常宣傳一些駭人聽聞的悲慘案例，但經過調查，官方證實那些案例都是他們捏造的假消息，並非眞有其事。說穿了，跟都市傳說沒有兩樣。

未來不論任何時候，我都有自信抬頭挺胸地承認自己是受《母親法》保護過的孩子。正因爲我受到《母親法》拯救，遇上了憲一爸爸及咲子媽媽，我才能成爲平凡的十六歲少女，也才會因爲回想起幸福的時光而忍不住潸然落淚。

「我明白了，那我們就朝這個方向辦理手續吧。上頭一核發新的身分證，我就會送來給妳。」

離開了面談室，走在走廊上，取出智慧型手機一看，一美傳了好幾則訊息給我，裡頭還包含影片檔。我嚇了一跳，以爲發生什麼事了，趕緊點進去一看。

〈今天早上拿鐵生ＢＡＢＹ了！〉

〈影片可能有點看不清楚，總共有四隻。〉

〈現在摸小貓會惹怒拿鐵，一星期後或許就能抱了。〉

拿鐵是一美的好友三好所養的母貓，毛色混雜了淡褐色與奶黃色，很像拿鐵咖啡，所以取名爲拿鐵。牠是一隻最近這幾年很少見的日本傳統雜種貓，連一美也對牠讚不絕口，常說「從沒見過這麼聰明乖巧的貓」。

我驀然回想起，當初一美在咲子媽媽的病房裡，也曾聊到拿鐵要相親的事。據說有很多人表示希望收養拿鐵的孩子，也有很多人希望帶家裡的公貓來跟拿鐵相親。憲一爸爸對動物的毛過敏，我們家裡只養過熱帶魚。一美很喜歡貓狗，常常找拿鐵玩。

我點開影片，裡頭拍拿鐵躺在鋪了毛巾及毛毯的窩裡，正在給小貓們餵奶。小貓們身上的毛還太少，看起來實在不像是「貓」。拿鐵不停舔著牠們小小的身體。

剛剛在面談室裡壓抑下的衝動，這時終於潰堤了。我的淚水一滴滴滾落在手機螢幕上。我的媽媽已經不在了。

——午安，二葉。

我想起當初第一次在「大家庭」裡相見時，她對我露出的笑容，以及那柔軟的手掌觸感。

——從今天起，妳將在這個家裡和我們一起生活。這裡就是妳的房間。

搬進爸爸、媽媽家的那天，晚餐吃的是我最喜歡的焗烤通心粉。即使過了這麼多年，我依然很愛吃。咲子媽媽搬進「Cosmos」之前，我和她聊起了這段回憶，她特地把作法寫下來給我。

——對不起，媽媽已經沒有辦法在廚房教妳煮了。

關於媽媽的記憶是如此悲傷，撕裂我的胸口，我卻不想失去那些記憶。我要一直保留著那些記憶，直到永遠永遠。

小貓們出生一個月後，依然不像「貓」，而且沒辦法讓我抱。一美每天都獨自到三好家串門子，傳一些照片及影片來給我看。

三好的雙親經營一家進口家具及布料的專賣店，店面裝潢奢華，一看就知道是專做有錢人生意的高級店家。住處也建得美侖美奐，據說還曾經提供給電視劇的製作單位當拍攝場地。憲一爸爸及咲子媽媽都對室內裝潢及高級家具布料沒什麼興趣，向來認爲「家只要整潔、住起來舒適就行了」。但我對於那氣派十足的三好家，心裡一直抱持著憧憬。

三好的雙親因爲工作，有著相當廣的人脈。據說那幾隻剛出生的小貓，三好家根本不必費心爲牠們尋找飼主，認識的朋友問一問就分光了。雖然這對小貓們來說是好事，一美卻不捨。

「以後我們一起住，可以養貓或狗嗎？」一美這麼問我。

「可以是可以，但妳要負責照顧。我對活的東西有點害怕。」我回答。不管養什麼，我怕牠生病受傷或死亡。光是想像失去心愛寶貝的畫面，我就心裡發毛。

「放心，我一定會負起照顧的責任。二葉，不過我相信一起生活，妳一定會愛上寵物的。」

「妳怎麼知道？」我問。

「因爲我對妳的瞭解，僅次於咲子媽媽。」

我想把這句話原封不動地還給一美。

「一美，妳愛小貓愛得死去活來，我是管不著，但別忘了妳是考生。」

一美天生聰明，國中、高中時都沒什麼念書，也能維持不錯的成績。但要應付大學考試可就不能只靠聰明了。

「別擔心，我已經把暑假特別輔導課的時間都排滿了。」

「這意思是說，在進入『暑假』之前，妳都不想念書？」

「二葉，妳好嚴肅，放輕鬆點嘛。」

「哎喲，老姊，妳不是對我很瞭解嗎？不知道我就是個嚴肅的人？」

到頭來，一美依然故我，每天到三好家看小貓，轉眼間已過了一個月。

「妳要是再不來看，等小貓們被送出去，妳就再也看不到了！」

一美對我如此勸說。於是就在某個星期六下午，我陪著她一起拜訪了三好家。從「大家庭」只要搭乘二十分鐘左右的環狀單軌電車，就可以抵達三好家。但那裡是高級住宅區，要進入住宅區得通過一處有守衛的閘門，因此三好特地出來迎接我們。

三好是個身材微胖的女孩，雖然算不上是美女，但整個人散發出溫柔氛圍。她和一美可說是截然不同風格的女性，或許因爲這個緣故，兩人特別合得來。

「二葉，妳氣色不錯，眞是太好了。」

打了招呼，三好握著我的手，對我這麼說。當初我們爲咲子媽媽舉行告別式的時候，三好也帶著她的母親一起來參加。那是我最後一次看見三好。當時一美哭個不停，整張臉都哭腫了，我一滴眼淚也沒流，動作像機械一樣敏捷。但三好看在眼裡，比起哭哭啼啼的一美，她似乎更爲我擔心。

「謝謝妳，我已經完全恢復平靜了。『大家庭』裡的餐點實在太油膩，我有點胖了。」

一美和我在生活中都盡可能不讓他人知道我們是受《母親法》保護的孩子。但只是不主動提，並非刻意隱瞞。對於少數信賴的好友，我們若認爲有必要，還是會告知出生背景。

活了這麼多年，我們早已不再害怕偏見與好奇的目光。何況社會上大部分的人，都對《母親法》抱持贊成態度。但我們無法事先知道誰是反對派人士，因此生活中還是必須提高警覺。

一美與三好打從國中一年級時，就是非常要好的朋友。但直到咲子媽媽受醫師宣告時日不多的那陣子，一美才告訴三好，我們是生活在寄養家庭裡的孩子。一美似乎是認爲媽媽過世之後，我們都得與憲一爸爸分開，住進「大家庭」裡，因此她認爲應該提早向三好說明清楚。

三好聽了一美的說明之後，驚訝的並不是我們的養女身分，而是我們的家庭會因爲咲子媽媽的過世而瓦解。當時她不斷想出各種話來安慰我們。就連她的雙親，在得知這件事之後，也主張爲了防止像我們家這樣的悲劇再度發生，《母親法》有必要再度修正。我在得知這件事之後，更加深了我對三好一家人的好感。

我們三人走過兩旁有著美麗花壇的道路，通過一棟棟不同風格的豪華宅邸，一邊開心地閒聊。三好對我說，他們認爲小貓應該由未來的飼主命名，因此目前還是以編號來稱呼。

「咦？妳的意思是說，妳叫牠們一號、二號？」
「不，是一喵、二喵、三喵、四喵。」
前方已可看見三好家的瑞士小屋風格屋頂。據說家裡因爲有寵物的關係，所以使用的是模擬畫面的假火爐，不過屋頂還是設有煙囪，方便聖誕老人前來拜訪。
「現在家裡剛好來了一組想要領養小貓的客人。」
三好指著一輛停在門廊處的深藍色豐田Land Cruiser說道。
「哇！好大的車子！」
如此巨大的車子，不僅和三好家的建築顯得格格不入，在整個住宅區裡也很突兀。
「這一家人很喜歡戶外活動嗎？」
「倒也沒有。那家人的父親，據說是一位投資顧問。」
三好接著解釋，那夫妻都是三十五歲左右，有個讀國小的兒子，家裡非常有錢。
「能夠被三好說『非常有錢』，那一定是超級有錢吧。」一美說道。
「他們是我們家經營的店的老主顧，不好意思拒絕。」
三好微微噘嘴說道。
「媽媽還爲這件事念了爸爸一頓，說爸爸不應該在店裡提到小貓的事。」
我問道：「這麼說來，妳媽媽不想把小貓們送給那一家人？」
「當然不想，一隻也不想。」三好點頭說道。「我媽媽說，她直覺認爲那一家人不是小貓的合適飼主。我爸爸也鬧起脾氣，說什麼做事情不能只靠『直覺』。」
「不不不，母親的『直覺』可重要了，絕對不能當成耳邊風。」

我看了一美一眼，問道：「妳該不會想插手干預吧？」

一美故意誇張地聳了聳肩膀，說道：

「三好，妳聽聽。我妹妹想要套我的話呢。」

「我認爲妳妹妹的直覺很敏銳。」三好嗤嗤笑起來。「總而言之，等妳們見了小貓再說。」

我們一邊說話，穿過三好家的前院。接著從玄關進入前廳，再通過擺飾已變更爲夏季風格的客廳，來到中庭。拿鐵養在室內，但中庭有牠專用的小屋及籠子，小貓們都在那裡休息。

隔著寬大的法式落地窗，從客廳也能清楚地看見中庭裡的景象。一個身材高䠷的人，手上抱著一隻毛色和拿鐵一模一樣的小貓。中庭的地面鋪著赤陶地板，圓形的種植區裡種的都是一些貓吃了不會有害的植物。景色本身樸素，那男人卻身穿牛仔褲及醒目的直條紋襯衫，手腕上的手表就像那輛豐田Land Cruiser一樣碩大無比，整個人看起來像從雜誌剪來貼上。

男人的身旁站著一個年紀相仿的女人。我心想，他們應該就是想想要領養小貓的那對夫婦吧。他們身穿同款式的襯衫，妻子的下半身穿著一條白色裙子，那是今年流行的不對稱式設計。此時妻子伸手撫摸丈夫懷裡的小貓，我仔細一瞧，他們連手表也是相同款式。

「跳起來！過來這邊！」

另外還有一個大約十歲年紀的男孩，蹲在拿鐵及小貓們的籠子前，正在興奮地大叫。他將右手伸進籠子裡，多半是在撫摸或逗弄著小貓。男孩身上的襯衫竟然也跟雙親一樣，在他人的眼裡，十足是一個富裕又美滿的家庭。

三好的母親就站在男孩的旁邊，她一看見我們，旋即喊道：

「啊，一美、二葉，妳們來了。」

在離開籠子邊的同時，她以非常自然的動作將手搭在男孩的肩膀上，將男孩扶了起來。男孩的手裡抓著一條看起來像緞帶的東西，正在不住搖晃。當男孩朝我們轉過頭來時，臉上帶著驕縱、任性的神情。或許是因爲和小貓玩得太興奮，男孩的雙眸綻放著神采，鼻孔也撐大了。

「安西先生，眞是不好意思，另外有一組想要領養貓的客人來了，今天就先到此爲止吧。」

三好的母親朝那對夫婦說道。這時毛色和拿鐵一模一樣的小貓已從丈夫的懷裡轉移到了妻子的手上。那隻小貓似乎不喜歡被妻子抱著，正在不停掙扎。丈夫看了一眼手表，說道：

「啊，已經這麼晚了。」

丈夫說出這句話時，男孩不斷跺腳大喊：「我想繼續跟小貓玩！我不要回家！」

接下來大約有五分鐘左右，我們眼睜睜看著這一家實至名歸的美滿家庭上演起了一齣鬧劇。父親諄諄告誡，母親溫言安慰，孩子哭鬧不停休。父親大聲斥罵，母親輕聲安撫，孩子卻在地上翻滾。父親抱起孩子，母親溫柔撫摸孩子的頭，孩子發出誇張的哽咽聲。

偶然間，我察覺這一家人所穿的鞋子，也是相同款式的名牌貨。我心裡不禁有些哭笑不得，正默默地打量著，卻突然與男孩的母親四目相交。她似乎也在觀察我，兩人的視線驀然撞在一起，我彷彿可以聽見視線碰撞的聲音。我忽然有種非常奇妙的感覺。我跟她完全不認識，卻感覺她看著我的眼神中帶著一絲狐疑。

過了一會，三好的母親帶著那一家人離開中庭，我們不約而同地吁了一口氣。

「那個死小鬼眞令人討厭。」

那隻毛色和拿鐵一模一樣的小貓，原來是二喵。聽說那對夫妻非常想要領養牠。一美將二喵抱了過來，輕輕放回拿鐵的身邊。

「那一家人打從第一次來看貓，就是那樣子了。」

據說男孩非常粗魯，經常拉扯小貓的尾巴，甚至抓起脖子扔出去，看了直捏一把冷汗。

「他們大概想把小貓當成孩子的玩具吧。」

一美將手伸進籠子裡，對著拿鐵說道：

「拿鐵，妳還好嗎？是不是感覺很不舒服？」

她一面說，輕撫拿鐵的下巴。拿鐵乖乖地伸長了脖子，喉嚨發出呼嚕聲響。

「三好，我還是很希望讓憲一爸爸領養二喵，拜託別送給那個死小孩。」

我一聽，不禁有些驚訝。一美的話中使用了「還是」這個字眼，可見得這並不是她第一次提出這個要求。我轉頭望向三好，三好朝我點點頭，說道：

「沒錯，一美已經跟我提了好幾次。二葉，妳覺得呢？」

「一美，我明白妳的心情，但現在爸爸可是一個人住。爸爸出門上班的時候，誰來照顧二喵？」我說道。

「別擔心，爸爸的爸爸跟媽媽會照顧。」

一美抱起了那隻全身都是奶黃色，唯獨耳朵和尾巴前端是茶褐色的小貓，轉頭對著我說道：

「我們走了之後，爸爸就跟他的父母住在一起了。」

我整個人愣住了，只能不停眨著眼睛。

爸爸的父母不是早就去世了嗎？至少我從小這麼聽說。咲子媽媽也在很早就失去了雙親，而且因爲是獨生女，所以媽媽這邊也沒有其他親戚。最大的證據，是舉辦媽媽的喪禮時，除了我們一家人之外，沒有其他任何親戚參加。

「爸爸這麼說，只是不想讓我們難過。其實他的父母還活得好好的。」

「讓我們難過？什麼意思？」

「憲一爸爸的父母不承認翔及我們是他們的孫子、孫女。」一美以平淡的口氣說道。

一美接著向我解釋，憲一爸爸的父母事實上並不反對《母親法》，而且也認爲像這種拯救受虐兒童的法律確實有必要存在。但如果這套法律與自己的人生扯上瓜葛，那又是另外一回事了。他們無法認同憲一爸爸及咲子媽媽自願成爲養父母，自從收養了翔之後，他們就逐漸和爸爸、媽媽疏遠了。換句話說，爸爸的父母不想當我們的祖父母。而且他們認爲爸爸決定收養孩子是受了咲子媽媽慫恿，所以他們和咲子媽媽之間甚至可以說有了嫌隙。

「嫌隙……」

聽了如此驚人的事實，讓我霎時感覺眼前一片黑暗。「咲子媽媽積極收養孩子，是因爲她的父母很早就過世了，她覺得很寂寞……」

「這我也知道，但憲一爸爸的爸爸媽媽並不認同，這也沒辦法。」

一美低下了頭，鼻尖與二喵的嬌小額頭輕輕碰觸。

「他們倒也不是討厭我們，只是無法接受讓我們當他們的孫子、孫女。他們說過，如果爸爸領養了二喵，歡迎我們隨時看牠。」

這句話聽起來就像是對非親非故者的寬宏大量。那個家已經不是我們的家，我們跟他們已經毫無瓜葛，只不過是「兒子從前的養子」，他們才會說出這種話……

歡迎我們隨時作客。

「一美，妳受到這樣的對待，難道不生氣嗎？」

「對不起，二葉。」

三好站在我們兩人中間，僵硬地說：「我不知道原來有這種事……」

「三好，這不是妳的錯，是我不對，我沒有先向二葉說清楚。」

說完這句話後，一美蹲了下來，將二喵放回籠子裡。拿鐵輕輕叫了一聲。貓是一種相當敏感的動物，或許牠已經察覺了氣氛的變化。

「不，我才應該道歉。我可能要靜一靜。」我說道。

「咦？妳要回去了？別急著走嘛，我準備了茶跟蛋糕。」

「我去路上吹吹風，馬上就回來。」

雖然對三好很抱歉，但我一心只想逃離這個地方。就在我小跑步穿過客廳時，三好的母親剛好端著茶走了過來，與我擦肩而過。

我推開沉重的大門，來到前院裡。原本停在門廊處的那輛豐田Land Cruiser已經消失了。我奔到馬路上停下腳步，做了一次深呼吸。我必須將雙手手指緊緊交握在胸前，才能讓手掌停止顫抖。

過去我一直以為我們家是一個受《母親法》的魔法所保護的美滿家庭，我以為我們家是最理想的狀態。沒想到為了我們這些養子女，憲一爸爸因而與他的親生父母疏遠了。不反對《母親法》，卻沒有辦法接受兒子領養孩子？真是太可笑了。抱持崇高的理想，前提是這個崇高理想不會與自己扯上關係？認同讓孩子們在寄養家庭裡過幸福的生活，但無法接受這些孩子成為自己的孫子？這真是天底下最自私的想法。

我沿著道路往前邁步。住宅區裡的那些漂亮建築，此時彷彿已失去了色彩，對我來說不再具有任何意義。原來這世界一點也不美麗，只是過去我從來不曾發現？

「……二葉小姐。」

背後突然傳來的呼喚聲，讓我嚇得幾乎跳起來。轉頭一看，剛剛那對穿著同款式服裝的夫婦中的妻子，就站在前方不遠處。她看我嚇一大跳，似乎也有些慌了手腳，訕訕地說道：

「對不起，嚇著妳了。」

接著她往左右看了兩眼，確認周圍都沒有人之後，才鼓起勇氣朝我走來。

此時她只有一個人，丈夫和孩子都不在她的身邊。而且她的肩膀上還多了一個和鞋子相同品牌的高級小型手提包。

「妳的名字是二葉，對吧？」

我整個人傻住了，一時不知該如何回答。

「原來妳已經長這麼大了。」

當她看著我的時候，眼神變得相當溫柔。多半是眼妝技巧高明的關係吧。

「妳應該不記得我了，但我一下子就認出了妳，因爲妳長得跟那個人好像。眞的……簡直是一個模子印出來的。」

我胸中彷彿有一片烏雲正在擴散。不好的預感占據腦海。快走！別跟這個人說話！

我的內心如此警告，兩條腿卻動彈不得。

「算起來那已經是十年前的事……不，更久以前了。我已經忘了妳的養父母叫什麼名字，但我還記得妳的新名字是二葉。當時正好是春暖花開的美麗季節，我一直覺得這個名字取得很好。」

我感覺心臟的鼓動愈來愈劇烈，幾乎令我無法呼吸。我勉強擠出了聲音，問道：「妳是誰？」

她輕輕咬住了那擦著素色口紅的嘴唇，半晌後才說道：

「對不起，我不能讓妳知道我的名字。」

她的眼神相當堅定，微抬的下顎顯露出一股傲氣。那副神情讓我的心裡產生一股怒火，我略一思索，說道：「如果我剛剛沒聽錯的話，你們家姓『安西』，是嗎？」

她一聽，臉上閃過了一抹焦慮的表情。

「不過或許是我聽錯了也不一定。總而言之，我不想跟來路不明的人說話，失陪了。」

我閃身走向路旁，通過安西的身邊，想要走回三好家。但走了幾步，她忽然說道：

「當初妳在接受記憶沉澱化療程的時候，我是母親委員會中央醫院裡的義工。」

那急促且顫抖的聲音傳入我的耳中，我雖然不甘心，還是忍不住停下了腳步。我發揮了全部的意志力，才說服自己不轉頭看她。

委員會的中央醫院，正是負責為孩童們進行記憶沉澱化療程的醫院。

「我在那裡擔任看護助理，正邁入第二年。由於我的專業領域是兒童心理學，上頭指派我照顧妳。在妳住院那段期間，我陪妳玩過填字遊戲，陪妳一起畫圖，但妳可能不記得了。」

我的手掌忍不住緊緊握拳，貼在身體的兩側。

「沒想到我竟然會在這裡與妳重逢，這一定是命運的安排。」

她的聲音中略帶了些許的自我陶醉。

「看妳變得健康又幸福，我真的很欣慰。跟妳一起來的那位女孩，是妳的家人嗎？妳們好像叫她『一美』？」

就在她說出一美名字的瞬間，一股怒意湧上心頭。於是我挺直了腰桿，轉身說道：「妳到底想說什麼？我警告妳，如果妳剛剛說的都是真的，以妳的身分對我說出那些話可是違法行為。」

母親委員會的職員即使離開了工作崗位，對於寄養家庭及養子女的個資還是負有高度的保密義務，違反者將遭受嚴格的懲處。

「我要是向有關單位通報，妳可能會遭到逮捕。剛剛跟妳在一起的那個男孩，是妳的兒子吧？一旦妳揹負刑責，妳兒子就會跟從前的我一樣，成爲《母親法》的保護對象。」

我以嚴厲的口吻清清楚楚地對她說出了這幾句話。安西往後退了一步，顯得有些驚恐。華麗皮鞋的鞋跟撞在路面上，發出清脆的聲響。

「我很清楚自己的立場。」

她換了一副態度，口氣變得生硬又急促。

「但我就是沒辦法當作沒看見妳。我本來打算等個三十分鐘，如果妳沒有出來，我就要放棄了……但妳果然走了出來。」

她拚命向我解釋。解釋什麼？向誰解釋？她到底想做什麼？

「這些年來，我的想法有了很大的變化。」

「這與我無關。」

我拋下這句話，再度轉身邁步。那輛深藍色的豐田Land Cruiser自道路的另一頭朝著我們緩緩駛來。坐在駕駛座上的人，正是女人的丈夫。他們身上那件襯衫實在太顯眼，即使從遠方也可以一眼就辨識出來。

「二葉小姐！」

車子離我愈來愈近，但車上不見男孩的蹤影，或許是坐在後座吧。

「妳的親生母親叫做掛井小百合，她的人生過得很悲慘，現在是個死刑犯。」

驟然間，一陣雷鳴在我的耳畔響起。

「請妳去看看她吧，妳有這麼做的權利。妳應該和妳的親生母親見上一面。只要見了面，妳們一定能心意相通，妳也會更加理解自己。」

安西朝我走來，將手搭在我的肩膀上。我將她的手撥開，她露出宛如挨了一巴掌的表情。

「爲什麼妳會這麼生氣？」

「因爲妳太不知分寸了。」我往後退了一步，將雙臂交叉在胸前。安西將手掌抵在額頭上，閉上了雙眼。她的指甲上塗著精心繪製的指甲彩繪。

「……對不起。」

她如此低聲呢喃，再度睜開眼睛望著我。

「從前的我，也曾經把《母親法》視爲眞理。或者應該說，我對那樣的做法從來不曾產生過懷疑。但現在的我，有了完全不同的想法，我認爲那太不自然了。」

太不自然？指的是把親生母親忘得一乾二淨，永遠不再想起，而且絲毫不掛在心上嗎？

「對受虐兒童施予記憶沉澱化療程，是一種欺騙的行爲，沒有辦法眞正解決問題。我希望妳能明白，那不是眞正爲了你們著想。」

安西一個人愈說愈是激動，不停地搖著頭，全身微微顫抖。那彷彿是以全身的肢體語言向我強調她說的都是肺腑之言。

「掛井小百合一直思念著妳，想要與妳見上一面。妳們是血濃於水的母女，只要見了她，妳一定能理解她的心情。」

那輛豐田Land Cruiser繼續駛近，停在我們的旁邊，颳起了一陣輕微的旋風。一道小小的人影自後座彈了起來，以撒嬌的口氣喊了一聲「媽媽」。
坐在駕駛座上的丈夫凝視著我，眼神中竟帶著幾分恫嚇之意。
「我希望妳能認眞思考我的話。」
安西在我耳畔輕輕說了這句話，將一樣東西塞進我的手中。我吃了一驚，急忙用力一甩，那東西落在我的腳邊。仔細一看，是一張看起來像名片的白色卡片。
「從今以後，我再也不會出現在妳的面前。如果妳想見妳的親生母親，妳會需要這張卡片。」
說完，她打開副駕駛座的車門，迅速進入車內。車子漸漸駛遠，留下我呆站原地。

父母親對孩子的「親權」，過去曾經受到全面的尊重與重視。《母親法》的最大意義，就在於讓國家擁有對「親權」進行統一裁量的權力。身爲公家機關的母親委員會，有權做出對親權的停止、剝奪及賦予的裁定。不管是親子的任何一方（包含代理人），都可以自由提出重新裁決的申請。兒童輔導中心或教育機構的負責人若認爲有其必要性，亦可代爲提出申請。
國家有管理親權的權力，意味著只要是爲人父母者，隨時都可能因任何理由而遭認定「不適任」，再也無法看見自己的孩子。法令施行後，多年來社會上一直有強烈反彈聲浪。許多人批評這樣是「極權主義」，甚至有人主張「這與國家動員法沒什麼分別」。說穿了，那是因爲這些人將「親子關係」視爲神聖不可侵犯，因而對國家公權力的介入產生本能上的排斥與警戒。
即使如此，《母親法》及母親委員會在社會上還是受到大部分民眾的支持與尊重，這套政策在現實生活中拯救了無數不幸家庭。每一分每一秒，都有數不清的親子重獲新生。
沒錯，受到拯救的對象，可不是只有受虐兒童而已。就連受虐兒童的雙親，也能因這套制度而得救。依據《母親法》的規定，施虐的雙親不必揹負刑事責任。不管把孩子凌虐得多慘，父母也不會因傷害罪、傷害致死罪、殺人未遂罪或殺人罪而遭到起訴。這套政策所秉持的觀念，認爲施虐的父母需要的並不是刑事懲罰，而是保護與再教育。因此父母所須揹負的義務，只是進入特定的機構裡，接受爲期六個月的再教育課程。

課程結束之後，父母會被送往回歸社會前的中途機構，在那裡再待上半年的時間。機構會依據本人的意願及適性，提供各種職業訓練的機會。不論是父親還是母親，會虐待孩子的人，有很高的比例是處於無業的狀態。而且就算原本有工作，在虐待孩子的行徑遭揭發之後，往往也會因此而失去工作。因此設法讓他們獲得工作機會，也是一大重點。

至於是否要讓父母接受記憶沉澱化療程，委員會會依據每個案子的實際狀況而做出不同的裁決。依過去的案例來看，父母接受療程的比例約占全體三成左右。而且會尊重當事人的意願，並非強制執行。在一些虐待情事較嚴重的案例裡，虐待孩子的父母小時候往往也受過虐待。像這樣的情況，父母的記憶沉澱化不失爲有效的做法。

而且依據《母親法》所秉持的理念，曾經發生過「虐待」狀況的不健全家庭，即使是在所有家庭成員都完成了保護、再教育與更生的措施之後，這些家庭成員依然不適合在一起生活。家庭結構必須徹底打散之後重新建立，而第一階段就是進行記憶沉澱化療程。這個療程可以有效消除受虐兒童的依戀障礙，同時也能斬斷施虐父母對孩子的控制及依賴欲望。將受虐兒與施虐父母分開之後，孩子會依據《母親法》託付給適當的寄養家庭照顧，父母則會在結束再教育課程後回歸社會。其後父母就算重新結婚生子，再一次養育孩子，國家也不會加以干涉。

此外，只要是未成年者，就符合《母親法》中對「兒童」的定義。所以一些因患有社交障礙而沒辦法順利就學或就業的十多歲年輕人，同樣成爲《母親法》的保護對象。換句話說，記憶沉澱化療程與再教育課程還能有效解決繭居族、未成年犯罪及家庭暴力等社會問題。不管是遭雙親精神虐待的十多歲少年少女，還是苦惱「沒把孩子教好」的父母，都可藉由《母親法》獲得全新人生。

以結果來看，自從實施《母親法》之後，未成年人的犯罪比例確實逐年降低。原本占了所有謀殺案近六成的「親屬謀殺」的件數也明顯減少了。

在這個少子化及高齡化的社會，人口愈來愈少，如何防止父母與孩子互相殺害成了施政的重點。這套政策不僅解決了「孩子無法選擇父母」這個根本上的不公平問題，也讓大人們在「成爲失敗的父母」後還有退路可走，眞正實現了讓所有國民都有機會獲得「更有意義的人生」。將這個理想化爲現實的《母親法》，被視爲「奇蹟之法」。

話雖如此，這套法律畢竟無法拯救所有的人。

接下來有好幾天的時間，我獨自忍受著迷惘、苦惱與憤怒。憤怒的原因明顯單純。我氣那個姓安西的女人，氣她對我說的那些話，以及氣終究還是拾起了卡片的自己。我氣自己沒有勇氣將卡片撕裂或丟棄。至於迷惘與苦惱，則是源自於我不知該如何面對心中的怒火。

我試著上網搜尋，很快就查到了「掛井小百合」這個女人的來歷。掛井小百合，現年三十五歲。安西說得沒錯，她是定讞死刑犯。半年前她第二次聲請再審，但遭到駁回。然而兩次聲請再審的理由都是「因曲解事實而量刑過重」，而非主張清白。再加上沒有新證據獲得採納，法官駁回再審合情合理。如今的掛井小百合，已處於隨時有可能執行死刑的狀態。

對於我的悶悶不樂，一美當然不可能沒發現。

「妳怎麼了？」

「沒什麼，只是有點感冒，身體不太舒服。」

剛開始的時候，我試著這麼敷衍她，但她當然不相信。最後我只好投降，把事情的原委一五一十地對她說了，還拿出那枚卡片給她看。

一美聽了之後，沉默了非常久的時間。那時我們坐在食堂的角落，由於已經過了晚餐時間，食堂裡幾乎沒有人，天花板的燈光關掉了一半左右，塑膠杯裡的熱咖啡也早已變得半冷不熱。

一美一邊以手指撥弄著卡片的邊角，一邊壓低了嗓音說道：

「我聽過這個團體。」

那張卡片上，印刷著一個由法律專家所組成的團體的聯絡方式。那個團體的主要訴求是鼓勵接受過記憶沉澱化療程的孩子找回記憶，並且聲稱可以免費協助辦理必要的手續。聯絡方式包含電話號碼及電子郵件信箱。

「有一陣子他們大刺刺地在車站及學校門口發傳單，後來有幾個人被逮捕，他們才低調。」

一美將卡片放回桌上，看著我問道：「要聯絡看看嗎？」

「怎麼可能！」

我用力搖頭。

「還是妳要把這張卡片交給所長，說出那個姓安西的女人對妳說的話，任憑所長處置？」

我瞪大了眼睛說道：「一美，妳是當眞的嗎？如果這麼做，會讓三好惹上麻煩。」

安西私下與我接觸，洩漏了我的親生母親身分，違反她身爲前委員會職員的保密義務，光是這一點就已經算是重大違紀行爲。而且她硬把這張卡片塞給我，要是被有關當局發現，也會認定爲「意圖對《母親法》所保護的養子女及寄養家庭進行騷擾與妨礙」，觸犯了《破壞活動防治法》（反對派認爲這套法律已經違憲，但目前最高法院一直是站在母親委員會這邊）。

如果我通報相關單位，不僅安西夫婦會遭到調查，就連三好一家人也會因爲與安西夫婦有所往來，及間接導致我被安西糾纏而追究責任。

「我知道。」一美壓低聲音。「其實我也正擔心這點。三好的父母一直對我們的家庭遭拆散一事感到同情，母親委員會的特別搜查官要是深入追究，可能會將他們過去的言行認定爲意圖不軌。」

我原本沒有想這麼多，愈聽愈是心驚膽跳。

「……太危險了。」

「嗯。」

我抓起了那張卡片，在手中揉成一團。

「把它丟掉好了……不，是不是應該燒掉比較好？」

「既然要丟，當初爲什麼要帶回來？」

一美問道。我還沒回答，她突然又搖搖頭，說道：「不過，這是正確的決定。把這種東西留在三好家附近，反而不是一件好事。但妳一直將它帶在身上，是不是有什麼想法？」

我與一美對看了半晌。

「二葉，妳想見那個掛井小百合？」

我將握著卡片的手掌移回膝蓋上，轉頭望向一旁，說道：

「確實有一點興趣。我的親生母親竟然是犯罪者，而且還是個死刑犯。」

但這並不表示我想見她。

「我眞的好氣，氣到快發瘋了。我覺得好不甘心。」

那個姓安西的女人爲什麼會說「妳的親生母親很想見妳」？

「爲什麼她能說得這麼肯定？未免太自以爲是了。」

我察覺自己的聲音愈來愈粗重，趕緊調勻呼吸，讓自己恢復冷靜。

「那根本是典型的反對派僞善觀點。」

什麼血濃於水的親情，眞是太可笑了。

「……搞不好安西夫婦也是反對運動家。」一美說道：「他們不是很有錢嗎？偏激的反對派人物大多都來自富裕階層。」

這種人因爲沒有吃過苦，往往對「母性」及「血緣」抱持著盲信的心態，死守著那些早已遭到推翻的舊時代神話。

「因爲不甘心，我想要找那個女人問個清楚，確認那個安西說的是不是眞的。」

我想要當面問那個掛井小百合……妳眞的記得我嗎？遭處刑前想要跟我見一面，是因爲我是妳懷胎生下的親生女兒？

「如果她眞的這麼想，我就要笑著對她說『眞是不好意思』……」

眞是不好意思，只有咲子媽媽才是我的母親，我根本不認識妳。

「我的想法就只是這樣而已。」

我對一美低頭道歉。

「對不起，讓妳擔心了。」

一美忽然五官扭曲，流露出了極度的悲慟與哀傷。

「……為什麼妳必須受這種苦？如果可以的話，我好想代替妳。」我一聽，霎時感覺胸口一陣灼熱。她才是我的姊姊，我眞正的家人。

「妳查過了關於那個掛井小百合的事？」

「嗯，我上網搜尋了一下，只知道她因為犯了罪而遭判處死刑。至於她和我的關係，以及她對我做了什麼，全都查不到。」

孩子因爲什麼緣故而成爲受《母親法》保護的對象，屬於不能公開的機密事項。所有紀錄都會嚴密封存，就算當事人想調閱，也得向委員會申請，辦理各種麻煩手續且通過審理。

「既然她今年三十五歲，這表示她生下我的時候還不到二十歲。她依照母親委員會的規定，完成了再教育課程，一度回歸社會。但是就在二十二歲的時候，她第一次遭到逮捕。」

當時的罪名是持有及販賣違法藥物，法官判她緩刑。

「後來她一度結了婚卻又離婚。到了二十六歲的時候，她和一名有婦之夫發生婚外情，兩人因爲分手的問題而起爭執。最後她溜進對方的家裡，以刀子將對方的妻子及小孩殺死了。一審判死刑，二審判死刑，到了三審還是判死刑。」

一些支持及辯護團體不斷為她說話，兩度提出再審要求，當時他們的主張是「法官沒有考量被告在犯案時處於心神耗弱的狀態」及「法官雖判定罪名爲謀殺，但殺害行爲屬於偶發事件，應認定爲傷害致死」。然而這些主張在外人聽來都相當可笑，因爲掛井小百合在溜進婚外情對象的家裡時，早已在背包內預藏了兩把刀子，這些刀子正是犯案的凶器。殺了人之後，她還把屍體搬到車庫裡，以車用的防塵罩蓋住，然後把下手行凶的客廳清掃乾淨，避免犯行太快曝光。接著她還搜刮死者的衣物及飾品才離去。這哪裡算是「偶發事件」？就連三歲小孩聽了也會嗤之以鼻吧。

「這女的是個人渣，絕對不是什麼良家婦女。」
我說到這裡，感覺一股厭惡的情緒竄上胸口，趕緊端起早已涼了的咖啡灌下一口。
「母親制度的再教育課程、心理諮詢、職業訓練及就業輔導全都白費力氣……」一美咕噥道：
「或許她患有人格障礙。」
「誰知道呢，反正跟我無關。」
除非是可能罹患嚴重的遺傳疾病，必須盡早接受基因治療的情況，否則生物學上的親子關係幾乎不具意義。什麼與生俱來的親情，都只是《母親法》施行前流傳在社會上的迷信而已。影響一個人的關鍵並不是「被誰生下來」，而是「在什麼樣的環境下，被誰扶養長大」。
食堂的工作人員自門外探頭進來，看見我們還坐在裡頭，朝我們露出了笑容。我與一美也以笑容回應，那工作人員接著便轉身離去了。
「搞不好全都是假的。」
一美卸下了臉上的敷衍笑容，板起了臉說道：
「搞不好妳是被那個安西騙得團團轉了。什麼她記得妳的名字跟臉，或許全都是騙人的。」
一美的言下之意，是安西只是隨便挑一個正在接受母親制度保護的年輕人，謊稱對方與死刑犯掛井小百合爲親子關係，令對方陷入徬徨。只要能讓對方主動與《母親法》的反對運動家接觸，就算撒些謊也沒什麼大不了。
我確實想過可能性。假若安西說的都是事實，她跟我在三好家偶然相逢，未免太巧了點。
但是……
我取出智慧型手機，操作了一下畫面，點出一張照片。接著我默默將照片舉到一美的面前。

那是掛井小百合的照片。約三年前，辯護團體在第二次聲請再審時對外公開了這張照片，後來就一直放在辯護團體的網站上。照片上的女人雖然年紀和我相差不少，跟我卻極神似。不管是臉部的輪廓、髮際的位置、眼睛和鼻子的形狀……都像我的翻版。

其實這張照片才是眞正讓我感到怒不可遏的原因。我看著一美的臉上逐漸失去血色，內心再度湧起一股帶著痛苦的怒意。其它任何事情，我都可以不當一回事。唯獨這件事，我實在無法忍受。一想到當初安西說過的那句話，我便感覺胸口有股懊惱的火焰正在燃燒著我的身體。

——因爲妳長得跟那個人好像，簡直像是同一個模子印出來的。

「我們只跟咲子媽媽長得很像。」

一美勉強擠出這句話，將手機畫面蓋在桌上。

「妳根本不必在意這種照片！」

「我知道。」

憲一爸爸、咲子媽媽和我們共同渡過了我們的人生，因此我們擁有相似的心靈，而且也影響了我們的外貌。我們才是眞正的一家人，我們的家庭才是最理想的家庭。

小小遺傳基因的惡質捉弄，照理來說不應該讓我的心情有絲毫改變。

然而此時我卻無法遏止心中的怒火，這讓我更加懊惱。

接下來大約一個月，我和一美幾乎沒有見面。老實說，當時氣氛有點尷尬，暫時別見面也未嘗不是一件好事。情緒起伏不定的時候，最好的應對方式就是等待心情隨著時間慢慢平靜。

在梅雨季接近尾聲的某個細雨綿綿星期六下午，我坐在食堂裡，一美朝我走來。她身上穿著搬家那天翔買給她的那件她最喜歡的T恤，下半身穿著鬚邊牛仔褲，腳下踩著羅馬涼鞋。我看她的表情變得開朗了些，內心也不禁鬆了口氣。

我們終於能夠修復關係了。

這時我剛好也穿著翔那天買給我的T恤，我相信這樣的巧合應該有特別意義。

「考生，最近好嗎？」

一美聽了我這句話，臉上露出微笑。但她的眼神並不帶絲毫笑意。

她拉了一張椅子，在我的身旁坐下。這時已過午餐時間，食堂裡沒什麼人，空氣中還飄著今日特餐的肉醬咖哩香氣。

開口前，一美微微低下了頭。我看她憋著氣，似乎有什麼重要的話想說。

「如果妳的心情沒有改變，或許有機會與掛井小百合見面。」

我整個人僵住了。一美接著緩緩說道：

「有一場由法理學、刑法學及犯罪心理學的專家們所舉辦的對談活動，稱作『與死刑犯的對話』，雖然人數不多，但一般民眾也能旁聽。」

一美接著解釋，旁聽者只能隔著玻璃觀看，既不能提問也不能發言。

「所以嚴格說來，不是與她見面，只是在旁邊看著她。」

「妳怎麼會知道有這種活動？」我問。

「我身爲考生，平常除了念書，還會到大學參觀。有個高中社團的學長幫我不少忙。」

一美的第一志願是某大學的法律系，那個學長正是該法律系的學生。在那個科系裡，有位講座課程的教授，是專門研究國內死刑制度歷史的法理學家。

「那位教授認為現在的死刑制度包含了太多黑箱作業，應該對民眾公布更多的資訊。據說他長年投入於陳情活動，經常向議會提出陳情書。」

「與死刑犯的對話」也是其活動的一環，會在全國各地定期舉行。

「聽說辯護團體說服掛井小百合。大概只要多參加這類活動，死刑的執行時間就會延後。」

我瞇起了眼睛說道：「剛好就有這種活動？總覺得太巧了一點。」

原本面無表情的一美，此時終於露出了淡淡的微笑。「就在妳想見她的這個時機，對吧？但是聽說掛井小百合早在三個月前，就已經決定要參加這場對談活動了。」

「我上網搜尋的時候，怎麼沒看到辯護團體的網站上公布這個消息？」

「可能當時還沒有募集一般民眾旁聽吧。決定旁聽者的抽籤，都是上個星期才舉辦。」

我心想，原來有那麼多人想要旁聽那種對談，還得靠抽籤來決定？我實在無法理解，那些人到底想要聽見什麼，或是看見什麼。

「與學長一同參加講座的所有同學都參加了抽籤，總共抽中三個名額。但除了學長以外的所有人都臨時打退堂鼓，因此現在多了兩個名額出來。」

一美以她那細長的雙眸凝視著我。

「他們說只要有興趣，高中生也可以參加，教授還會負責帶隊前往。」

據說是因為教授認為這對年輕人是相當寶貴的經驗。

「哪一天？」

「下星期六。」

不知該說是命中注定，還是上天的安排。那一天我剛好沒事。

「一般民眾的旁聽人數約有一百人，當天除了要攜帶身分證之外，還得接受手提行李檢查及身體檢查。進入會場後只能乖乖坐著，不能喧嘩也不能起身，不能攜帶任何告示牌或海報，而且絕對禁止錄音或錄影，這些規則就跟法庭上的旁聽一模一樣。」

我不禁有些躍躍欲試，卻又感到恐懼，忍不住問道：

「一美，既然還有兩個名額，妳應該會陪我去吧？」

「那當然。」

我的美女姊姊以意氣風發的口吻說道。

死刑犯雖然會受到監禁，但監禁本身並非他們必須服的刑，因此監禁的地點並非監獄，而是看守所。在那天之前，我一直不知道這一點。由於從「大家庭」前往看守所，光是單程就要三小時，因此我申請了外出許可。我聲稱要和一美想報考的大學學長姊們一起去健行，負責人員笑著送我出門，還對我說了一句：

「祝妳玩得愉快，或許能遇上妳的白馬王子呢。」

教授特地開了他自己的車子，前來載學長、一美及我。一路上，教授對我們說明了「與死刑犯的對話」的活動宗旨，以及進入看守所內須要辦理的種種手續。

「如果進去之前妳們突然覺得身體不舒服或改變了心意，不想參加了，可以說出來沒關係。我不希望讓妳們感覺受到了強迫。」

「好的，謝謝教授。」

教授是位白髮蒼蒼的老紳士，他完全沒有提及關於他自己的研究及活動內容。

「我會在監控室裡負責紀錄，所以不會在旁聽席上。勝俣，你要好好照顧她們兩個。」

勝俣就是一美的學長。長相實在稱不上帥氣，但塊頭大又沉著穩重，感覺相當値得依靠。

「好的，我會負起照看她們的責任。」

結束了必要的說明之後，教授便播放起古典音樂，專心開起車子。勝俣學長與一美接下來只不斷閒聊著大學的校際橄欖球比賽。在這天之前，我完全不知道一美喜歡橄欖球。或許她喜歡的不是橄欖球，而是勝俣學長吧。我心想，等等一定要讓她從實招來。

看守所位在森林的深處，外圍有兩層鐵網牆。等間隔配置的照明燈，像是一枚枚小型的圓盤整齊排列在半空中。建築物本身就是個樸實無華的四方形混凝土塊，簡直就像是喜歡惡作劇的天神在森林裡拋下了一塊巨大的磚塊。

穿過了銀色的鐵網牆，首先看見滿地白色碎石。乾燥的地面滿是灰塵，一片灰白。以某種角度而言，其實有點像是展示奇特現代藝術品的美術館。

走進建築物內，所有的一般旁聽者都依照著指示默默辦理手續。手提行李的檢查與身體檢查就跟機場沒什麼兩樣，基本上只是例行公事，警衛們也都相當客氣親切。

日光燈的均等照耀，讓視線裡的每個角落都一樣明亮。一百人齊聚在燈光底下，完全符合當初預定的旁聽人數。有男有女，有老有少，衣著打扮也截然不同。就算這裡頭隱藏著反對死刑的抗議分子，暫時似乎也沒有鬧事的打算。

每個人的神情都很緊張，幾乎不開口說話。我不禁有種錯覺，彷彿在所內來回走動的刑務官身影愈來愈巨大，自己這些一般民眾的身影卻是愈來愈矮小。

原本以爲高中生大概只有我跟一美而已，沒想到除了我們之外，還有另外一組高中生。對方是四名男高中生，由一個看起來像記者的男人帶隊。那男人似乎認得教授，移動途中他還特地走過來向教授遞出名片，打了聲招呼。

活動的地點，是一座小型的表演廳。教授在入口處的前廳向我們道了別。

「這座小表演廳平時會舉辦一些活動，讓收容人打發時間、排遣無聊。」

勝俣學長環顧左右，向我們說道。

或許因爲是供收容人使用，擺在前廳的桌椅都很樸素，而且所有的東西都直接釘死在地板上。附近找不到一個垃圾桶，也沒有任何可以藏東西的地方。

「例如什麼樣的活動？」

「落語（註）、演唱會、小劇團的表演什麼的。」

「一樣只能隔著玻璃看？」

「不，在舞臺前方張設防彈玻璃，是這次對話活動的特殊安排。」

「哇，眞是大費周章。」

旁聽者們在前廳裡待了一會，緊張感稍微消褪，紛紛說起了話來。但每個人都是壓低了聲音，彷彿在表達著心中的敬畏之意。向誰表達？死刑犯？還是當初遭死刑犯謀害的犧牲者？

一陣鈴聲響起，緊接著牆上的擴音器傳出了廣播聲，指示旁聽者開始進場。

「我們走吧。」勝俣學長起身邁步，一美與我趕緊跟上。從前廳進入小表演廳的出入口只有一個，使用的是對開式的隔音門。

註：日本的傳統說話表演，類似華人文化中的相聲。

由於已經早有覺悟，直到剛剛爲止，我並不認爲參加這樣的活動有什麼大不了。但不知道從什麼時候開始，我的膝蓋竟然在微微顫抖。我咬緊牙關，在心中不斷激勵自己別低下頭。但我站在隊伍裡，卻感覺心臟的鼓動愈來愈快。我感到呼吸困難，忍不住以手掌按住了胸口。

「二葉，妳還好嗎？」

一美拉著我的手腕問道。勝俣學長轉過頭來，瞪大了眼睛說道：

「妳妹妹怎麼臉色蒼白？」

好奇怪……爲什麼我會有這樣的反應？

「我沒事。對不起，讓你們擔心了。」

「看起來可不像沒事的樣子，我們先出去吧。」

一美慢慢將我往門外拉，勝俣學長向周圍陸續進場的旁聽者們微微鞠躬道歉。

我一時感覺像得了貧血，眼前天旋地轉，身上直冒冷汗，呼吸愈來愈急促。來自四面八方的視線，宛如針一般扎在我的身上。遭受同情的感覺令我極不舒服。

「二葉，我們待在這裡吧。」

一美摟著我的肩膀說道。

「學長，對不起。我們就不進去了。」

「別介意，我也覺得這麼做比較好。」

我想要對他們說「我沒事，我們進去吧」，但我的嘴唇只是開開闔闔，發不出半點聲音。我感覺氣血上湧，兩眼發熱，胸口彷彿壓了重物。

我的腦袋亂成了一團，零星的畫面不斷在腦海裡一閃即逝。耳中嗡嗡作響，胸口一陣噁心，四肢愈來愈冰冷。

這會不會就是記憶沉澱化的「異常徵兆」？難道過去的記憶，正在我的體內蠢蠢欲動？不，絕對不可能。在《母親法》的保護下，我一直生活在理想的寄養家庭裡，沒有理由出現這種症狀。

「學長，你進去旁聽吧。等等如果二葉感覺舒服了點，我再帶她進去找你。」

「沒有問題，我會坐在最後一排，好讓妳們方便找到我。」

學長走進隔音門之後，前廳裡就只剩下一美與我兩人。

「坐著吧。」

一美扶著我走到附近的沙發。一坐下來，沙發內部的彈簧竟發出吱嘎聲響。這沙發坐起來的感覺實在是很不舒服，我卻不禁感到鬆了口氣。

一美陪伴在我的身邊，在我的耳畔低聲說道：

「對不起，我不該帶妳來這種地方。」

一美告訴我，她只是想要幫助我化解懊惱的情緒。她只是想要和我一起戰勝安西的卑劣手段及僞善的謊言。

「老實跟妳說，我把妳的事情告訴了學長和教授。我告訴他們，掛井小百合可能是我妹妹的親生母親。我問他們有沒有什麼辦法，能夠讓妳和掛井小百合見上一面。於是他們告訴了我今天的對談活動，還為我設法保留了參加名額。」

原來根本不是抽籤抽中了，也不是講座的其他同學臨時打退堂鼓。這場對談活動根本沒有向一般民眾招募旁聽者。今天來參加這場「與死刑犯的對談」活動的人，只有主辦方的學者、協辦者及所屬大學、研究機構的相關人士，以及那些人的學生。

「但是能在這種時候剛好遇上這樣的活動，畢竟是命運的安排。」

我努力調勻呼吸，有氣無力地說道。如果隨便抬起頭，我怕又會感到暈眩，只好讓整個上半身維持前傾的姿勢。一美輕輕按撫著我的背部。

「那一點也不重要，我們就在這裡等到對談結束吧。」

從這裡完全無法確認表演廳裡的狀況。因爲隔音門，我們聽不見半點聲響，彷彿門內一個人也沒有。我不禁懷疑，會不會是我與一美垂首坐在這裡的時候，門內的旁聽者們早就離開了，此刻整棟建築物裡只剩下我們兩人。

各種紊亂的念頭在我的腦海裡盤旋著。咲子媽媽是我的母親。我的母親就只有咲子媽媽一人。我就是我。我身爲咲子媽媽的女兒，擁有媽媽爲我深切祈禱的，屬於我一個人的未來。

我沒有必要感到害怕。我不應該在此時退縮。我不能認輸。

絕不能。

「……一美。」我坐起了上半身。

感覺不再暈眩，冷汗也停了。我的膝蓋不再顫抖，兩腳終於能夠使得出力氣。

「我們進去吧。」

一美那一對美麗的雙眸，就在我的身旁，映照出了我的身影。

「我沒事了，走吧。」

我跟她手牽著手，一同站了起來。一拉開隔音門，眼前的空間卻是漆黑一片。原來在門的內側，還有另外一扇門。

我隱約聽見了說話聲。將內側的門輕輕拉開，聲音變得更加清晰了。那是男人的說話聲。

「……請問妳現在最想要的東西是什麼？不管是物質方面，還是精神方面都可以說。」

一美率先穿過門縫，我也跟著鑽進去。小表演廳裡座無虛席。自後方望去，可以看見一排排的椅背，以及一顆顆旁聽者的後腦杓。觀眾席的照明燈光並沒有熄滅，可以清楚看見周圍。

舞臺上圍繞著一排玻璃牆。略帶黃色的燈光，投射進玻璃牆的內側。裡頭有一張外觀樸素的桌子，就跟擺在前廳的那些桌子一模一樣。除此之外，還有三張帶有椅背的鐵椅。面對觀眾席的右邊兩張椅子，分別坐著兩個身穿西裝的男人。一個人手裡握著無線麥克風，另一人拿著文件夾板。

隔著桌子的左側椅子，則坐著一個女人。身上穿著上下成套的淡色運動服，腳下踩著無帶扣的便鞋。雙手放在膝蓋上，手腕扣著手銬。兩名頭戴制帽、身穿制服的刑務官，就站在她的身後，維持著稍息的姿勢。

幾個旁聽者似乎被我與一美的聲音驚擾了，轉頭朝我們看了一眼。一美和我趕緊走到最後一排的後方，靜靜站著不動。轉頭看我們的旁聽者們又將視線移回舞臺上。

跟三年前的照片相比，掛井小百合消瘦不少。照片裡的她有著一頭垂肩的長髮，如今她則是在後頭處綁了條馬尾。完全沒有化妝的臉，在燈光下乾燥得有如紙人偶。凹陷的雙眼，既不是望向發問者，也不是旁聽者。雙肩下垂，上半身微微扭曲，腳尖邋遢地往兩側張開。

「我沒有任何想要的東西。」

聲音毫無抑揚頓挫，而且有些沙啞。從中感受不到一絲一毫的情緒。她唯一傳達的訊息……唯一散發出來的訊息……

——只有疲勞。

這是我心中唯一的感想。眼前這個女人如今已是精疲力竭，彷彿隨時會從世界上消失。就像是一顆壽命即將終結的燈泡。

我凝視著她的模樣，同時可以清楚地感受到一美在我的身旁屏住了呼吸。

我看著掛井小百合，不斷地看著她。男人又問了下一個問題。支援或辯護團體送什麼東西到所裡給妳，最能讓妳感到開心？

掛井小百合輕輕嘆了口氣，在椅子上微微移動了臀部。手銬在燈光下閃閃發亮。她抬起了頭，彷彿想要避開手銬反射出的刺眼光芒。接著她的視線在會場裡的旁聽者之間游移。

最後一排的右邊角落，有個人悄悄站了起來。那個人正是勝俣學長。一美似乎也察覺了。她朝著我微微點頭，接著踮起了腳，朝著勝俁學長的方向慢慢前進。

此時舞臺上出現了異狀。

麥克風發出了刺耳的聲響。那是擴音器的聲音傳入麥克風所造成的「嘯音」。

我隱約聽見了女人的說話聲，但聽不清楚內容。

下一瞬間，響起了一陣尖叫。

旁聽席上霎時發生一陣騷動，每一顆後腦杓都在左右搖擺。兩名刑務官都往前踏了一步。剛剛提問的男人，錯愕地微微抬起了上半身，另一名男人雖然端坐在椅子上，卻也瞪大了眼睛。

「優亞？」

那是掛井小百合的聲音。乾瘦臉孔上深深凹陷的一對眼珠，正朝這個方向望來。

她正在看著我。

「優亞？妳是優亞，對吧？」

掛井小百合試圖想要站起來，刑務官趕緊按住了她的肩膀。她不斷掙扎，一邊扭動身體，一邊用力甩著頭。

「我認得出來！妳是優亞！我是妳媽媽呀，妳來看我了？」

旁聽者們一片譁然，拉扯座椅聲此起彼落。

「掛井小姐，請妳保持冷靜，我們的對談還沒有結束。」

提問的男人試圖安撫，掛井小百合卻彷彿沒有聽見。

「放開我！我的女兒來看我了！就在那裡，她特地來看我了！」

原本沙啞的聲音瞬間變得強而有力，枯瘦的身體再度血脈賁張。掛井小百合從紙人偶變成了有血有肉的活人。她激動亢奮，拚命想要掙脫兩名刑務官的控制，頭髮變得紊亂，臉頰脹得通紅。

「優亞！優亞！媽媽好想妳！眞的好想妳！從來沒有一天忘了妳！對不起！媽媽對不起妳！」

母親朝著女兒大聲吶喊。

就算是再怎麼不盡責的母親，畢竟有著母親的天性。

但是她搞錯了。

我也搞錯了。掛井小百合眼中所看的人並不是我。

是一美。她正在朝著一美吶喊。

她以爲一美是她的女兒。是她那個曾經叫做「優亞」的女兒。是她那個倒楣、不幸、沒辦法選擇父母的可憐女兒。

爲什麼？因爲一美長得比較漂亮嗎？雖然我跟她已經因《母親法》的魔法而變得神似，但依然不及她那副讓人眼睛一亮的美麗外貌？

這眞是天底下最可笑的事情！

不斷嘶吼與掙扎的女死刑犯，在近百名旁聽者的面前遭刑務官壓制，拖往舞臺的側邊。舞臺上的兩個男人皆板著臉，旁聽者紛紛交頭接耳，無數的視線來回交錯，麥克風依然響個不停。

我以雙手摀住了耳朵，只想對這齣充滿諷刺的鬧劇哈哈大笑。看啊！什麼親生母親，什麼血濃於水！這個女人連自己的親生女兒是誰都分辨不出來。

我忍不住張口大喊，彷彿有無窮無盡的情緒自我的咽喉傾洩而出。我感覺到有人抓住了我的手腕，緊緊抱住了我的身體。

是誰在哭泣？不是我，絕對不是我。因爲我在笑，我在笑著眼前這荒唐可笑的一切。

但爲什麼一美哭了？她爲什麼想要阻止我？我到底想要做什麼？

我絕不承認那個人是我的母親。

唯有《母親法》才是眞理。

咲子媽媽在哪裡？她跑到哪裡去了？我好想念媽媽！媽媽、媽媽、媽媽、媽媽、媽媽媽媽媽媽媽媽媽媽媽媽媽媽媽……

世界突然變得一片漆黑。

戰鬥員

藤川達三每天早上都在四點半起床。

起床後第一件事，是把棉被折好收起。過了八十歲的生日，達三感覺搬動棉被愈來愈吃力。但是在達三的觀念裡，一起床就要收起棉被是天經地義。墊被在最下面，枕頭在最上面。疊好了之後，就拿到六張榻榻米大的寢室西側窗下。那裡有一座木板架，整套棉被組必須整整齊齊地放在那上頭。像這樣把棉被放在太陽照得到的地方，有除濕的效果，比放在壁櫥裡要好得多。

刷了牙、洗了臉，換好衣服後，達三便走向廚房。從前每天早上都會洗米煮飯，但最近改用起了炊煮前不用清洗的免洗米。免洗米雖然價格較高，但能夠省下洗米水。而且冬天的時候，一大清早在寒冷的廚房將兩手伸進冷水裡洗米，對健康實在不好。整體來說，用免洗米還是利多於弊。

在熱水瓶裡的開水煮好之前，達三精準地量好了免洗米與水的分量，放進電鍋裡。接著達三取來一個小鍋子，倒入三百毫升的水，以及一小撮的小魚乾。

熱水瓶裡的水煮開了之後，達三泡了一壺粗茶。第一泡的第一杯，達三倒進了妻子愛用的茶杯裡。妻子已在三年前病逝，達三將茶杯放到佛壇上，輕敲鉦鼓，接著雙手合十。

回到廚房後，達三坐在小矮凳上，在茶裡扔了一顆梅干，才開始啜飲。清晨喝一杯像這樣的梅乾茶，冬天可以暖身，夏天可以補充睡眠中流失的水分與鹽分。

接著達三才開始進行出門前的準備。冬天的時候戴上耳罩及作業用手套，夏天則在脖子上掛一條毛巾。免洗米吸收水分及小魚乾讓湯頭入味都需要將近一小時的時間，達三每天都會利用這段時間到附近散步。

散步的路線也固定的，共三條，分別是①町內北迴路線、②町內南迴路線、③綠道公園環繞路線。一年三百六十五天，只要天候及健康許可，達三早上都會依順序走這三條散步路線。

達三走到門口，穿上運動鞋，綁上鞋帶。妻子還健在時，達三會在這時將一個計步器夾在褲頭的皮帶上。但就在妻子去世的那天早上，計步器壞掉了。之後，達三沒有再買過新的計步器。

達三住在一棟以木材及砂漿建成的透天厝，至今已有將近四十年歷史，如今達三已成了唯一的居住者。外牆到處可見斑駁的裂縫，有如達三的眼角及嘴邊的皺紋。人老了，家也老了。

然而達三臉上及手腳都是皺紋，骨質密度卻還維持在平均值以上。這棟屋子也跟達三一樣，雖然年事已高，卻是屹立不搖。發生日本東北大地震的時候，首都圈的地震強度也超過五級，這棟屋子卻毫髮無傷。居住在東京都心的長男，住家是一棟高樓層的公寓。發生地震的當下，公寓裡的書架倒塌，廚房的餐盤器皿也破了好幾個。達三住的這棟老舊屋裡，卻連一個小碟子也沒破。

屋子的大門上有兩道鎖，而且第二道鎖還是不容易被人以開鎖工具開啓的特殊門鎖。那是因爲當年妻子在町內的傳閱板上，看到了附近經常發生老年人住處遭人侵入行竊的消息。妻子非常緊張，立即便請鎖匠在自家的門上多裝了一道鎖。不久之後，妻子就因病住院，再也沒有回來。因此達三將這道門鎖當成了妻子的遺物。

鎖上了門鎖之後，達三先原地踏步了十次，接著才邁開步伐。這天是六月初的星期一，時間是清晨五點多。

由於昨天走的是①的路線，今天早上應該要走②的路線。但基於特別的理由，達三決定再走一次①的路線。在這條路線的途中，有一座總戶數多達五百戶以上的大型公寓社區，名叫「館川Castle Palace」。所謂的特別理由，其實就是爲了從這座大型公寓的旁邊通過。

就在昨天，星期日的清晨五點半左右，達三散步到了「館川Castle Palace」的旁邊時，目擊了一起非常古怪的事件。說起古怪，其實光是「Castle Palace」這個名稱本身就古怪得很。Castle的意思是城堡，Palace的意思則是宮殿，這兩個字眼的意思基本上是互相牴觸的。就好像只會有「屋宅」這種字眼，不會有「城宅」這種字眼。

「館川Castle Palace」是棟四、五年前才落成的建築物，可見得取了這個名稱的人，肯定是生活在二十一世紀的現代人。既然身爲現代的企業人士，只要稍微使用電腦查一下，應該馬上就能查到這兩個英文詞彙的正確意思才對。爲什麼會取這種十個人裡面會有七個人覺得怪的名稱，而且沒有人提出質疑，也沒有機會訂正？

或許這就是我們這個社會的悲哀之處吧。在這個社會上，就是會發生這種事。達三曾經任職於某一家專門生產機械儀器的上市公司，退休前的職位還是堂堂的第二製作部長。因此達三非常清楚這些難以捉摸的人情世故，以及組織的弱點。即使是再怎麼優秀的企業組織，公司高層還是有可能會出紕漏，就像是每到中午的特定時間，超市賣場就會出現空無一人的狀態。基於這樣的認知，達三從來沒有爲此發過牢騷。

——「Castle Palace」是什麼鬼名字。

達三從來沒有這麼說過，以後大概也不會說。

至於達三昨天所看見的古怪景象，則跟公寓的古怪名稱毫無關係。達三並不是個喜歡多管閒事的人。有些老人只要看見不順眼的事情，就算是與自己無關的瑣碎小事，也會忍不住想要嘮叨幾句，但達三並不是那樣的人。實在是因爲昨天看見的那景象實在太過匪夷所思，令達三當場看傻了，無法不掛在心上。

「館川Castle Palace」靠近達三散步時走過的道路這一側，有一座專供公寓居民使用的腳踏車停放場。換句話說，達三散步時並非從公寓的正面走過，而是公寓的西側面。這一條路相當狹窄，大概只能容一輛輕型汽車（註）勉強通過。像這樣狹窄的巷道，當然也不會有人行道及護欄。

即使是在大白天，也很少有人通行。就連達三自己，在刻意尋找新的散步路線之前，也從來沒有走過這條路。要是到了晚上，想必更是人跡罕至吧。在腳踏車停放場與窄道的中間，有一道包圍了整座「館川Castle Palace」公寓的圍牆。圍牆的下層是一排花紋水泥磚，約到達三的肚臍高度，上層則是熟鐵製的欄杆。腳踏車停放場內約有一半是雙層式的機械空間，另一半是平面空間。而且爲了方便管理，還有著「東棟A1～50」「南棟B 30～90」之類的標示。

停放場的上方有遮雨棚，棚架簡陋，就只是前後各有三根鐵柱，將停放場圍起，上頭鋪著石板。根據達三的推測，當初設計這棟公寓的時候應該沒有包含遮雨棚，是後來才加蓋的，因此跟高級的公寓外觀比起來，遮雨棚的模樣實在讓人不敢恭維。說得難聽一點，整個棚架透著一股寒酸感。不過這也與達三目擊的古怪現象無關。

撇開遮雨棚的問題不談，近年來許多大型集合式住宅的停車場或腳踏車停放場，都基於安全上的考量，而架設了監視器。當然這裡的腳踏車停放場也不例外。從達三散步路線的前進方向由近至遠數來的第三根鐵柱上方，就有一臺監視器，但看起來裝得隨隨便便，並不是很用心。監視器的鏡頭對著腳踏車停放場的內側，因此達三走過圍牆外時，只能看見監視器的側面。當然達三也從來不曾仔細觀察過那臺監視器。

——噢，有監視器。

這大概是達三以眼角餘光瞥見監視器時的唯一感想。

註：依照日本道路法規，輕型汽車指排氣量在六六〇ＣＣ下的汽車。

而且老實說，最近這一年來，達三幾乎連眼角餘光也不曾瞥見過那臺監視器。那是因爲達三雖然不曾罹患什麼生死交關的重病，眼睛卻患有青光眼。第一次發現症狀，是在接受市公所舉辦的老人健檢時。從此之後，爲了防止症狀惡化，達三便經常到固定的眼科診所接受藥物治療。

多虧了藥物的幫助，青光眼的惡化速度非常緩慢，但緩慢歸緩慢，畢竟不是完全停止。最近這一陣子，達三明顯感覺到自己能看見的視野變小了。尤其是右眼，症狀已頗爲嚴重。

達三有一個兒子及一個女兒。在兩個孩子正値多愁善感的反抗期時，他們曾經向父親抱怨：「爸爸簡直像是工作機器，完全不管家庭！」達三則是站在大人的立場如此斥罵：「我既然拿公司的薪水，幫公司做事有什麼不對！」不過達三雖然嘴上這麼反駁，內心卻也深自反省了。無論如何，達三不想成爲一個目光短淺、只知道爲公司做牛做馬的傻子。沒想到諷刺的是現在不用再上班，身爲父母的義務也結束了，卻因爲疾病而變成一個「目光短淺」的人。

因爲這個眼部疾病的關係，最近達三經常沒有注意到監視器的存在。或者應該說是無法看見。昨天清晨達三通過這裡時，首先進入狹窄視野之中的景象，也不包含這臺監視器。

達三最先看見的，是一個穿著白色圓領上衣及運動褲、年紀約十歲左右的男孩。那個男孩的臉色難看，一對眼珠流露出異樣神采，右手拿著一根棒狀物，正將監視器從鐵柱上敲下來。

達三立即喊了一聲「喂」，但男孩或許是太過專注於破壞行爲的關係，竟然毫無反應。達三緊接著又大喊一聲：「喂！你在幹什麼！快住手！」

達三的怒吼聲，在靜謐的星期日清晨聽起來異常響亮。此時男孩子終於回過神，慌慌張張地停止破壞行爲。他朝達三瞥一眼，立即像脫兔一樣跳下圍牆的另一側，飛也似地朝公寓方向逃竄。

達三並沒有追趕上去。一來現在的達三要翻越圍牆實在有點吃力，二來就算翻了過去，也不可能追趕得上一個十歲的孩子。目睹了這異常景象的達三，只是一面讓悸動的心情恢復冷靜，一面沿著原路往回走，來到了「館川Castle Palace」的正門前。

公寓建築在寬廣的土地上建成了ㄈ字形，門口附近有一棟管理室，後方便是種著各種花花草草的中庭。管理室的玻璃門呈緊閉狀態。或許因為這天是星期日，管理員也公休吧。何況就算沒有公休，這個時間開門也太早了點。

監視器的安裝位置很高，就算是大人也搆不到，可想而知那個男孩一定是站在某種東西的上頭。走進腳踏車停放場一看，地上放著一座鐵梯，四周一個人也沒有。達三不禁揉了揉眼睛。

——我沒有看錯，剛剛那孩子真的就在這裡。

鐵梯似乎是管理室的公物，梯腳的位置貼著一張貼紙，上頭寫著「用畢請歸還管理室」。

話說回來，一個孩子怎麼會做出那種行為？如果只是想要惡作劇，破壞監視器未免太異想天開了。只有曾經犯罪或是準備犯罪的人，才會討厭監視器。這實在不像是一個身穿圓領上衣及運動褲的小學生會做的事。難道那孩子是為了偷腳踏車，所以想要先破壞掉監視器？如果是的話，不知該說那孩子周到得可怕，還是膽小得可愛。

達三仰望那臺監視器。那是小型機種，像特別短的望遠鏡，圓滾滾的大鏡頭帶了幾分傻氣。外殼的材質不是金屬，而是暗灰色的樹脂。基座的平板以螺栓固定在鐵柱上，平板部分與機身部分的相連處較其它部位細一些。男孩子似乎就是拿棍棒敲打這個部位，隱約可見白色裂縫。

然而青光眼除了會讓視野變得狹窄之外，還會讓眼前的景色變暗。所以監視器上是不是真的有白色裂縫，也就是遭破壞的痕跡，達三並沒有自信。而且達三雖然親眼目睹了剛剛那樁怪事，但達三擔心自己並不具備足夠的說服力，能夠說服他人相信。

即使是在星期日，還是有不少人選擇早起。公寓的門口走出了一個拎著狗鍊的女人，狗鍊的另一端連著一條看起來像骯髒抹布的茶褐色小型犬。另一頭的庭院植物附近，也傳出了說話聲。

達三決定靜靜地離開現場。畢竟自己並非這棟公寓裡的居民。在這種一大清早的時候，站在腳踏車停放場裡的鐵梯旁邊，難保不會被當成竊賊。

當達三回到散步路線上的時候，心裡的悸動已緩和了不少。剛剛那件事雖然沒有讓達三驚惶失措，但好歹嚇一跳。達三一面散步，慢條斯理地分析起這件事情讓自己嚇一跳的理由。

想著想著，達三察覺這件事除了古怪與莫名其妙之外，還隱藏著一個讓自己百思不解的疑點。

——爲什麼完全沒有聲音？

那個男孩子不是拿著棍棒用力敲打監視器嗎？達三的眼力雖然變差了，但是聽力可是絲毫沒有退步。更何況是在如此安靜的清晨，如果男孩眞的做出那樣的行爲，在目擊之前應該就會聽到不小的撞擊聲才對。

——我剛剛什麼也沒聽見！

達三細細回想剛剛的情況，在男孩從鐵梯跳下地面的瞬間，自己聽見了雙腳落地的聲音。沒錯，確實聽見了。

另一點也讓達三感到納悶，那就是男孩當時的表情。

就在與達三四目相交的瞬間，那男孩嚇得眼珠子差一點掉下來。當然若解釋爲被達三的大嗓門嚇到，似乎也是合情合理。

但達三此刻冷靜下來細細回想，那男孩在聽見達三的斥罵聲之前，一直是非常專注地敲打著監視器。早在那個時候，男孩的臉上似乎就已經帶著彷彿眼珠子快要掉下來的驚嚇表情。

那實在不像是孩童正在惡作劇時的表情，不像是孩童對一件事情樂在其中的表情。如果要打個比方，那就像是正鼓起勇氣與心中害怕的事物一決勝負的表情。

在達三的兒子及女兒還在讀國小的時候，有一次達三家那小小的後院裡竟然出現了一條蛇。那條蛇的身體不算小，但是不帶毒性，是一條性情溫和的「青大將（日本錦蛇）」。但兩個孩子們還是驚聲尖叫，尤其女兒更是嚇得嚎啕大哭。

此時哥哥衝了過去，擋在妹妹的前面。當時剛好後院裡曬著一個澡桶的木蓋，哥哥拿起來當成盾牌，勇敢迎向那條蛇，想要將之擊退。至於那條蛇，則是一直蜷曲著身子，一副懶洋洋的模樣，對眼前發生的事情視而不見。如果這樣僵持下去，任何一邊受了傷都不好，於是妻子在蛇的附近點起了蚊香。蛇討厭那煙的氣味，不一會就逃走了。雖然蛇已經離開了，但女兒還是持續發抖了好一陣子，兒子也是情緒激動地一直抓著木蓋不放。

在達三的腦海裡，從前兒子臉上的表情，與那個企圖敲落監視器的男孩臉上的表情如出一轍。

結束了散步，回到家裡之後，達三左思右想，一直拿不定主意。下午及傍晚都曾一度決定到「館川Castle Palace」的管理室去打聽看看狀況，但兩次都打消了念頭。畢竟這不關自己的事。最好的情況，是對方感到莫名其妙；最壞的情況，則是會被當成笑柄。

達三心想，明天再走一次那條路好了。倒也不是專程去看那臺監視器，只是一如往常通過腳踏車停放場的旁邊，看看有沒有什麼異狀。如果什麼事也沒有，那是再好也不過了。

人活在這個社會上，偶而總是會遇上一些難以理解的事。當遇上這種情況，不見得一定要查個水落石出。或者應該說，不見得每次都能查個水落石出。因此只要把這件事深深埋在心底，偶而想起「從前發生過那樣的怪事」就行了。像達三這樣的老人，早已看破眞實人生的無常百態。

因此達三最後決定，隔天星期一的一大早，再走一次①的路線。

由於剛進入梅雨季，早晨的空氣陰鬱潮濕。達三依照固定的步調走了大約十分鐘左右，原本乾燥的皮膚已開始滲出涔涔汗水。走在通往車站的大馬路上，擦肩而過的年輕上班女郎已改穿起了無袖的上衣。達三彎過通往「館川Castle Palace」的轉角，進入了巷道內，前方已可看見腳踏車停放場的石板屋頂。

達三停下了腳步。

監視器還在。那個看起來像特別短的望遠鏡的形狀，絕對不會認錯。

問題是位置變了。改爲架設在第二根鐵柱的上方。

面對的方向也變了。看起來有點傻氣的鏡頭，此時面對達三所走的巷道方向。

達三忍不住仔細凝視監視器的鏡頭。今天早上自己映照在監視器畫面上的表情，肯定就跟昨天那個男孩一樣，嚇得眼珠子快要掉出來吧。

——把這件事深深埋在心底，偶而想起「從前發生過那樣的怪事」就行了。

接下來的一個星期，達三謹守著這個方針。別說是「館川Castle Palace」的管理室，就連那棟公寓也不再靠近。在這一個星期之中，達三走了三次①的路線。第二次及第三次走過的時候，監視器的位置都是在第二根鐵柱上。

鏡頭也都是朝著道路的方向。要防止有人越過圍牆侵入腳踏車停放場，這才是比較正確的做法。多半是公寓管理員或管理委員會的理事們經過討論之後，認爲這麼裝設比較妥當，所以改變了監視器的位置。這樣的推測不僅合情合理，而且非常有可能發生。

然而就在第三次抬頭仰望監視器的時候，達三忽然發現了一件事。

監視器裝設在現在的位置，如果想要從下方對監視器動手腳，必須先把石板屋頂底下那一大堆腳踏車先移開，如此才能有放置鐵梯的空間，可說是十分麻煩。

相較之下，當初監視器是裝設在第三根鐵柱，也就是位在角落的鐵柱上方。因此要接近監視器相當簡單，只要將鐵梯放置在腳踏車停放場的邊緣就行了。一星期前那個早上，那個男孩正是這麼做的。如今想要像當初那樣攻擊監視器，已經沒有辦法做到了。簡直就像是監視器擁有了生命，自行移動到了比較不會受到攻擊的位置。

然而現實當然不可能發生這種事。達三不禁暗笑自己胡思亂想，還咕噥了一句「我眞傻」。不管是在散步途中，還是在其它時間基於其它理由而前往附近，達三都沒有遇上那個男孩子。

達三心想，那孩子應該是住在「館川Castle Palace」裡吧。只要肯花心思尋找（當然除了要不怕麻煩之外，還要不怕給人添麻煩，而且還得祈求公寓居民夠熱心或是自己運氣夠好），要把那男孩找出來並非絕無可能，但是達三實在想不到必要性。就算那個男孩擁有某種正當的理由，必須將腳踏車停放場的監視器破壞掉，那也應該是由他的父母或學校老師協助解決，不該由毫無瓜葛的自己插手干預。

這一天傍晚，達三正一邊聽著NHK的廣播新聞，一邊吃著晚餐。驀然間，達三聽到了一起發生在東京都某大型量販店屋內停車場的汽車墜樓意外。一輛前往購物的客人所駕駛的車輛，突然撞破了停車場的外牆，自三樓摔至地面。開車的男性駕駛及坐在副駕駛座上的妻子當場死亡。

達三一邊咬著醬菜，一邊猜想多半又是一起自排車的暴衝意外。新聞廣播的播報員繼續以其字正腔圓的嗓音說道：「多名目擊證人皆指出，死亡的男性駕駛及其妻子曾經在車子的旁邊發生口角。當地警方正根據停車場內的監視器影像，進一步釐清案情。」

達三不禁停下了筷子。

監視器……沒錯，量販店的停車場裡確實也會有監視器。

達三經常光顧的超市賣場，以及平常固定前往的醫院的等候室應該也有吧。只是自己過去從來不曾關心過而已。

有些監視器主要是發揮了恫嚇的效果，讓附近的人都知道「這裡有監視器」。有些監視器則裝得偷偷摸摸，不讓任何人知道。當然還有一些情況，設施的管理者是基於必要性才在某些地點設置監視器，使用者卻認爲那是侵犯隱私的行爲，因而要求撤除。

但不論是什麼樣的情況，都不會改變監視器是「眼睛」的事實。這些「眼睛」有時公然、有時低調地監視著民眾的一舉一動，獲取龐大的個人隱私。

隔天早上，達三從②的路線散步回來，翻開早報一看，上頭也刊登了昨天那起墜落意外。根據報上的記載，發生意外的車輛並非在停車格內突然暴衝，而是在進入停車場的通道後才開始加速，撞破了牆壁。發生意外之前，死亡的夫妻確實曾經大聲爭吵。有人說當時丈夫激動得滿臉通紅，妻子是在拚命安撫他的情緒。還有人說當時丈夫正在流鼻血，大聲叫喚著不知所云的話語。如果眞是如此，或許這根本不是一場意外，而是情緒激動的丈夫突然決定自殺，連妻子也害死了。

丈夫是一名四十三歲的上班族，妻子則是四十歲。他們有兩個孩子，據說夫妻感情很好，住家附近的鄰居們也對他們讚譽有加。達三不禁心想，這實在是一起悲劇。

達三雖然還是過著一成不變的生活，但自從發生這件事情之後，便養成了不管走到哪裡都會尋找監視器的習慣。就算是在散步的途中，也會發現好幾個。尤其是便利商店，監視器總是設置在一眼就能看見的明顯位置。

——這也未免太過分了點。

像這樣到處都有「眼睛」，難保哪一天不會被拍到無論如何絕對不能被人看見的一幕。就算有人無法忍受被監視器對著的生活，因而下定決心要把監視器砸毀，似乎也不是什麼奇怪的事情。

說穿了，達三的心裡還是無法忘懷「館川Castle Palace」那個男孩子的行爲，忘不了那個男孩子臉上的表情。愈是回想，達三愈是覺得當初那個男孩子正抱著「必死的決心」。

散步路線中的③，也就是綠道公園環繞路線，是將周長八百公尺的公園繞上三圈。這條路線和其它路線最大不同，就是一路上不必等紅綠燈，因此他不時會小憩片刻。每一次達三停下來休息的地點都大同小異，這一天早上也不例外。達三私下將那個地點命名爲「翹家老婦人的碉堡」。

在那綠道公園裡的一個小角落，有一棟由市公所的公園管理處建來擺放各種工具的鐵皮小屋。鐵皮小屋的旁邊，經常有一名老婦人佇足逗留。老婦人的身邊總是帶著一臺相當大的購物推車，推車上掛著好幾袋高高鼓起的塑膠袋及紙袋。那裡有一個四方形的鐵罐（肥料的空罐），老婦人會在鐵罐上頭擺一個小小的座墊，坐在上頭休息。

達三維持每天早上出門散步的習慣，已有超過十年的時間。直到去年的春天，那個地方才開始出現逗留的老婦人。

——多半是個無家可歸的老太太吧。

剛開始的時候，達三一直這麼認爲，還對老婦人寄予一絲同情。但過了一陣子之後，達三便發現事實並非如此。

不過達三察覺這個眞相，並非是在清晨散步的時候，而是在某一天的下午。當時達三有事想要前往位在公園旁邊的市公所，因而穿過了公園。當走到平常老婦人休息的地點時，達三赫然發現那裡停了一輛腳踏車，緊接著又聽見了尖銳的女性叫喚聲。

達三擔心老婦人與人爭執，趕緊走上前去。仔細一瞧，老婦人一如往常坐在鐵罐上，前方卻站著身材削瘦的中年婦人。那個中年婦人雙手插在腰際，氣呼呼地對著老婦人大聲抱怨。

「別坐在這裡了，快回家吧。妳也要替我想一想。鄰居們大家都在看，讓我好沒面子。」兩人的距離不到一公尺，老婦人卻是一副充耳不聞的態度。「我不是跟妳道歉過好幾次了嗎？妳什麼時候才要消氣？媽媽，拜託妳別再讓做女兒的我爲難。」

達三霎時聽得目瞪口呆。仔細一看，老婦人的臉上帶著淡淡的笑意。稱呼老婦人爲「媽媽」的中年婦人，則是氣得七竅生煙。光憑這一幕，達三便已明白了來龍去脈。老婦人並非無家可歸，而是因爲與女兒吵架，所以離家出走了。

自從發生了這件事情之後，達三雖不清楚老婦人與女兒（或者是與女兒一家人）是否已經重修舊好，但至少達三在散步的時候，並非每一次都會看見老婦人。有時發現老婦人不在，但是下一次又經過時，卻又看見老婦人一臉悠哉地坐在鐵罐上。或許老婦人還是喜歡離家出走，但或多或少已經會考量女兒的心情了。

事實上老婦人在離家出走的時候，一點也不寂寞。因爲她經常餵食公園裡的野貓、麻雀及鴿子，平常總是有不少小動物圍繞在她的身邊。而且清晨的公園其實相當熱鬧，不少人來這裡慢跑、健行及遛狗。老婦人經常會與那些人（主要是年紀相仿的人）閒話家常，至少在達三的眼裡，老婦人看起來很快樂。

達三自己從來不曾與老婦人及她的同伴交流，未來也沒有這樣的打算。事實上達三雖然私下稱她爲「老婦人」，但那是站在一般社會大眾觀點的稱呼。以她的年紀，在社會大眾的眼裡就是個不折不扣的老婦人。但其實她的年紀應該比達三小，可能小了十歲左右。達三從不與老婦人及她的同伴們有所往來，正是因爲有著年齡差距。就好像一群小學生玩在一起，裡頭如果夾雜著一個高中生，總是有點突兀。

不過達三曾經與老婦人交談過一次。今年三月中的某天早上，因爲附近發生了一場小火災，達三沒能出門散步，於是在傍晚來到了公園裡。

那天不管是收音機還是電視上的氣象預報，都可說是異常熱鬧。氣象廳對外宣布「首都圈將降下前所未見的大豪雨」，一下子提醒民眾「不要外出」，一下子又要民眾「爲了預防停電，應該先購買水及電池」，甚至還爲此召開了記者會。

當時的天色狀況確實不佳，而且在進入傍晚之後，風也愈來愈強，無數的烏雲在天空中快速流竄。就在達三心裡想著「今天繞一圈就好」的時候，剛好經過了「翹家老婦人的碉堡」。達三看見老婦人正坐在鐵罐上，撫摸著一隻野貓。那是一隻經常出現在公園裡的三花貓，此時正端坐在老婦人的膝蓋上。老婦人的腳邊放著不少行李。附近一個人也沒有，大概都是聽了氣象廳的警告，躲回自己的家裡了。達三心念一轉，停下了腳步。

「午安。」達三朝老婦人打了聲招呼，老婦人也對達三微微低頭鞠躬。

「據說晚一點會下大雨。」達三說道。

老婦人聽了似乎也不以爲意，只是點了點頭，說道：

「是啊，收音機一直講個不停呢。」

原來老婦人早已知道了。

「這裡可能有點危險，我建議妳回家避避雨。」

「是嗎？」

老婦人依然說得輕描淡寫。接著她朝膝蓋上的貓說道：「好吧，那我們回家吧，眞智子。」

達三不禁有些驚訝。第一，將一隻貓取名爲眞智子實在是有些稀奇。第二，原來不是野貓。

「這是妳養的貓？」

「是啊。我走到哪，牠就跟到哪。」

原來那隻貓是翹家老婦人的隨從。

「謝謝你的提醒。眞智子，我要收拾東西了。」

老婦人從鐵罐上站了起來，達三也邁步離開。當天晚上，可怕的暴風雨眞的襲擊了首都圈。

兩人的交集就只有這樣而已。達三與老婦人的關係並沒有因爲這件事情而更加接近。老婦人依然每天悠閒自在地待在她的「碉堡」旁，散步中的達三依然默默通過她的身旁。倒是在公園裡遇上單獨行動的眞智子時，達三會慰勞她一句「妳辛苦了」。

好了，現在我們將話題拉回發生「館川Castle Palace」那樁怪事的十二天後。

這天的清晨在陰雨綿綿的梅雨季裡，有著相當難得的晴朗天氣。依照順序，今天走的是③的散步路線。達三走在綠道公園裡，不一會來到了「翹家老婦人的碉堡」前方。

今天老婦人並沒有坐在鐵罐上，而是站在放置工具的鐵皮屋前方，仰望著屋頂。她將兩手插在腰際，板起了一張臉，就跟當初她的女兒來找她時一模一樣。就連站在她腳邊的眞智子，也同樣仰頭看著工具小屋的上方。

這樣的舉動實在不太對勁。

「早安。」

達三走過去問道：「怎麼了嗎？」

老婦人轉過頭來，嘴角向下彎曲，伸手指著工具小屋的屋頂問道：

「那是什麼？」

達三看清楚了老婦人所指的物體，想清楚了那物體設置在那個地方的意義，心裡頓時有種不好的預感。

那是一臺監視器。

架設的位置，就在工具小屋的屋簷底下，或者應該說是屋頂突出部分的內側，給人一種相當突兀的感覺。形狀與「館川Castle Palace」腳踏車停放場的監視器有幾分相似，但是機身尺寸較大一些，鏡頭當然也大了一圈。

「昨天明明還沒有這種東西。」

老婦人不悅地噘起了嘴。

「多半是趁晚上我不在的時候裝上去的。」老婦人說完這句話後，特地向達三解釋：「我可沒那個體力一直待在這種地方，所以晚上會回家睡覺。」

達三不禁心想，這不管是對老婦人自己，還是對她女兒，都是謝天謝地的事。

「妳昨天在這裡待到幾點？」

「大概八點多吧……對吧，眞智子？」

老婦人突然朝腳邊的貓問。達三也低頭望向眞智子。這個瞬間，達三心臟猛然震一下。

眞智子正惡狠狠地瞪著監視器，背上的毛全都豎了起來，瞇起了雙眼，兩隻耳朵高高舉起。達三再度仰望那臺監視器。一隻貓爲什麼要對監視器表現出那種警戒及恫嚇的態度？

——確實是有點讓人心裡發毛。

達三第一次有了這樣的感覺。那簡直不像是人爲刻意「裝設」的東西。那玩意的出現位置及給人的感覺，簡直就像是另外一種東西。

達三想了一下，終於想起那玩意像什麼了。像蜂窩。

「我認爲管理事務處的人應該沒必要趁晚上跑來安裝這種東西吧。」

「不然的話，會是誰裝的？眞是太噁心了。裝這種東西的用意，不就是爲了偷窺嗎？」

這樣的論點雖然有些偏頗，但也八九不離十了。

達三試著稍微移動腳步，以不同的角度觀察那臺監視器。找不到看起來像電線的東西，或許是使用電池的機種。

達三愣愣地看著那監視器的鏡頭，驀然間，那鏡頭彷彿對達三眨了眨眼睛。

達三慢慢往後退了幾步。

「被那種東西瞧著，感覺眞不舒服，你也快離遠一點。」

老婦人只要像平常一樣坐在鐵罐上，監視器就照不到了。

但是此時達三的腦海裡，浮現了一個詭異又讓人毛骨悚然的景象。正當老婦人坐在鐵罐上，仰靠著工具小屋的策面牆壁時……監視器就像一隻外貌古怪的蝸牛，沿著屋頂的內側慢慢爬，移動到了老婦人的頭頂上方……

達三忍不住打了個哆嗦。就在這時，腦海中的景象消失了。

「這年頭的社會可眞是要命。」

老婦人一邊忿忿不平地抱怨，一邊蹲下來撫摸眞智子的頭。

達三繼續散起了步。在公園內繞了一圈，又回到原地時，看見一名身穿慢跑服的老人，正一面抬頭仰望工具小屋上方的監視器，一面以沙啞卻霸氣十足的嗓音對著老婦人說道：

「市公所也眞是沒事找事做，竟然把稅金浪費在這種地方。」

這老人是與老婦人頗有交情的好友之一。達三朝他們輕輕點頭致意，快速通過他們的身旁。爲什麼要加快腳步，達三自己也說不出個所以然來。

達三決定開始做紀錄。

每天早上出門散步的時候，都隨身攜帶一本附鉛筆的小型筆記本。不管是①到③的任何一條路線，只要在沿路上發現監視器，就將位置、形狀及鏡頭對準的方向紀錄下來。

但便利商店、銀行ATM附近及建築物內部的監視器忽略不計。即使如此，達三發現的監視器數量還是多得嚇人。就算是一般民宅，大約每四、五棟也會有一棟的大門上方或停車格周圍裝設著監視器。如果是辦公大樓，有時正門不裝，卻裝設在後門。至於投幣式停車格，更是一定看得到監視器的蹤影。②的路線上有一座相當大的戶外停車場，那裡甚至裝了兩臺，而且還貼出了「提防車內竊賊」的警告標語。

一一紀錄下來，達三發現監視器的形狀雖然大致相同，卻有著微妙差異。有的像便當盒，有的像掌上型攝影機，有的像護目鏡，有的像麥克風。顏色以黑色及灰色居多，但有些還會特地塗上與外牆相同的顏色。有些機型會亮起代表處於啓動狀態的紅燈，有些機型則沒有任何指示燈。

從路線①到路線③，達三紀錄了兩次，總共花了六天的時間。但這六天的紀錄幾乎可說是白費力氣，沒有發現任何異狀。不管是「館川Castle Palace」腳踏車停放場的監視器，還是綠道公園工具小屋上的監視器，都沒有任何變化。就連翹家老婦人也似乎從此不再把監視器的事放在心上，因此達三也沒有特地提醒她提高警覺。如果突然告訴老婦人「小心那個形跡可疑的監視器」，恐怕老婦人會認爲形跡可疑的是眼前這個老人。

然而到了第八天，就在達三即將走完②的路線時，又發生了一樁怪事。

發生的地點，距離達三家只有兩個巷口遠。那裡的轉角處，有一棟兩層樓的透天厝民宅。那是一棟非常美麗的屋子，有著綠意盎然的前院，以及氣派的圍牆大門。不論任何季節，院子裡都盛開著當季的花朵。那棟屋子的二樓正面窗戶的欄杆下方，垂掛著一臺監視器。顏色是暗灰色，外觀呈四方形，上頭有一個鏡頭。

達三記得上次及上上次通過這裡的時候，並沒有這臺監視器。當然筆記本裡也完全沒有紀錄。難道是昨天或前天，自己走其它路線散步時才裝的？就算眞的是這樣，設置的方式也未免太奇怪了一點。能夠把庭院打理得那麼漂亮的屋主，怎麼可能胡亂把監視器掛在那種地方？

每次早上達三走到這裡的時候，大概都是清晨六點左右。這讓達三陷入了兩難。畢竟自己跟那棟屋子的屋主素不相識。而若要以路人的身分走過去按門鈴，六點這個時間又未免太早了點。

就在達三握著筆記本遲疑不決的時候，那屋子的大門竟然開了，一名婦人走了出來，手上拎著一個大垃圾袋。達三想起今天是收可燃垃圾的日子，不禁暗自感到慶幸。婦人打開庭院的圍牆門，走了出來，達三趁機走上前去喊了一聲：

「早安。」

那婦人應該就是這棟屋子的女主人吧。年紀大約四十歲，身上穿著T恤及短褲，上半身罩著圍裙。婦人眨了眨眼睛，露出錯愕的表情。
「一大早來叨擾，眞是非常抱歉。我就住在這附近，剛好散步走到這裡。」
「噢……」婦人應了一聲，一臉狐疑地看著達三。達三盡全力在臉上堆滿笑容，說道：
「我雖然這麼大把年紀，卻是過著獨居生活。最近這幾年社會愈來愈亂，我想在自己的家裡裝一臺監視器來保護自己的安全，但不知道該委託什麼樣的業者……」
婦人「嗯」了一聲，明顯皺起眉頭。
達三接著又說道：「我正爲著這件事情傷透腦筋，今天早上剛好通過這裡，看見了府上的監視器。明知道這麼做很失禮，我還是忍不住想要請教，府上的監視器是委託哪一家業者裝設的？」
婦人皺起了眉頭，刻意與達三拉開距離。
「你在說什麼啊？」
婦人的嗓音明顯帶著警戒之意。她接著說道：
「我家根本沒有裝監視器。」
達三霎時錯愕不已，趕緊退了一步，指著二樓正面的窗戶說道：
「不是有嗎？就在那裡。」
下一秒，達三整個人嚇傻了。二樓窗戶的欄杆底下竟然什麼也沒有。剛剛看見的那臺監視器，竟然憑空消失了。
達三前往了平日定期就診的眼科診所。
坐在櫃檯的護理師驚訝地說道：「藤川先生！下一次的看診日期還沒到呢。」

「我知道，但我覺得眼睛有點怪怪的，想來讓醫生檢查一下。」

這是一家相當熱門的眼科診所，就算是事先預約了，往往也得等一個小時以上。沒有預約就前往，當然更不用說。到頭來，達三花了整整半天的時間，只確認了自己的雙眼除了青光眼稍微惡化了之外，沒有任何異狀。

隔天，達三暫停了原本每天一定會做的事。達三沒有出門散步，而是靜靜地等到了上午八點，穿上正式的襯衫與西裝褲，套上皮鞋，前往了「館川Castle Palace」的管理室。半路上，達三先確認過了。那臺監視器還好端端地裝設在第二根鐵柱的上方。

走出來招呼達三的管理員，是個年約三十五歲的男人，臉上帶著不少沒刮乾淨的鬍碴。

爲了避免遭到起疑，達三稍微捏造了一點劇情。「今天早上，我走過旁邊的小巷子，發現有可疑人物正試圖對貴公寓腳踏車停放場的監視器動手腳。不曉得是想要加以破壞，還是想要拆下來偷走。我年紀一大把了，只能趕緊喝斥，把那個可疑人物嚇走，卻沒有能力加以逮捕，所以前來提醒你們小心提防。」

管理員顯得相當吃驚。

「眞的非常謝謝你的熱心相助。」他對達三頻頻道謝。

但他接下來卻歪著頭說道：

「你是藤川先生，對吧？既然是這樣，能不能麻煩你帶我去看看那個歹徒動手腳的地點？」

達三當然沒有拒絕，於是便跟在身穿工作服的管理員背後，穿越了中庭。

「保護腳踏車停放場安全的監視器，只有一臺而已。」

不知道爲什麼，管理員又歪著腦袋這麼說道。走了一會，管理員在植樹區的前方停下了腳步。

隔著中庭道路的另一側，就是腳踏車停放場。

「監視器就裝在這座照明燈的底下。」

在植樹區的樹叢裡有一座燈柱，看起來就像是特別高的傳統立燈。燈罩的部分呈四方形，監視器就設置在其下方。由於設計上的關係，監視器隱藏得很好。如果不仔細看，根本看不出來，只能看見圓滾滾的鏡頭。不管是照明燈的燈罩部分，還是監視器，距離地面都至少有三公尺高。管理員仰頭看了一眼監視器，再度歪過腦袋，一臉歉意地說道：

「但這監視器實在是太高了，不管是要破壞還是要偷走，恐怕都沒那麼容易……」

使用一般高度的鐵梯，根本搆不到監視器。

「你確定眞的有人想對這臺監視器動手腳嗎？」

達三沒有回答這個問題，反問道：

「腳踏車停放場的監視器只有這臺而已？」

「保護腳踏車停放場安全的監視器就只有這臺而已。」管理員特別強調了保護安全這樣的字眼。「監視器的設置地點都有紀錄，而且設計圖上寫得清清楚楚，我們也不能擅自裝設或拆除。」

「原來如此。」達三一面說，往腳踏車停放場的方向望去。管理員也忍不住望向相同方向。

裝設在第二根鐵柱上的監視器，竟然不翼而飛了。

但這次達三並沒有受到驚嚇。爲了掩飾心中的激動，達三先喘了一口氣，接著才問道：

「請問那邊支撐遮雨棚的鐵柱上，有沒有監視器？」

「沒有，那裡沒有。」

「抱歉打擾你了，似乎是我看錯了。」

達三鞠躬道歉。

「沒關係，請別這麼說。謝謝你的好心提醒。」

達三聽得出來，管理員雖然口頭上說得客氣，其實已經把達三當成了「可疑人物」。

「對於社區內的安全，我們向來是盡最大的努力。我們會向住戶們發出公告，提醒大家小心可疑人物。」

一想到這件事，達三便感到背脊發涼。難道是自己已經開始出現失智的症狀了？

依常識來思考，世界上絕對不可能存在那種會自己出現又消失，或是移動位置的監視器。

難道自己已經是個癡呆老人了？

自從妻子去世之後，達三到如今已過了三年的獨居生活。但是達三認爲自己的生活非常健康而且規律。每一次市公所老人福祉中心的職員打電話來關心，達三都會明確地表示自己還很硬朗，不須請看護。

難道自己其實已經失智了？

只是因爲過著獨居生活，一切只能以自己的想法爲基準，所以才沒有察覺？

達三不敢再隨意出門散步，甚至將紀錄了附近監視器位置的筆記本也撕毀丟棄了。要是出了門，發現了新的監視器，做了紀錄，監視器卻又消失了，那等於是再次證明自己眞的已經不行了。

達三決定把自己關在家裡。聽著梅雨季的綿綿細雨不斷拍打著屋簷，發出單調的聲響，更是增添了獨居的孤寂感。接下來有好幾天的日子，達三就這麼獨自坐在家裡發呆。

但不久之後，家裡儲備的食物都吃光了。就算再怎麼不想出門，不買東西吃總是會餓死。

這天是星期六，達三從夾報廣告中得知綠道公園的另一頭新開了一家超市，而且每個周末都會舉辦集點活動及產物直銷特賣會。

——去看看吧。

只要穿過綠道公園，一下就到了。回程的時候，如果東西太重，大不了坐計程車。對了，還可以趁機和超市店員或計程車司機聊聊天。如果能夠正常溝通，就表示自己的腦袋沒問題。

別再去想監視器的事了。

幸好天氣不錯，應該不用帶傘。達三在脖子上掛了一條擦汗用的毛巾，穿上運動鞋，仔細綁好鞋帶，走出了門外。走到綠道公園內的「翹家老婦人的碉堡」時，達三看見了意外的景象。

老婦人並不在那裡。取而代之的是幾名跟她在公園內交情不錯的老人及老媼，正站在那裡說話。那些人圍成了一圈，正中央就是老婦人平日常坐的那個鐵罐。

如今鐵罐上放了一支空瓶，瓶裡插了一朵白色的小菊花。那顯然是一朵弔唁死者用的花。達三仔細觀察眾人的神情，發現他們雖然聊得正起勁，但是表情都有些悶悶不樂。

達三心裡暗叫不妙，不禁停下了腳步。

老婦人的友人之一，正是那天大罵市公所裝設監視器是浪費稅金的老人。今天他同樣身穿著慢跑服。他轉過頭來，看見了達三。

「啊，你好。」

他似乎認得達三的臉。

「這個奶奶過世了。」他對達三說道。

「以後就算來這裡，也看不到她了。想起來就讓人覺得寂寞。」

達三泰然自若地加入翹家老婦人的朋友們的閒聊圈子，設法問出了老婦人的死因。爲什麼自己能夠表現得這麼冷靜，達三自己也不明白。

根據那些人的描述，老婦人是在兩、三天前開始出現異狀。

「她一直喊頭疼，還說眼前白花花一片，什麼也看不見。」

老婦人的女兒於是趕緊將母親送往急診醫院。但醫生沒有檢查出明顯的問題，老婦人也說頭痛消失了，女兒便將她帶回了家裡。

「沒想到她接著又說耳朵不對勁，會聽見奇怪的說話聲。」

老婦人變得坐立不安，晚上睡覺也睡不好。不久之後，又開始抱怨頭痛。而且她的情緒變得相當暴躁，經常大吼大叫，還會朝女兒拋擲身邊的東西。但有時她又會變得相當溫和，甚至是有點畏縮縮，而且討厭亮光，喜歡鑽進壁櫥、廁所之類狹窄的地方。

「她的女兒一家人都很擔心她的狀況，認爲那是失智的徵兆。」

昨天早上，老婦人起床後又因爲一點小事而暴怒，推翻了當時正在吃早餐的餐桌，朝著女兒拳打腳踢。如果只是動手動腳，那也就罷了。但老婦人接著又從廚房取出菜刀四處亂揮，而且嘴裡罵著莫名其妙的話語。

女婿嚇了一跳，趕緊跟已經上了國中的孫子聯手將老婦人壓制住，女兒立即叫了救護車。老婦人以驚人的力氣反抗，一面喘氣一面尖聲叫喚。

——好痛！好痛！救命啊！

老婦人激動得口吐白沫，好一會突然開始發出細微的呻吟聲，救護車趕到時已經斷氣了。目前還無法確認死因。

「聽說她過世前簡直像變了一個人，一對眼珠子布滿了血絲，眼角滲出血來。所以我猜想她可能是得了出血性腦中風。」

穿著慢跑服的老人說道。另一名化著濃妝的老婦人也點頭同意，說道：

「我爸爸就是死於中風。當一個人中風的時候，除了身體會麻痺之外，臉部五官也會變得不太一樣。而且因爲口齒不清的關係，周圍的人都會不知道他在說什麼。」

站在她身邊的另一名染著茶褐色頭髮、懷裡抱著一隻日本狆犬的老婦人也說道：「富子好像跟女兒處得很不好，或許生活上的壓力也是原因之一吧。」

達三這才知道，原來翹家老婦人的名字叫做富子。

「畢竟她這麼大把年紀了，就算不愛待在家裡，也不該老是坐在公園，這樣對健康很不好。」

「一定是累出病來了。」

「她女兒這下子一定也覺得良心不安吧。」

達三愣愣地站著不動，望著擺放工具的鐵皮屋。

上頭的監視器果然不見了。

當初那個奇妙的景象再度浮現在腦海。老婦人坐在鐵罐上，監視器沿著工具小屋的屋頂內側爬行，一聲不響地朝她靠近。雖然動作像蝸牛，其本質卻像毒蜂的蜂窩。沒錯，那個監視器一定是某種會危害人類的東西。

達三想到這裡，豁然驚覺之前也曾聽過類似的例子，不禁緊緊咬住了嘴唇。

就是發生在東京都某量販店停車場的汽車墜樓意外。據說開車的丈夫在坐上車子之前，情緒相當激動，不僅滿臉脹紅、流著鼻血，而且叫喚著意義不明的話語。妻子曾經試圖安撫丈夫的情緒，卻是徒勞無功，最後丈夫開著車子撞破外牆，夫妻兩人都丟了性命。

在那個事故現場，同樣有著監視器。

或許是某種不尋常的東西，僞裝成了一般監視器的模樣。那東西以某種方式攻擊了那個倒楣丈夫的大腦，使他失去理智。等到謀害成功之後，那個僞裝成監視器的東西就離開了現場。

或許是那東西的鏡頭只要對準了人，就能讓人的大腦產生異變……

達三不由得冷汗直流。對了，那隻貓呢？

「眞智子呢？牠還好嗎？」

老婦人的朋友們聽了達三這個問題，一時之間面面相覷。

「啊，你是說經常跟在富子身邊的那隻三花貓嗎？」

「說起那隻貓啊……」

茶褐色頭髮的老婦人一邊以臉頰磨蹭懷裡的狆犬，一邊嘆了口氣，說道：

「聽說因爲富子過世的關係，女兒一家人忙成了一團，完全沒有時間理會那隻貓。等到好不容易終於忙完了，卻發現貓蜷曲在邊廊底下，不知道死了多久。」

那隻貓是翹家老婦人的忠實隨從，很早就發現了那監視器的「不尋常」。沒想到竟然連牠也遭到了毒手。

達三完全不知該如何是好。

心裡絲毫沒有對策，只知道不能對這件事坐視不理。唯一想得到的做法，是挑一個星期裡的相同日子，在相同的時間，前往相同的地點碰碰運氣。沒想到這麼做的結果，卻讓達三有了意外的收穫。

在「館川Castle Palace」腳踏車停放場旁的那條小巷子裡，達三又看見了那個男孩。那男孩貼近牆邊，將屁股倚靠在花紋水泥磚上。身上穿的依然是圓領襯衫及運動褲，跟那天一模一樣。

兩人一對上眼，男孩似乎立刻就認出達三是「上次對著自己大聲斥罵的老爺爺」，瞬間瞪大了眼睛。達三也一樣，立刻就認出他就是當初那個男孩。

男孩離開圍牆邊，正眼面對達三，直挺挺地站著不動。他的臉色相當蒼白，實在讓人很想建議他多曬一些太陽。

「……早安。」

男孩以帶著稚氣的嗓音打了招呼。達三完全沒料到男孩會先向自己搭話。

「你是上次那個老爺爺吧？」

男孩臉上的表情帶著幾分恐懼及幾分緊張。

「早安。」達三也回應道。「我叫藤川達三，你叫什麼名字？」

「箭內信吾。」

男孩接著說明了寫法。

「我讀中央國小六年級，住在這裡的十一樓。」

男孩指著公寓的方向。達三點了點頭。以國小六年級而言，男孩的體格算是有些嬌小。

兩人接著都沉默不語。男孩箭內似乎也跟老人達三一樣，心裡有些話不曉得該如何啟齒。

「你特地站在這裡等我？」達三問。

箭內點了點頭，臉上帶著鬆了口氣的神情。

「對……呃，我看到了傳閱告示板（註）。」

「管理室發出的傳閱告示板？」

「對，上頭寫著中庭及腳踏車停放場出現了可疑人物，企圖破壞監視器。」

「那確實是我通報了管理員。」

達三心想，那個滿臉鬍碴的管理員還眞的發出公告了，並非只是說說而已。箭內瞪大了雙眼，目不轉睛地凝視著達三。

「但是……我做那件事，已經是好久之前的事了。」

「是啊。」

「我那時候以爲你馬上會去打小報告，所以我……」

「你躲了起來，故意不讓我找到？」

「……對。」

達三不禁心想，這孩子可眞是誠實。

「但你卻隔了這麼久才打小報告，而且你說的是『可疑人物』，並沒有把我的事供出來……」

「那叫通報，不叫打小報告。」達三說道。「還有，說供出來也怪怪的，只是告知而已。」

男孩低下頭，有些尷尬地搓了自己的手指。

「我也說不上來爲什麼，總之我知道這件事之後，就很想跟老爺爺見一面。」

「原來如此。」達三說道。

「你怎麼知道只要守在這裡，就能見得到我？」

「我猜的。我爸爸說過，年紀大的人都喜歡早起。」

達三面露微笑，說道：「非常正確。而且老人會一直守著相同的習慣。」

箭內抬起頭來，臉上帶著靦腆的笑容。

「眞的嗎？」

「你也習慣早起？」

「沒有，我只是覺得要做那種事最好趁三更半夜或是一大清早。」

達三心想，這男孩的心思細膩。

「但是我晚上沒辦法偷偷溜出來。」

「是嗎？」

「嗯，沒有辦法。」

「一大清早就沒問題？」

「星期天的時候，伯父、伯母都起得比較晚，常常會睡到接近中午。而且管理員也休假。」

達三心想，男孩說的不是爸爸、媽媽，而是「伯父、伯母」。

「我們一起散個步吧。」

達三對箭內說道。

「接下來我們要說的話，最好別在這裡說。」

達三這句話，就像是一種暗示。男孩登時面露微笑，彷彿已經和達三心意相通。

註：原文作「回覽板」，爲日本的傳統社區經常採用的公告制度。管理者會將欲公告周知的事項寫在一張告示板上，交給社區內每一戶居民傳閱，閱畢後即在上頭蓋章並傳給下一戶，如此方可確保所有居民都已知悉該公告事項。

「好……」男孩應了一聲之後，轉頭仰望腳踏車停放場的屋頂，接著以緊張的口吻說道：

「那個雖然不見了，但是一定會再回來。」

去年九月，男孩箭內的父親過世了。

男孩原本與雙親一同住在東京的繁華鬧區。父親是建築師，與朋友兩人共同經營建築師事務所，工作非常忙碌。根據男孩的描述，父親雖然「上了年紀後愈來愈胖」，卻健康又開朗。男孩與父親的感情非常好，父親經常對男孩說起工作上的趣聞，男孩總是聽得津津有味。

大約一年前，男孩從父親的口中聽到了一樁怪事。

「有一棟公寓的管理公司擅自裝設了監視器，引起住戶不滿。」

那是一棟由男孩父親的事務所負責設計與監工的中等規模公寓，落成大約半年之後，父親接到了這樣的投訴。

「住戶裡剛好有人非常注重個人隱私，因爲這件事而氣得不得了，直說這跟購屋前銷售公司的說明不一樣。」

公寓的保全設備並不在父親事務所的管轄範圍之內，但畢竟施工時是由父親負責監工，所以父親還是前往現場瞭解狀況。父親將那名提出申訴的公寓居民約出來詢問詳情。「就是這裡！他們在這裡裝了監視器！」那個居民指著門口大廳的角落說道。但是那裡根本沒有監視器。

那個居民是一名經營寶石買賣的中年婦人，她發現自己所指的地方並沒有監視器，登時嚇得手足無措，令人不禁對她感到同情。最後這場騷動是以「誤會一場」劃下了句點，父親也回到了自己的事務所。

——大概是患有妄想症吧。

身為事務所共同經營者的朋友這麼認定。

過了一陣子之後，男孩的父親參加了一場建築師的交流會。父親在那交流會的會場上聽到了一起事件。據說在一棟位於灣岸地區的新落成摩天公寓裡，管理公司在未經住戶同意下增設了監視器，引發住戶抗議，就連負責設計及監工的公司也慘遭池魚之殃。但是管理公司辯稱絕對沒有在未經同意下做出那種事。

——很奇怪吧？

父親笑著對男孩這麼說。

——搞不好監視器也會像老鼠一樣繁殖呢。

男孩雖然覺得很有趣，卻也不禁有些心裡發毛。

——事情既然發生了，總也不能放任不理。

在這種想法的驅策下，後來父親雖然還是忙碌，但就在某一天，父親剛好要到那棟曾經發生過申訴事件的公寓附近辦事，就順道走進了公寓管理室，想要確認申訴事件的後續發展。

一問之下，才知道當初那個聲稱入口大廳有監視器的女寶石商人，竟然猝死了。據說她倒在自己經營的寶石店內，店員上班時發現了她的遺體。

——店裡沒有任何東西被偷走，也沒有翻箱倒櫃的跡象，所以應該不是遭到了殺害。多半是突然病死了吧。

據說女寶石商人在猝死之前，經常大喊頭痛。而且她在過世的前一陣子還開始對監視器心生畏懼（由於她做珍貴珠寶的買賣工作，店裡及辦公室裡當然裝設了許多監視器），她甚至堅稱監視器會釋放出導致頭痛的電磁波，令店員們不知如何應對。

——這又是一樁怪事，對吧？

父親笑著對男孩這麼說。男孩的母親也不禁面帶苦笑，男孩卻已經完全笑不出來了。因爲男孩覺得這實在是太可怕了。

——爸爸，你的事務所裡也有監視器嗎？

——有啊。因爲事務所裡有很多重要的設計圖。

——那些監視器都還在爸爸當初安裝的位置嗎？

男孩的父親哈哈大笑。

——那當然。

這是父親與男孩最後一次談論這個話題。因爲父親漸漸變得不喜歡與男孩談論這件事。但有時候父親會與母親竊竊私語，男孩偷聽到了其中的一部分內容。

——眞是太奇怪了。

——就在西側的牆壁上，但是問來問去，大家都說沒有裝那種東西。

——我原本想要拆下來好好查個清楚，但只不過是去拿個工具再回來，那東西竟然不見了。

父親變得經常露出百思不解的表情，肥胖的身材愈來愈瘦。此外，常常說自己耳鳴。

進入第二學期（註）之後的某一天，男孩正在教室裡寫著數學考卷，級任導師突然走到男孩的桌子旁邊。「你媽媽來接你了，快回家。」導師這麼告訴男孩。男孩的父親過世了，死因是發生車禍。當時父親正開著車子要去見客戶，卻突然闖了紅燈，就這麼慘死在十字路口。

父親的死狀非常悽慘，舉辦喪禮的時候，男孩甚至不敢看父親的遺體。

共同經營事務所的朋友雖然大受打擊，但他還是試著爲男孩的父親說好話。

——他根本沒有辦法好好開車。

那個朋友這麼安慰男孩與母親。

——他不是個會故意闖紅燈的人。他是身體出了狀況。那天一大早，他就跟我說耳鳴頭痛。

但這早已在男孩的意料之中。父親的身體不舒服，不是因爲生病，而是因爲遭到監視器攻擊。

不，那根本不是監視器，而是某種僞裝成了監視器的邪惡東西。

「我爸爸就這麼死了，我媽媽也變得身體虛弱。」

達三與男孩箭內來到了附近的兒童公園裡，兩個人並肩坐在塗著鮮豔色彩的長椅上。

這是座相當狹小的公園，遊戲設施也都很老舊了，所以平常沒什麼孩子會來這裡遊玩。更重要的一點，是這附近完全沒有種植樹木。雖然以美觀而言是個缺點，卻有著寬廣的視野，兩人可以安心說話而不用提心吊膽。

「我媽媽現在住院了，所以我搬來跟伯父、伯母一起住。」

就在今年的三月底，男孩住進了伯父、伯母的家，隨身只帶了上課要用到的東西，以及一些換洗衣物。學校當然也轉學了。

「伯母說我媽媽是得了憂鬱症。」

男孩一心只期盼能和母親同住，但這個願望不知何時才能實現。

註：日本的學校爲三學期制，第二學期開始於暑假結束後，約爲九月上旬至十二月下旬。

「自從爸爸去世了之後，我就對監視器非常謹慎小心。」

男孩不論何時何地都在觀察附近有沒有監視器，而且一旦發現監視器，就會持續觀察。

「我總共發現了兩個很怪的監視器。我敢肯定那根本不是監視器。但沒人願意相信我。」

當初在原本的學校裡，男孩就曾經因爲這件事而被迫接受心理輔導。如今換了新的學校，也曾經兩度被帶往兒童諮詢中心。

「我每天散步的時候，都會做紀錄。就跟你一樣，我非常在意哪裡有監視器。我會記下鏡頭的方向，以及數量有沒有增加或減少，以及位置有沒有改變等等。」達三說道。

男孩露出了如釋重負的表情。

「眞的嗎？」

「嗯，這附近讓你覺得『很怪』的監視器，就只有腳踏車停放場的那一臺嗎？」

「目前只發現那一臺。」少年說得相當保守。「自從搬來這裡之後，我就努力要自己別再想這些，但還是被我發現了……」

男孩的身體有如凍結一般。他接著說道：「我懷疑那個東西是追著我來到了這裡。」

所以男孩鼓起勇氣想將監視器砸爛。

「就算沒有仔細看，也看得出來。那東西就是很怪，簡直像有生命一樣。」

簡直像蜂窩……達三的腦海又浮現了這樣的想法。

「你把這件事對你的伯父、伯母說了嗎？」

男孩搖了搖頭。

「管理員那邊呢？」

「只要我告訴任何人，那個東西就會消失，彷彿我的一舉一動都被它看在眼裡。」真是太狡猾了。

「其他人只能讓他們自己察覺，說了也只是白費力氣。」

「是啊，但是從來沒有人察覺。因爲大家平常根本不會在意有沒有監視器。」就連達三自己，也是直到最近才開始注意及尋找。

「那多半是某種僞裝成了監視器的東西吧。」

男孩神色緊張地說道：「我也這麼覺得。」

「你認爲那到底是什麼？」

男孩先做了一次深呼吸，接著才說道：

「異形。」

「什麼？」

「啊，就是外星人。從外太空侵入地球，想要毀滅人類的外星人。」

男孩說完了這句話，眼神流露出了擔憂。老爺爺，你會笑我嗎？你會認爲我在胡說八道嗎？男孩的眼神彷彿在如此詢問著。

達三抓起掛在脖子上的毛巾，抹去鼻子上的汗水。

「總而言之，就是不知道從哪裡來的『侵略者』？」

男孩一聽，表情豁然開朗，彷彿在水深火熱的困境中獲得了達三的解救。

「嗯，可以這麼說吧。」

「雖然不知道原理是什麼，但那個東西似乎有辦法讓人的思緒發生錯亂。」

男孩一聽，更是用力點頭。「我猜應該是利用超音波，或是某種眼睛看不到的光線，干擾人類的腦波。」

「讓人類做出衝動性的暴力行為。」

「沒錯。」

「目前好像每次只會有一個人受害。要是它能夠同時對很多人干擾，那就更可怕了。」

不，就算受害者每次只有一個人，要是它挑發電廠或化學工廠的操作員下手，同樣足以釀成大禍。換句話說，現在就已經是極度危險的狀態。

「但我猜現在應該還在實驗階段吧。」

男孩以一副宛如大人般的表情說道。

「它們在觀察及分析人類行為，想找出最有效的方法，把我們的社會鬧得天翻地覆。」

達三凝視著男孩，接著說道：「並且設法排除察覺它們眞面目的人，例如你跟我。」

少年在學校被視爲問題孩童，達三則是曾經懷疑自己已經失智，還遭管理員懷疑爲可疑人物。兩人都一度被逼入了進退維谷的困境。

逐漸陷入身心俱疲的狀態，最後……

遭到抹除。

如果一直那樣下去，最後可能會雙眼通紅，眼中布滿血絲，像瘋子一樣大吵大鬧，一直到最後都不明白自己到底發生了什麼事。

「接下來我們的行動一定要非常謹愼小心才行。」達三說道。

「我們應該優先採取的行動，是觀察與紀錄。絕對不能一發現就急著想要將它破壞。我們要假裝出一副已經對它們失去興趣的態度。它們都很會騙人，我們也要騙騙它們。」

「好。」男孩回答。

「以後我要怎麼跟你聯絡？」達三問。

男孩從運動褲的口袋裡取出了一支智慧型手機。

「我有手機，伯父買給我的。」

達三心想，多半是兒童專用機吧。

「好，那我就打這個號碼。」

「老爺爺，你會發電子郵件嗎？」男孩問。

達三對所謂的電子郵件完全沒有概念。

「我想辦法學。」達三這麼回答，想了一下又說道：「我還會學學電腦的使用方法。」

達三回想起了散步路線②的途中有一間電腦補習班，窗戶上貼著「歡迎年長者」的海報。

男孩登時興高采烈地說道：「我對電腦也還不熟，不過進入第二學期之後，學校會有學習平板電腦的課。等到學會使用網路之後，就能上網查到很多東西了。」

「能夠查到那些『侵略者』的底細？」

「或許有些跟我們有同樣遭遇的人，會在網路上留下一些訊息。」

這是達三完全沒有想到的點子。或許在這個世界上，除了自己與男孩之外，還有一些人也察覺了那些偽裝成監視器的邪惡物體。

「有道理。」

達三深深點頭，朝著男孩伸出了手掌。男孩愣了一下，眨了眨眼睛，接著才挺直腰桿，握住達三的手。男孩的手掌相當溫暖。

「先從我們兩人開始努力。我們要互相幫助，盡全力對抗那些東西。」

「好！」

擁有溫暖手掌的男孩，眼神中終於也帶了一絲暖意。

達三仔細查看每天夾在報紙裡的宣傳單，發現裡頭既有電腦補習班的宣傳單，也有家電量販店的宣傳單。過去這些宣傳單都被自己當成資源回收的垃圾處理掉了。

宣傳單上的內容令達三看得一頭霧水，達三首先前往電腦補習班，與講師談了一會，並且辦理了參加體驗課程的手續。接著達三前往了家電量販店的電腦賣場，與店員交談了許久，拿到了大量的介紹手冊。然後達三前往圖書館，查了一些學習電腦的入門書，接著又跑了一趟書店，買了其中自己覺得比較合適的一本。

最後，達三前往了車站大樓，在綜合諮詢櫃臺詢問哪個賣場可以買到拐杖。到了賣場裡，達三一邊徵詢販賣員的意見，一邊仔細比較，挑選了一把握起來最順手、重量最適當的拐杖。

達三平常走路並不需要拐杖，但此時達三需要一把自衛用的武器。雖然自己不會主動發動攻擊，今後還是有可能會遇上必須保護自己的情況。

自從妻子過世之後，達三就不曾像今天這樣，在外頭待這麼長的時間。達三在蕎麥麵店吃了午餐，接著又到咖啡廳裡稍事休息。到了這天傍晚，達三回到家裡時，幾乎感覺自己已經精疲力竭。

達三告訴自己，接下來得更加注意自己的身體健康才行。要是在找到其他同志前，自己就臥病在床，那個姓箭內的男孩又得孤軍奮戰了。

達三決定明天再洗澡，今天早點睡覺，於是走進了六張榻榻米大的西側寢室內。

今天早上起床後，就把窗簾拉開了。寢室裡的棉被組在白天應該曬了不少太陽吧。

驀然間，達三察覺窗戶外頭隱約有一顆紅色的光點。

大約有整整十秒的時間，達三緊盯著那光點不放。接著達三一步一步往後退，走到門口，取來剛剛才購買的拐杖。

回到寢室後，達三屏住呼吸，一鼓作氣打開窗戶。

就在窗框的上方不遠處，垂掛著一臺監視器。外觀像護目鏡，鏡頭深處亮著紅色燈光。

達三瞪著那個東西，那個東西也凝視著達三。

男孩箭內形容得相當貼切。這東西簡直就像擁有生命一樣。

達三緊握拐杖的把手，對著監視器說道：

「這是在威脅我嗎？」

紅色光點閃爍了一下。

「別以爲老人就好對付。」

外頭的道路上傳來路人的閒談聲。

「你們有多少人馬？」

監視器沒有回答。

「現在應該數量還不多吧？我猜你們應該只是偵察部隊而已。」

達三露出了勇敢無懼的微笑。

「既然如此，你可以回去報告主力部隊的指揮官，我們將會奮戰到底。你們別以爲能夠輕易得逞，我們絕對不會屈服的。」

人類將會奮力對抗「侵略者」。

就在這時，一直開著的收音機發出了報時的聲音。達三的注意力分散了。

下一瞬間，窗外的監視器消失無蹤。

達三提著拐杖走過去關上窗戶，扣上鎖扣。

心中的悸動已經平息，呼吸也恢復了規律。此刻的達三非常冷靜。不僅冷靜，而且士氣高昂。

自從不必再工作，也不必再照顧孩子，又失去了伴侶之後，自己在社區裡就儼然成了只能受到保護的弱者，再也沒有貢獻一己之力的機會。在孤獨、單調且一成不變的日子裡，達三逐漸迷失了自我，從此埋沒在不必自問「我是誰」的生活之中。

但如今情況不同了。自己有了必須守護的對象，有了必須對抗的敵人。除此之外，還得為男孩箭內的父親、翹家老婦人富子，以及她的愛貓眞智子報仇。

或許在他人的眼裡，藤川達三就只是個平凡無奇的老人。但是達三已認清了自己的本分。

我是一名戰鬥員。

我與「我」

某個晴朗的星期天早上，我一時興起，決定回老家看一看。如果要勉強找個理由，或許是因爲上星期有一團強烈的低氣壓通過了首都圈吧。明明才剛進入五月，當時的天氣簡直就像颳起了颱風。老家是一棟年代久遠的木造兩層樓透天厝，我有點擔心它會被吹壞。

不過自從母親的周年忌結束，原本與母親同住的哥哥一家人也已經搬了家，現在老家早已無人居住，東西也都搬空了。所以就算玻璃碎了或是漏雨了，也不必擔心屋子裡有什麼東西會毀損。更何況再過不久那棟屋子就要拆除，整頓成空地賣掉了。這些事情我都是交給哥哥處理，他是個做事謹慎的人，不會出紕漏才對。

老家的位置在東京二十三區的北邊角落。現在的我，則是住在環狀的山手線東側某站附近的某大型出租公寓內。公寓格局爲一房兩廳，除了我，還住了一隻名叫皮皮尼拉的金絲雀。皮皮尼拉有著黃綠色的身體，長得非常可愛。

從我現在的住處要回老家，單程就要花上一個半小時。以直線距離來看，其實並沒有那麼遠，但由於沒有任何ＪＲ或地下鐵線路直接連結這兩點，因此必須大繞遠路。

不過反正我假日非常閒，今天天氣好，我又剛領到薪水，正想出去走走。我很喜歡轉搭好幾次電車到遠方去的感覺，這對我來說並不是苦差事。我先清掃了皮皮尼拉的鳥籠，放入大量的清水及飼料。接著我取出外出用的帆布背包，把需要的隨身物品放進去，才開始換裝。我向來喜歡穿著輕鬆、好移動的休閒服裝，而且對於我喜歡的服飾，我總是有一套屬於自己的特殊穿法。

我走向父母的佛壇，輕敲了一下鉦鼓，接著套上麻布短靴，便走出了家門。從住處到車站只要走路就能到，而且我不趕時間，但由於公車剛好來了，所以我跳了上去。公車道旁邊的行道樹都是櫻花樹，樹上剛冒出的嫩葉呈現耀眼的翠綠色。

我一坐上座位，便掏出智慧型手機，開始搜尋從老家方便前往且供應美味午餐的餐廳。順便也記下了回家前要購買的東西。洗衣槽的清潔劑已經用罄，而且皮皮尼拉的飼料也幾乎快要見底了。午餐吃得飽一點，晚餐就吃茶泡飯就行了。一個人住就是這麼自由自在。

當年就讀專門學校的我考上了祕書檢定考，而且靠著學校推薦順利找到工作的不久後，我的父親就過世了，彷佛他早已在等著那一刻。死因是出血性腦中風。父親在世的時候，是個埋首於工作中的上班族，活像一隻從來不懂得休息的工蜂。因此若說他是過勞而死，我也絲毫不意外。哥哥原本因為工作，一直住在其它都市，所以父親過世後，有一陣子老家只有我跟母親兩人一起生活。後來我因為交了男朋友，而且有結婚的打算，所以我搬出了老家，跟男朋友同居。當時我二十三歲，男朋友二十五歲。我們是透過職場上的資深前輩介紹而認識，交往後不久雙方都產生了結婚的念頭。

但這段感情在同居不到一年後就宣告破滅了。最大的理由在於價值觀的差異……或許也可以說是性格上的差異。我最無法忍受的一點，是他浪費成性且喜歡借錢。在他的字典裡沒有「節省」及「儲蓄」這兩個字眼。平時他除了常向我借錢之外，還常瞞著我偷偷向朋友、同事借錢。後來他跟一個朋友因為還錢的問題而發生爭執，消息傳入我的耳裡，我才知道他在外頭做了那些事。我為此責備他，他卻冷笑。後來我苦口婆心地勸他，他反而惱羞成怒，直說我「年紀比他小卻不把他放在眼裡」。我並沒有為此而退縮，與他僵持不下，最後他竟然動手打我，還說了一句「反正妳爸爸留下那麼多遺產，我們根本不缺錢花」。我聽了這句話，在百分之一秒內就決定與他分手。

不過他在幾年後就和他的大學同學結了婚、生了孩子，成為非常照顧家庭的好爸爸。所以或許我跟他的問題就只是不投緣吧。我父親在還沒退休前就過世，媽媽領到了不少的撫恤金，老家的房貸也靠著父親的死亡保險金還清了。因此在外人的眼裡，我父親就像是留下了「龐大遺產」（實際上父親過世後，母親確實沒有經濟上的困擾）。當時我那男朋友還太年輕，或許產生一點依賴之心也是情有可原。

但是這件事情卻一直令我耿耿於懷。與心愛之人爲了錢的問題而發生爭執，實在是一件痛苦的事。我沒有辦法走出這個陰霾，後來的幾段感情也都因爲這樣而難以長久維持。或許應該說，我沒有遇到一個足夠喜歡我的人，願意包容我這種裹足不前的個性。

至於我哥哥，則是順利結了婚，還生了一男一女。嫂嫂是一名營養師，結婚之後還是能夠妥善分配時間，維持著她的工作。後來哥哥轉調到了東京都內的部門，而且確定將來不會再調職，於是哥哥一家人就搬回了老家，與母親同住。在母親過世之前，嫂嫂一直對母親非常照顧，實在是個令我佩服的媳婦。身爲小姑的我，也自認爲相當識相，平日盡量不去打擾哥哥一家人的生活。而且嫂嫂開朗又沒心機，跟我很合得來，侄子及姪女也活潑可愛。自從父親過世之後，母親便一直很寂寞，嫂嫂願意跟著哥哥搬回老家，讓母親與孫子、孫女同住，我實在很感謝她。

在四十歲之前，我一直期盼著有一天我也能過像哥哥、嫂嫂那樣的結婚生活。但是過了四十歲之後，我放棄了希望。不，不是放棄希望，而是明白自己沒有那樣的「命」。

我在一家文具公司上班，雖然是老字號的公司，但是規模不大，薪水差強人意。最大的優點，是公司裡有很多非常資深的女職員（包含已婚及未婚），因此我在公司裡完全沒有結婚的壓力。我並不是一個事業心很強的女人，將來也不太可能有什麼飛黃騰達的機會，但以現在的收入，要求得溫飽可說是綽綽有餘。回想起來，當初我能在泡沫經濟崩盤前找到工作，可說是相當幸運。換句話說，我雖然婚姻運不好，但工作運不算太差。

母親走了之後，哥哥一開始原本打算繼續住在老家，但早在母親過世前，父親那邊的親戚就經常說些閒言閒語，哥哥嫌他們太過囉嗦，因此決定買新的房子。況且當年父親貸款買下老家的時候，買的就是中古屋，只是因爲在裝潢上花了不少錢，所以看起來光鮮氣派。若論屋子的基本結構，其實已不知道還能再撐幾年。

哥哥一家人搬離老家之前，舉辦了一個小小的離別派對，還邀請我去參加。侄子或許是因爲難爲情，擺出了一副滿不在乎的態度（現在的侄子已經是粗獷的青春期少年），嫂嫂及姪女則哭成了一團，還聊起了好多從前的回憶。

哥哥一家人的新家，距離嫂嫂的娘家走路只要五分鐘。我們的母親在世的時候，嫂嫂一直是全心全意地照顧婆婆，今後希望她能夠好好孝順她自己的父母。父母的喪禮，都是由哥哥負責處理，我則是負責將他們的佛壇接回來家裡供奉。

從車站到老家的沿途景色，已經與我當年騎著腳踏車上學、上班時截然不同，變得熱鬧得多（當然地價也上升了，這也是父親那邊的親戚經常來跟我們爭論不休的原因。）由於路旁多了不少新的店家，沿途可以欣賞櫥窗，一點也不會無聊。

然而走到了老家一瞧，大門口的階梯上竟然坐著一個女高中生，膝蓋上還擺著一個書包。

爲什麼我敢肯定那是女高中生？理由就在於她的身上穿著我的母校的高中制服。格紋百褶裙配上領口造型特殊的西裝式外套，一眼就能認得出來。

不，等等……我的母校雖然是公立高中，但是十年前左右曾經進行過制度改革，不僅課程制度改成了學分制，而且廢除了制服。

難道最近的高中女生流行穿從前的制服？我一邊這麼想著，一邊走了過去，那女高中生也看見了我。突然間，她站了起來。

我跟她兩人隔了大約三公尺的距離，就這麼面面相覷。

那女高中生竟然就是我自己。嚴格來說，是三十年前的我自己。年僅十五歲的我自己。等到七月的生日一過，就會變成十六歲的我自己。就讀高中一年級的我自己。

頭髮亂翹難整理，只好剪成了短髮，然後以慕斯牢牢固定。鼻子的周圍長滿了雀斑。那些雀斑曾經讓十多歲至二十多歲時的我煩惱不已，如今雀斑卻都變成了平凡無奇的黑斑，不僅我自己不再在意，也不再有人稱讚我臉上的雀斑可愛。

女高中生瞪大了眼睛，伸手指著我，戰戰兢兢地張開了口，以十多歲時的我的嗓音說道：

「……我猜的果然沒錯！我穿越時空了！」

三十年前，老家應該才剛裝潢完畢而已。父母是在我未來要就讀的高中確定了之後才買了房子，因此對我來說，搬家跟升學這兩件事幾乎是同時發生。

但如今這棟兩層樓建築卻已經是一副嚴重老朽的落魄模樣。聽說沒有人居住的房子會迅速舊化，但我沒料到竟會慘到這個地步。十五歲時的我當然也嚇傻了，一時之間手足無措。

「我原本打算回家向家人求救，沒想到來到了家門口，才發現家裡一個人也沒有。」

我帶著她在車站附近的星巴克裡聊了起來。「十五歲時的我」這個稱呼實在是太長了，以下就簡稱「我」吧。星巴克這種店，對「我」來說當然是稀奇得不得了。尤其是MENU上每一種飲料的名稱都是又臭又長，更是令她看得嘖嘖稱奇。

「太驚人了！太驚人了！未來的日本竟然有這種只有在美國電影裡才看得到的咖啡館。」她興奮地大聲尖叫。

「嗯，不過現在已經很少人使用『咖啡館』這種稱呼了。只要是連鎖店，大部分的人都是直接叫店名。例如這一間是星巴克，此外還有羅多倫、VELOCE什麼的。」

不管是來自過去的「我」，還是看見了過去的「我」的我，都還能勉強保持冷靜，是因爲我們都讀了一本青春小說。我還清楚記得那本小說的內容，「我」的書包裡甚至還放著那本小說。

書名叫做《我當小惡魔的那段日子》。

這是一本由當時相當受歡迎的女性作家所寫的幽默愛情小說，題材正是穿越時空。而且女主角也是個十五歲的女高中生。女主角在上學的途中偶然跌進了時光之洞內，進入了二十年後的世界。在未來的世界裡，女主角發現未來的自己是個三十五歲的平凡上班女郎，卻與一個相貌英俊且年紀比自己小的男人交往。但那個男人其實是個花花公子，與未來的自己交往純粹只是想騙取金錢。女主角於是刻意化身爲有如小惡魔一般的女高中生，介入兩人之間，企圖破壞兩人的感情。

這本小說最有趣的地方，在於女主角是從過去到了未來，因此不會產生「不能改變歷史」之類時光之旅常見的矛盾情結。女主角不僅與未來的自己見了一面，而且還老實說出了「那個人根本不愛妳，只是想要妳的錢」之類的話。但是未來的自己早已愛那花花公子愛得死去活來，根本聽不進去。女主角逼不得已，只好狠下心腸化身成爲小惡魔。那個花花公子除了有眞正的女朋友之外，還對小惡魔也開始有了非分之想。更糟糕的是花花公子依然把未來的自己當成了搖錢樹，完全不肯放手。女主角想盡了一切辦法，想要給那個花花公子一些教訓，並且讓未來的自己獲得幸福。但是過了一陣子之後，女主角發現自己根本不必這麼做。

——與其繼續在這裡跟他們瞎攪和，不如好好提醒自己，以後別被這種人渣欺騙感情，不就得了嗎？

——仔細想想，自己到了三十五歲竟然還是單身，而且還被這種人渣耍得團團轉，人生未免太悲慘了一點。

女主角的心中開始浮現這些最根本的疑問。

——算了，還是別管未來的自己，快回原本的時代去吧。問題是要怎麼做才能回去？

女主角於是設法誆騙花花公子，讓他提供生活費，自己努力尋找時光之洞的出現地點。不久，女主角得知未來的自己在讀大學的時候，班上有個男同學是物理學天才（後來的時代稱這種人為宅男），這個物理學天才後來進入了量子物理學研究機構，在那個機構裡就有一座時光之洞製造裝置。女主角為了向這個物理學天才求助，設法接近他，赫然發現他一直暗戀著未來的自己。

——既然是這樣，只要想辦法把這兩人送作堆，我就可以順利回到過去了！

以上就是這本小說的劇情大綱。

我與「我」買了拿鐵咖啡與甜甜圈，找了張桌子相對而坐。「我」似乎早已飢腸轆轆，拿起甜甜圈便張口大嚼。

「妳能不能告訴我，妳是在什麼樣的情況下穿越了時空？」我問道。

「我總得問個清楚，確定這不是某種高明的詐騙手法。」

嘴唇上沾滿了白糖的「我」一聽，氣呼呼地說道：

「詐騙？大嬸，妳那麼有錢嗎？有錢到會遇上詐騙？」

我作夢也沒想到會被從前的自己叫大嬸。

「我很認眞工作，所以還算是有點積蓄，何況還有爸爸媽媽留下來的錢。」

我會說出這麼毫無戒心的話，表示我已經認定眼前這個人就是從前的「我」了。過去我從來不跟任何人談錢的事，就算是再要好的朋友也一樣。自從跟第一任男朋友分手之後，這已經成了我人生中的金科玉律。

沒想到「我」聽了之後，在意起了完全不相關的另一件事。「爸爸媽媽留下來的錢？」

她匆匆忙忙將滿口的甜甜圈嚥下肚。

「妳的意思是說，爸爸媽媽死了？」

我一聽，不禁笑了出來。「那還用問嗎？我可是已經四十五歲了。嗯，不過爸爸、媽媽的過世年紀確實都低於平均壽命。」

「四十五歲……」

「我」的兩眼周圍逐漸失去血色。我一時不明白到底是什麼事情令她感到如此震驚。只見她神色僵硬地說道：「等我到了四十五歲，就會變成像大嬸這樣？」

她幾乎快要掉下眼淚。我不禁有些惱怒，說道：「每個人都會老，這不是什麼奇怪的事情。何況我接受過肌膚年齡檢查，人家說我的肌膚年齡比實際年齡小十歲呢。」

「明明滿臉黑斑。」

「妳還不是滿臉雀斑？」

我說到這裡，不禁暗想，這有什麼好吵的？

「大嬸，我相信妳一定結婚了，對吧？」

「我」的聲音在發抖。

「不，我單身。」

「我」一聽，差點沒將剛剛吃下肚的甜甜圈吐出來。

「我真不敢相信！妳嫁不出去？」

「在我這個時代，光是妳這句話就已經構成了性騷擾及精神暴力了。」

「什麼性暴力？」

我心想，三十年前或許還沒有「精神暴力」（moral harassment）這種字眼，但「性騷擾」（sexual harassment）應該已經有了才對（至少我對這個字眼有些印象）。於是我從背包中取出智慧型手機，想要上網查一下，沒想到此時「我」竟然說道：

「那是什麼？計算機？」

我這才豁然想起，別說是智慧型手機，就算是最傳統的一般手機，在「我」所生活的時代裡也是不存在的東西。

「我就直接了當地告訴妳。」

我隔著桌子將上半身湊了過去，凝視著「我」的眼睛，說道：

「我一直是單身，從來沒結過婚，甚至沒被求婚的經驗，當然也沒有孩子。我在一家不起眼的文具公司上班，當辦公室裡的老大姊。年所得還過得去，住在出租公寓，養了一隻金絲雀。」

「我」的臉上霎時變得毫無血色，而且不住顫抖。

「這就是我，也就是未來的妳。」

我繼續毫不留情地說道：

「或許妳感到很不滿，但我自己很滿意這樣的生活。」

接下來有好一會，我跟她就這麼僵著不動。

半晌，「我」以沾滿了砂糖的手背在臉上輕輕一抹，上頭全是冷汗。

「……因為長得太醜？」她低聲問道。

「什麼？」

「因為長得醜，不受歡迎，沒人願意跟妳交往，永遠只有被甩的份？」

我還沒有回答，她竟然已開始哽咽。「我好想死。」

「不，妳一定要活著。妳死了會給我添麻煩。」

「我才不要！與其變成這種乾巴巴的大嬸，我寧願一死了之！」

「我」開始低頭啜泣，周圍其它桌的客人都朝我們望來。

「我想妳還是快回去吧。」我說道。「回到屬於妳自己的時代，忘了這場噩夢。」

日子一天天過去，等她到了四十五歲這個年紀，或許她就能接受現在的自己了。

——原來高中一年級時的我，是個這樣的女孩子。

我的腦海裡當然還有著高中時的記憶。經常和幾個親密好友膩在一起。參加了銅管樂團，每天努力練習。有點暗戀倫理課的老師。二年級的時候，班上有個女生很愛耍大小姐脾氣，跟我合不來，我有將近半年的時間遭受她幾乎接近霸凌的對待。

雖然我長得並不美，成績也稱不上非常優秀，但是學校生活讓我快樂又充實。我的煩惱除了臉上的雀斑之外，還有明明身高不高卻有一對大腳丫，因此很難買到喜歡的鞋子……還有……還有……

好奇怪，應該還有很多事情才對。

對了，我想起來了。那個時候的我，內心充斥著不滿與自卑。即使每一天過得再怎麼充實，也無法抹除的不滿與自卑。為什麼我的皮膚不夠白？為什麼我的體格不夠嬌柔纖細？為什麼我長得不夠美？想要讓下巴的形狀好看一點，難道只剩下整形一條路可以走了？

對了，我還曾經被朋友批評「沒口德」。有個朋友說我講話太直來直往，性格太強硬。我爲了改掉這個毛病，有陣子刻意表現溫柔，沒想到那個朋友竟然在背後說我「最近變得心機重」。

這些不滿與煩惱，就像是隨時在淌血的傷口。血是在什麼時候止住了？傷口是在什麼時候痊癒了？即便傷痕依然歷歷在目，疼痛的記憶卻已被時間帶走。

所謂的成長，就是這麼一回事吧。

時間的寬宏大量，造就了我心中的寬宏大量。不管是對周遭的一切，還是對我自己。

「我想給妳一個忠告。小心喜歡揮霍金錢的男人。」我說道。

「我」錯愕地抬起頭來。

「什麼意思？」

「時候到了，妳自然會知道。」

我笑著說完這句話後，內心不禁產生了一股擔憂。如果因爲我的「忠告」，從前的「我」沒有與當初那個人交往，而是選擇了其他對象，並且順利結了婚，現在的我還會繼續存在嗎？這似乎也算是一種時光之旅的矛盾？

「妳是怎麼來到這個時代的？就跟小說一樣，掉進了時光之洞裡？」

「我」拿餐巾紙抹了抹臉，忽然伸手到書包裡面翻找，不一會竟然取出一個罐裝咖啡。

「今天我想到學校參加社團練習，於是出了門，走到車站的時候，我想買個飲料，沒想到竟然在自動販賣機發現了這種從來沒見過的罐裝咖啡。」

當然從來沒見過。因爲這種罐裝咖啡是現在的「最新商品」，電視及網路上都在大肆宣傳。換句話說，對「我」而言，這是三十年後的商品。

「我一拿到這個罐裝咖啡，突然感覺頭暈目眩……」

接著「我」描述當回過神來時，周遭的街景已經變得截然不同了。

「原本的空地變成公寓大樓，走在路上的女孩都有栗子色頭髮，拿著像這樣的計算機。」

「我」指著我放在桌角的智慧型手機，皺起眉頭說道。

「這到底是什麼東西？」

「非常先進的電話，擁有電腦的功能。等等，那時候是叫電腦，還是叫電子計算機？」

我這麼咕噥後，笑著說道：「有一天妳也會得心應手，現在就好好期待吧。」

問題是現在該怎麼辦才好呢？

「自動販賣機還在原本的地點？」

「嗯，只是方向改變了。」

「好，總之我們先去看看吧。」

既然「來自未來的罐裝咖啡」是讓「我」穿越時空的關鍵物品，或許那附近也有讓「我」回到原本時代的關鍵物品。

「幸好妳那時還在去車站的路上，要是已經到了學校裡，妳一定會更加不知所措吧。」

母校在進行制度改革的時候，同時也對建築物進行了改建，外觀變得跟以前完全不同了。

「妳還記得地點嗎？」

「嗯，道路本身並沒有變。」

但是這附近怎麼會蓋了這麼多公寓？我還以為我們家那邊絕對不會有便利商店呢。那間時髦漂亮的美容院是什麼時候開張的？大嬸，妳去過了嗎？「我」像連珠炮般問了一大堆問題，就是絕口不提家人的事。或許是因爲不想觸及「爸爸媽媽都已經死了」這個話題吧。

不過，難道她不會想知道哥哥的現況嗎？下一秒，我想通了。

——仔細想想，那個時候的我有點討厭哥哥，總覺得他又髒又臭。

我愈想愈是忍俊不禁。

「妳說要去學校參加社團練習，指銅管樂團的練習嗎？」

「對。」

「好玩嗎？」

「還不錯，不過我才剛加入而已，還不是很熟。」

我暗自提醒自己，不能告訴她太多事情。

「我」不安地將身體湊過來，不時左顧右盼。我聞到了她身上的汗水味，不禁心想……啊啊，年輕眞好。「我」所指的那臺自動販賣機，在我回老家的時候，偶而也會利用。那看起來就是一臺平凡無奇的機械，全日本各地都看得到。

能夠選擇的飲料多達十五種。我仔細查看每一種飲料，很快就找到了那個關鍵物品。

「有了！」

在BOSS、Georgia等熟悉的咖啡品牌之中，夾雜了一罐如今早已停止製造，在現今的時代沒有辦法買到的古老罐裝咖啡。

「我」指著那個罐裝咖啡，說道：「這是我平常買的咖啡！」

我知道。或者應該說，我記得。

「加了一大堆牛奶，而且只有咖啡香，卻沒有咖啡味的兒童咖啡。」

但我就是喜歡。正因爲很喜歡，所以當販賣停止的時候，我也很清楚原因。咖啡裡頭所含的添加物遭人發現包含致癌物質，這款罐裝咖啡絕對不可能再出現在市面上。

「我幫妳出零錢吧。東西都帶了嗎？可別忘了什麼東西在這裡。」

「我」沒有回答，我轉頭一看，她將書包還抱在胸前，一副扭扭捏捏的模樣。

「怎麼了？」

「何必急著把我趕走？」

我愣了一下，不明白她爲什麼會這麼說。

「如果不快點行動，要是妳再也回不去了怎麼辦？這個罐裝咖啡如今已不存在於這個世界上，誰知道它什麼時候會消失？」

「……這麼說也對。」

「來，一百三十圓。現在這個時代，一百圓連罐裝咖啡也買不到。」

「我」握著我給她的零錢，又遲疑了起來。

我斬釘截鐵地對她說：「這跟小說的情節可不一樣，我既沒有年紀比我小的帥哥男友，也沒有在量子物理學研究機構工作的朋友。而且我的年紀不是三十五歲，是四十五歲，這十歲的差距是很大的。我現在的心願已經不是戀愛，而是努力工作及存錢，將來才能過安穩而快樂的老年生活。」

換句話說，我不需要讓從前的自己變成小惡魔女孩，藉此來改變人生。

「我」凝視著我的臉，輕輕嘆了一口氣。那種只有十多歲女孩才能做得到的輕聲嘆息，看在異性的眼裡或許有種難以言喻的魅力，但看在同性的眼裡（而且還是年長者），除了煩還是煩。

「我決定了，我要努力讓自己不要變得像大嬸這樣。」

接著「我」用了一些「乾枯」、「萎靡」之類的字眼來形容我。

「我一定要變得更加幸福，我要好好談戀愛，當然也要結婚。大嬸，再見了。」

我心中不由得又想起了時光之旅的矛盾問題。如果她改變了，我會消失嗎？所謂的「再見」，意思是我完蛋了？

——我是否會就此消失，甚至沒有發現自己已經不存在於這個世界上？

抑或，我們所居住的世界將會分開，形成平行世界？

當初我們看的那一本幽默愛情小說，從頭到尾一直在描述過去的自己如何扭轉未來自己的愛情生活，對於其它的環節並沒有太多琢磨，所以我也不知道哪一邊才是正確答案。

但是與從前的「我」交談之後，我很清楚地體會到一件事。

那就是我完全不打算和否定現在的我的從前「我」當好朋友。

「那很好，再見了。」

我冷冷地說了這句話，「我」於是轉過了身，投幣購買了照理來說不應該存在的罐裝咖啡。就在她彎下腰去拿咖啡的瞬間，她的身影忽然微微搖曳，接著消失無蹤。連我也微微感到暈眩，必須扶著自動販賣機才能勉強保持平衡。

我眨了眨眼睛，抬起頭來一看，自動販賣機裡放置那個古老罐裝咖啡樣品的位置，竟然變成了保特瓶裝的茉莉綠茶。那也是我經常購買的飲料。

我與「我」的小小時光旅行就這麼畫下了句點。

我突然好想回家，好想把皮皮尼拉從鳥籠裡放出來，看著她那有如黑色鑽石一般的小小眼珠，輕輕撫摸牠的身體。

接下來我又過起了平凡的生活。度過了梅雨季，度過了炎熱的夏天，進入了魚鱗雲在空中流竄的秋季。生活上的唯一變化，只有職場前輩因爲生病而請了長假，我必須負責一部分她的日常業務，所以加班的日子變多了。

這一天，哥哥聯絡我，說老家已經拆掉了，而且土地已經找到了買主。

「出來一起吃個飯吧，順便跟妳說說詳情。」

於是我跟他約了下班後在銀座見面。據說那個粗獷又冷淡的青春期侄子嫌麻煩不肯來，嫂嫂及姪女則都會到場。

我想買一點禮物給她們，所以提早到了銀座。我穿過了剪票口，走進地下鐵的通行廣場。就在我通過一臺飲料自動販賣機前方時，某樣東西吸引了我的目光，令我不由得停下了腳步。

有個外觀相當奇妙的罐裝飲料，混雜在BOSS、Georgia、伊右衛門等熟悉的飲料品牌之中。依顏色的搭配來看，應該是一種咖啡。但是印刷在罐子上的文字卻相當古怪。那不是日文，也不是英文。更不是韓文、法文、俄文或阿拉伯文。總而言之，那是我這輩子從未見過的文字。

假如這也是來自未來的罐裝飲料……

——這文字是怎麼回事？

難道在數十年後的未來，這個國家所使用的文字改變了嗎？

這讓我想起了有種叫做世界語的東西。難道未來又會出現像那種全世界共同的語言？

抑或，日本將不再是日本？

我將視線從自動販賣機上移開，邁開了步伐。腳步愈來愈快，最後變成了小跑步。這不關我的事！不管什麼樣的未來都與我無關！誰喜歡時光之旅，誰就去買吧！我可不想蹚這趟渾水。

我決定這陣子儘量遠離自動販賣機。反正不管要買什麼東西，便利商店都可以解決。

再見的儀式

五號櫃檯坐著一名少女。

那是一名就算周圍沒有可以作爲比較對象的年長者，還是可以稱之爲少女的少女。這裡實在很少出現像她這種年紀的女孩，更何況是獨自一人。

「久等了。」

我走到櫃檯內側坐下，對少女打了一聲招呼，少女簡直像是突然開啓了電源一樣全身一震，抬起了頭來。端莊穩重的容貌、端莊穩重的服裝、端莊穩重的髮型。

「麻煩你了。」

連聲音也端莊穩重。

「抱歉，請先插卡。」

少女愣住了，於是我指了指她以細帶掛在脖子上的ＩＣ卡。

「啊，對不起。」

我將桌上的讀卡機插口轉向她的方向。沒想到光是把卡片插進讀卡機的動作，她就失敗了三次。第一次卡片插反了，第二次插的太快，第三次插的太慢。「對不起。」她再次向我道歉。隨著文明的進步，人類不斷退化。尤其自從有了機器人，日常生活中的雜事都不必再自己處理。

不過以這個少女的情況來看，或許緊張才是最大的原因。三次插卡，她的手都微微顫抖。

這裡螢幕上所顯示的內容，是往前回推數小時到十多小時之前，以這張ＩＣ卡進行個體識別的泛用型作業機器人的機體資訊。包含製造公司、製造日期、型號、人工智能的版本、版本更新紀錄、固定動作模式的熟練度、選擇性裝備的種類、故障及修理紀錄等等。

我一看畫面，不禁嚇了一跳。這是非常老舊的機器人。以一般家庭用的機器人而言，可以說是最古老的機種。以現代人的眼光來看就像是活化石。

「這個……」

少女的身體又是一震。「怎麼了嗎？」

「請問機體已經完成回收作業了嗎？」

「嗯……今天早上讓你們的回收車帶走了。」

「請問是幾點的車子？」

「八點。」

螢幕顯示的資料中，包含許多「不明」標記。這代表這具機器人的機型實在太老舊，許多資料都沒紀錄在讀取系統可以連接的資料庫（我這個等級的技師自由連線的資料庫）。

「這個機型很舊了，請問是家人的興趣嗎？」

這世界上有不少人喜歡蒐集中古機器人。這幾年還出現了「骨董機器人」這種講法。

「哈曼長年以來一直為我們工作。」少女以端莊穩重的聲音如此回答。

「抱歉，恕我失言了。」我給了一個制式化的回答。

所謂的哈曼，其實是製造機器人的公司名稱。哈曼股份有限公司。在泛用型作業機器人的技術剛起步時，哈曼公司可說是最頂尖的政府主導企業。但這家公司很久以前就遭到資產雄厚的同業吸收合併，如今早已不復存在。事實上直到大約五年前，還存在著一家名為「哈曼盛田商會」的公司，專門經營看護機器人的販賣與租賃業務。那大概勉強可以算是從前的哈曼公司的殘存勢力，或者可以形容為哈曼公司遭到全球化的浪潮吞噬後，留存在這個世界上的一小塊殘骸。

總而言之，這機器人是比製造公司更加長壽的商品，少女稱呼機器人的名字就是製造公司的名稱。這種命名方式聽起來很無趣，就好像把本田製造的機器人稱為本田一樣。不過在一些較古老的機型裡，這是很常見的做法。從前的機器人大多在胸口印著大大的製造商標誌，簡直像是別名牌一樣，因此製造公司的名稱往往就成了對機器人的暱稱。

值得注意的一點，是她剛剛的說法並不是「使用」，而是「為我們工作」。如今她看起來相當緊張（在我看來甚至是有點緊張過了頭），或許正是因為擔心過去朝夕相處的老機器人，不知道會在這裡遭遇什麼樣的殘酷對待。

使用者對作業用機器人的擬人化（投入感情）是相當普遍的現象。而且以家庭使用而言，這是良性的現象。機器人與使用者之間如果沒有一定程度的擬人化「共識」，為人類提供勞動力的機器人將很難融入人類的日常生活之中。

在亞洲市場，外觀接近人類的二足步行型機器人賣得比較好，在歐美則是四足步行型機器人較受歡迎。但不論是哪一種，都會發生擬人化的現象。歐美對機器人的擬人化，或許比較接近對寵物或家畜的擬人化。有趣的是對機器人的擬人化，會明顯反映出一個地區或民族的文化特徵及國情。即使是基於宗教上的理由或是經濟能力不足等因素，機器人市場難以成熟的第三世界國家，將來應該也會發生相同的現象，呈現出該地區的特色吧。

我仔細查看申請機體回收時的填寫資料，發現哈曼的持有者並非個人，而是一個稱做「野口奉公會」的團體。原來少女只是職員，攜帶了會長的委託書，前來辦理老舊機器人的報廢手續。

根據資料中附上的申請人ＩＤ個資，這名少女的年紀只有老舊機器哈曼的五分之一而已。像她這個年紀的年輕人，完全沒有經歷過不存在泛用型作業機器人的生活吧。

在我查看螢幕上的資料時，她一直屏住了呼吸，簡直就像是正在接受醫生問診。而且病患並不是她自己本人，是她的親近之人。她正在等候醫生說出殘酷的診斷結果。

看來她還沒有做好與哈曼永別的心理準備。

像這樣的情況其實並不罕見，因此我們公司才會在機器人回收中心裡設置這樣的櫃檯，讓我們這些平常總是關在生產工廠內的技師們輪流坐在這裡，聆聽來自使用者的「第一手」聲音。

「這麼舊的機型，手續辦起來可能會有一點麻煩。回收人員有沒有交代你們注意事項？」

少女猶如受到驚嚇的小動物，立即搖頭說道：

「沒有，我們什麼都不知道。」

「我看了一下你們的申請單，你們希望保存報廢機體的基礎記憶，並且移植到新購入的機體內，就算只有一部分也沒關係，是嗎？」

「對，如果可以的話，希望你們幫幫忙。」

「但是這家製造公司如今已經不存在了……」

少女點頭說道：「對，我聽說製造哈曼的是一家從前的公司。」

「是的，所以我不敢肯定現在是否還查得到這個機型的條款。換句話說，我們可能無法確認當初在簽訂購買契約的時候，製造商是否答應在機體進行廢棄回收時，交付基礎記憶的備份資料，或是將基礎資料移入其他機體之中。」

我猜測少女應該聽得一頭霧水。她露出一臉茫然的表情，簡直像金魚一樣。

我最討厭這種搞不清楚狀況的生物。

而且我從事的不是業務性質的工作，沒有接受過對客戶表現出親切感的訓練。再加上這名少女的外貌並沒有足夠的魅力，讓我對她表現出私人關心。我能給她的幫助，就只是機械化的說明詞句。

「是這樣的，像這種家庭作業用的機器人，裡頭事先安裝好的動作軟體都是受到著作權所保護的。不管是購買或是租下機器人，在正常使用的期間當然都沒有任何問題，但是如果要把記憶或是動作流程之類根據軟體所產生的機能，移出機體外重新利用或保存，就必須事先取得著作權擁有者的同意。雖然辦理手續的方式就記載在條款裡，但是……」我看她的臉色愈來愈難看，幾乎快要掉下眼淚，所以沒有繼續說下去。

我不禁在心裡偷偷嘆氣。如果可以，我實在很想請公司那些高層主管來這裡坐坐看。

少女又向我說了一次對不起，這已經是第三次。

「這意思是哈曼的年紀已經太老了，是嗎？」

這樣的形容雖然有點太感性，但基本的理解是正確的。

「如果換算成人類的年齡，它已經兩百歲了。當然機器人就是機器人，並不是人類。」

一來只能在有限的時間裡正常使用，二來受種種規則束縛。既然製造方必須對製造物負起責任，一旦產品超過了使用期限就只能報廢處理。機器人跟人不一樣，不會因為年紀大了而處事變得圓滑，或是因為熟練某些技巧、擁有豐富經驗而受到尊敬。

「只要是機械就會壞掉，壞了就無法使用。」

當機器人要壞掉的時候，是不會給人留任何情面的。雖然因為程式設計的進步，機器人開始能夠模擬人類的感情，表現出彷彿具有智慧的姿態及行為，但並不像人類一樣擁有一顆心。因此在機器人的世界裡並沒有通融這一回事。機器人只會有兩種狀態。壞了，或沒壞。正常，或異常。

「這麼老舊的機型，光是能夠正常使用到今天，就已經是一件令人很吃驚的事。或許因為我當技師的資歷並不長，像這樣的例子還是第一次見到。」

少女微微瞪大了眼睛凝視著我。
「你的工作是製造機器人？」
「是的，不過我負責的不是程式而是機體本身。」
若要打個比方，我製造的不是心，而是裝心的容器。
「但是……」
少女突然開始神情惶恐地左顧右盼。
「我以爲這裡是辦理報廢手續的窗口。」
沒錯，這裡是辦理報廢手續的窗口。但如果使用者基於心理因素或是經濟因素，而無法下定決心與機器人分離，這裡也是對使用者進行心理建設的窗口。因此我們這些必須輪流來這裡值班的技師們，戲稱這裡爲心理輔導中心。不過我自己倒是認爲，這裡更像是超渡報廢機器人的場地。
「我還以爲這裡會有專門處理報廢手續的專家。」
「沒錯，我們都是專家。我們都很清楚機器人是機器而不是人。機器人身上的零件都是由我們親手組裝的。」
事實上假如只是要組裝機器人，並不需要太多的技巧。製造機器人的生產線，就跟從前製造汽車或電視的生產線沒什麼不同，只是稍微複雜了一點。但製造機器人是需要強大意志力的工作。一來參加研習課程必須消耗龐大的體力及集中力，二來必須擁有無論如何一定需要一份工作的欲望。我們被稱爲「技師」而不是「工人」，是因爲機器人依然存在著汽車或電視所沒有的（或者可以說是已經失去的）一種令人敬畏的科學氛圍。換句話說，技師並不是特別受人尊敬的工作。
「就算身體只是一些零件，一旦完成之後，就是一個獨立的個體，不是嗎？」

少女以畏畏縮縮的口氣說道。

「而且跟在人類的身邊工作久了，應該也會開始出現一些自己的個性及人性。」

「很多人都這麼說，但那眞的只是使用者的錯覺。」

或者可以說是心中的期盼。

「可是我……」

「從資料上看來，在過去三年之間，哈曼曾經數次出現嚴重的故障現象，是嗎？」我打斷了她的話，指著螢幕說道。「今年二月，溫度感應器故障。根據紀錄，這是等級二的故障狀態。對於幫忙做家事的機器人而言，這是很嚴重的事情。有沒有人因此燒燙傷？」

例如這可能會造成做菜時烤爐起火，或是幫孩童、老人洗澡時使用了太燙的熱水。

原本就神情慌張的少女，這是更低下了頭，彷彿在逃避我這個問題。雖然她沒有回答，但答案已經寫在她的臉上。當時一定有人受了傷。

「爲什麼當時機體沒有被回收？」

少女舉起手掌摀住了臉，彷彿是爲了遮擋我所說出的話。

「……是不是因爲你們沒有回報事故？」

少女沒有答話，看來又被我說中了。

我不禁微微感到生氣。像這種對機器人投入了太多感情的人，往往會想出各式各樣的理由，將自己的危險行爲合理化。

「就算隱藏也沒用，所有的資訊都會紀錄在卡片裡。打從一開始，機器人就是這麼設計的。違反《機器人使用規範》的時效是兩年，發生在今年二月的這起事件會讓你們遭到處罰。」

她低著頭說道：「大家討論之後，決定暫時觀望看看，因爲我們不希望把哈曼送走。」
他們很清楚一旦將事故向上呈報，哈曼就會遭到回收。
「大家是指誰？野口奉公會是個什麼樣的團體？是宗教團體嗎？」
我這麼詢問，是因爲有許多想要「保護」機器人的人士都是宗教家。但是另一方面，將機器人視爲大敵的人士也大多是宗教家。所以到頭來，神明到底容不容許機器人的存在，實在讓我這個沒有宗教信仰的人一頭霧水。
「跟宗教沒有關係，我們是一個靠捐款維持營運的義工團體，經營一家兒童保護機構。」
少女在說出兒童保護機構的時候，發音實在有些彆扭。
「聽說哈曼也是來自善心人士的捐贈，但因爲很久以前了，沒有留下當時的紀錄。」
「就算是這樣，機器人的當前使用者還是必須負起管理的責任。」
「我們跟哈曼一直相處得很好。」
所謂負起管理的責任，不是相處得好不好的問題。
「在我們的機構裡，住著許多因爲失去監護人而無家可歸的孩子，從前的我也是其中之一。」
少女這句話等於坦承了自己是個孤兒。但在如今這個動盪不安的社會上，孤兒並不罕見。
「因此我可以說是從小由哈曼撫養長大，其他的孩子也跟我差不多。」
少女說得義正詞嚴，彷彿可以成爲不將哈曼報廢的正當理由。
「機器人沒有辦法將孩子撫養長大。」
我訂正了她的話。
「機器人沒有辦法做到跟人類完全一樣的事情，尤其是與創造有關的工作。既然妳現在是野口奉公會的職員，我希望妳能牢牢記住這一點。」

年輕少女那端莊穩重的表情，第一次出現了變化。

──少囉嗦。

她的表情彷彿在這麼訴說著。顯然她也動了怒氣，而且她開始認為繼續跟眼前這個囉嗦的技師談下去，也只是浪費時間而已。

「請問你們評估哈曼這個案子，需要多少時間？」

她問了這個問題，明顯是想要結束與我的對話。

「我剛剛也說過了，要保存基礎記憶可能有困難。」

「我問的就是你要花多少時間，才能確定真的做不到？」

「這得請示上級才行。」

這是一句很方便的話。當遇上客人提出不合理的要求，這句話可以成為擋箭牌。但如今我卻很後悔說了這句話。這讓我感覺像是小人物在推卸責任。

「我明白了。」年輕少女緊閉雙脣，嘴角向下彎曲。我本來以為她會對我發脾氣，沒想到她只是露出了強忍著淚水的表情。「至少在確定之前，哈曼還會活著，對吧？」

少女的聲音充滿了感情，而且微微顫抖。

「我能跟哈曼見一面嗎？你們中心的服務說明書上，清楚寫著機體在回收之後的四十八小時之內，使用者還是可以與機體見面一次。」

這個見面的制度，是機器人製造公司對太過捨不得與機器人分開的客人提供的妥協措施。

「難道哈曼的情況是例外？因為無法確認當年的條款？」

如果她的表情再刁鑽一點，這個問題就不像是一個問題，而像是一種諷刺。
「嚴格來說確實是如此沒錯。」
「我想你一定會告訴我，哈曼還活著這種說法並不正確，對吧？」
少女說得非常急促，彷彿眼淚隨時會掉下來。
「但我就是想要這麼說。在我的心裡，哈曼就是還活著。」
我的心裡不由得產生想與她對抗到底的想法。我向來討厭別人在我面前哭喪著臉，也討厭別人拿不合理的事情對我發脾氣。何況她對我說出這種挑釁言詞，我忍不住想讓她看清現實的殘酷。
「如果妳想要結束這次的『諮詢』……」
我伸手指向她垂掛在胸前的卡片，她下意識地伸手按住了那枚卡片。
「妳必須將卡片再一次插入插槽。在那之前，這次的『諮詢』都還不算結束。在諮詢的過程中，如果有必要確認該機體的狀態，客戶依規定可以陪同技師一同前往。」
她以指尖輕觸著卡片，眨了眨眼睛，先看了我一眼，又低頭看了一眼卡片。接著她瞪大了雙眼，露出一副打從心底感到吃驚的表情。
「……真的可以嗎？」
「不過這不是正式的會面，所以原則上並不建議妳這麼做。」
我故意誇張地嘆了一口氣，一邊從椅子上站起來，一邊將分隔我跟她的櫃檯頂板抬起。
「請跟我來。」
我打開了櫃檯後方的門。就在這時，一陣細微的聲響傳入了我的耳中，同時身體也感受到了微微的震動。這些聲響正足以證明這個中心的核心單位正在完成社會所賦予的使命。

這裡原本不是對外開放的機構。諮詢櫃檯及客人的等候區，都是後來才設置。這個機構的核心單位並不是辦公室，而是針對回收的機器人進行分類及暫時保管的倉庫，以及拆解機器人的工廠。

少女似乎嚇得手足無措。放眼望去，只有長到看不見盡頭的平滑走道，以及走道上的一扇扇隔音門。每扇門上都寫著醒目的數字，除此之外沒有任何裝飾。通風管及各種導管大剌剌地在天花板上爬行，完全沒有隱藏或掩蓋。

我走在前面，一邊拿出機構內部通訊專用的智慧型手機，確認注意事項。每一次我的手指接觸畫面，都會發出嗶嗶聲響，在走道的天花板及牆壁之間迴盪。依照規定，所有員工在上班期間都要攜帶這臺智慧型手機。它又小又輕，可以掛在工作制服的口袋邊緣。每一次操作都會發出刺耳的電子音，是因爲主管不希望員工拿它來做主管不希望員工做的事情。小到上班期間偷懶摸魚，大到竊取企業機密。

不論任何時代，各領域的科學技術都不會以相同的速度發展。每個時代、每個社會都會有需求性比較高的領域，只有這些領域才能獲得人才及資金，實現長足的發展。

在二十世紀末至二十一世紀初，最熱門且聚集最多優秀人才及資金的領域是資訊通信產業。因爲這個緣故，世人（或者應該說是先進自由主義諸國的世人）整天只是利用這些日新月異的高機能通訊儀器坐著閒聊，對於少子高齡化導致社會的勞動人口逐漸減少的現象視而不見。最喜歡發展社會學及心理學的資訊通信產業，實際上並沒有改革社會的力量，卻會製造出一大堆喜歡空談社會改革的人。乍看之下似乎讓社會變得富足而充滿智慧，就是資訊通信產業最可怕的地方。

就連製造業也紛紛開始製造通訊儀器的硬體，想方設法在這個「交談產業」中分食大餅。到底是從什麼時候開始，製造業才驚覺其原本的社會責任是製造出有助於維持整個社會運作的產品？世界到底是以什麼時期作爲分界點，進入了一般家庭泛用型作業機器人時代的草創期？

這些問題的答案，交給後世的科學史家去分析就行了。在這個過程中，並沒有出現人人推崇的靈魂人物，也沒有知名企業領袖帶頭領導，更不是因爲某一種令世人大爲驚艷的發明帶來了契機。光是像哈曼這種初期的作業型機器人，運用的專利技術就多達數十種。

當有人開始將資源投入「適合進入家庭」的作業用機器人的研發工作，而且進展雖然緩慢卻相當穩健，社會的風氣也開始跟著改變。雖然世人還是沒有停止「交談」，但已經發現把寶貴的資源與人才全投入於研究讓交談更加快速，是一種極大的浪費。

因此雖然泛用型作業機器人在現代的社會已經成爲不可或缺的勞動力，一般民眾日常生活中所使用的通訊儀器與二十一世紀初期的通訊儀器，在效能上幾乎沒有太大的進步，就連外觀也是大同小異。例如我手上這臺智慧型手機，就算搭乘時光機送回二〇一〇年的時代，當時的人看了應該也不會感到驚訝。

但如果當時的人看到機器人也能操縱智慧型手機，應該會看得目瞪口呆吧。只要是靠著一步一腳印的技術研發所開創的未來，必定有著這種科技發展上的不平衡現象，這是天馬行空卻不負責任的幻想與現實的最大區別。

如今依然使用ＩＣ卡來管理每一具機器人的機體資料，不也算是一種不平衡現象嗎？有人說太過頻繁地發展新的系統，會導致使用者無所適從，所以才故意保留了傳統的做法。還有人說保留一部分這種單純的做法，才能讓機器人在社會上獲得更多靈活運用的空間。但這兩種說法，我都不太相信。我認爲這只是單純因爲ＩＣ卡製造業界與其他產業的鏈接能力實在是太強了。

在這個回收中心的管轄區內，上午八點的回收車所回收的機體，都收攏在第五區東南方的圍欄內。其中也包含哈曼。最靠近第五區的門是八號門。

「請往這裡走。」

我轉頭一瞧，那個在野口奉公會工作的年輕女孩，竟然在三號隔音門前停下了腳步。只見她豎起了耳朵仔細聆聽，似乎在警戒著什麼。

「那是什麼聲音？」

「機器人在移動的聲音。」

隔音門另一頭的遠處，隱約傳來細微聲響，聽起來像是攪拌著無數的圖釘，讓人很不舒服。

「他們回收哈曼的時候，把哈曼的開關全部都換掉了，哈曼一動也不動。」

「送到這邊之後，會再把開關打開。」

「但是電池也拔掉了，不是嗎？」

「還有備份用的輔助電池。開啓電源後自然放置，直到輔助電池耗盡，是比較妥當的做法。」

少女凝視著我，臉上欲言又止，但是她繼續邁步，什麼話也沒有說。

我接著問道：「哈曼在二月出現異常狀況的時候，你們是怎麼讓它停下來的？」

少女沒有回答。通過五號門前的時候，我又問道：

「你們使用了緊急停止拉柄？」

緊急停止拉柄就位在機體的背面，平常隱藏在保護蓋下。不過能以這種方式停止機器人的事故，就算損害或傷亡頗爲嚴重，也不會被視爲重大事故。既然使用者還能夠接近機器人，代表最嚴重的情況也不過是等級二，而且全都是機械故障所造成的誤動事故。這種情況的事故只要靠回收、檢查及修理就可以解決。就算無法修理，也可以辦理報廢及更新手續。

較嚴重的狀況，是機器人的動作本身雖然沒有出錯，但是該動作所引發的事態卻會對周圍的人類造成危害，也就是違背了「機器人三原則」。因此像這樣的事故，統稱爲「原則事故」。最嚴重的等級一事故，也就是機器人陷入無法控制的狂暴狀態，正屬於一種「原則事故」。在這種情況下如何停止機器人的動作，研發人員設想出了許多方法，但每一種方法都包含了相當程度的暴力成分，必須是領有特殊執照的專業人士才能執行。

「……根本沒有必要關閉電源。」

少女凝視著自己的腳邊，說道：

「哈曼自己很清楚他做錯了。」

少女的意思，似乎是故障的機器人自己發現不對勁，停止了錯誤的動作。

「妳知道這代表什麼意思嗎？」

「當然知道。」

「機器人自己發現錯誤，這不在使用者的預期，所以這也算是一種狂暴狀態，非常危險。」

少女低著頭說道：「哈曼一直跟我們道歉。」

我決定不再理她，加快了腳步。

來到八號隔音門前，我再次操作專用的智慧型手機，門上傳來解除門鎖的金屬碰撞聲。在這裡不管進行任何操作，都必須以智慧型手機連線至控制中心取得權限。任何一扇門及通道都沒有設置可以解除門鎖的獨立面板或裝置。這是因爲如果報廢的機器人逃走，可能會遭到濫用。最安全的防護措施，就是不讓機器人有連線的機會。

隔音門相當沉重。我奮力拉開門把，轉頭對著野口奉公會的年輕女孩說道：

「請進。」

她顯得手足無措，反而退了一步，彷彿前方有著某種物理性的阻礙。但其實阻擋在她前方的並不是任何有實體的東西，而是單純的聲音與景色。

第五區裡擠滿了機器人。

每年到了這個季節，就會有很多新型機器人的發表會，各大廠牌的經銷據點都會開始大肆宣傳，在使用者之間引發換機熱潮。因此委託回收舊機的案子就會大幅增加。昨天跟前天，我們接到的案子都幾乎超過了單日所能接的最大件數。

數不清的機器人在圍欄裡驅動。就算是早已習慣接觸機器人的人，面對這樣的景色，想必也會感到觸目驚心吧。

體型矮小的只有五十公分高，最高的達到兩百一十公分。重量則是從三十公斤到兩百五十公斤。收容時只區分為二足步行類及其它類，除此之外並不區分款式及出廠年代。

這些機器人都被摘除了具有學習功能的人工智能，就這麼被放置在圍欄裡，直到控制基礎動作的基板上的輔助電池耗盡電量。大部分的機器人都只是重複做著起立與坐下的動作。因為那是最原始、最基本的動作。當他們在生產線上被製造出來，接收到的第一個指令都是「站起來」。如果把它們放置在較寬敞的地點，他們會不會走來走去呢？曾經有人做過這樣的實驗，結果發現就算有足夠的空間，機器人依然只會維持起身及坐下的動作。事實上那是因為控制基礎動作的基板，也包含了安全機制。因此機器人在沒有接到命令的情況下，並不會擅自做出幅度太大的動作。

如果是因為機體故障而無法起身及坐下的機器人，就會改為上下擺動手臂、轉動脖子或是將上半身前後擺動。那些動作有時相當滑稽。例如擺動上半身的機器人假如剛好被放置在牆邊，看起來就像不斷拿自己的頭往牆壁上撞。若要打個比方，那就像是被光線吸引的蛾不斷往玻璃窗上飛，只是更加沒有意義。然而機器人畢竟是人形而不是蛾形，看在人類的眼裡實在很不舒服。

第五區的西南邊，最靠近隔音門的圍欄裡有一具機器人，今天早上也出現了相同的狀況。那具機器人有著水桶形的頭部及四方形的身軀，手臂及腿部都有如蛇腹一般。這具機體也相當老舊了，看起來實在不太可能執行任何具有實務性質的工作。機體的身上還有著明顯的塗鴉痕跡。多半是在某個遊樂園或是流動型動物園裡，負責擔任小丑之類的工作吧。

它摺疊起了蛇腹狀的腳，坐在地板上，兩手疲軟無力地下垂，以相當於人類額頭的部位，依著一定的節奏，撞擊著那冰冷的灰色牆壁。周圍的其它機器人所發出的金屬碰撞聲，刺耳到了讓人忍不住想要皺起眉頭的程度，但唯獨那聲音竟然異常清晰可辨。或許是因爲太過規律的關係，所以容易察覺吧。

鼕、鼕、鼕……

少女霎時臉色慘白。

「哈曼被關在這種地方？」

不只是哈曼。不管是任何機器人，最後都會被關在這個地方。

「要找出哈曼可能得花一點時間。」我說道。「這裡的機器人都已經被移除了聲音辨識能力及發聲能力。不管妳再怎麼呼喊，它也不會回應妳，只能仰賴外觀的特徵將它找出來。」

人類的創造力實在驚人。二足步行型機器人雖然是以人類的外觀作爲基礎形態，卻有著多得數不清的選擇性裝備及特殊造型設計，造就出了千變萬化的外觀。其外觀的變化有些具有特殊性，有些則毫無意義。然而一旦遭報廢而被送到這裡，就算是再獨特的外觀，也會埋沒在這詭異的環境氛圍之中，變得與其它個體沒有什麼分別。不論什麼樣的外觀，都會變得毫無意義。因此嚴格來說，想要靠外觀的特徵來尋找也不是一件容易的事。

少女剛剛也提過，客人有權利提出與報廢機器人見一面的要求。如果是那樣的情況，我們會安排較適當的見面環境。即使如此，很多客人在看見面目全非的機器人之後，也會大受打擊而轉身逃走。事實上如果不這麼做，客人往往不會甘心離去，因此在我看來那也算是一種自作自受。

野口奉公會的少女一邊沿著道路前進，一邊抓著設置在圍欄前三十公分處的扶手。

「哈曼沒有辦法說話，也沒有辦法分辨出我們的聲音。」

在她說出這句話時，依然持續凝視著圍欄內的那些機器人，一對眼珠睜得非常大，令人不禁懷疑瞳孔也放大了。

「打從一開始就沒有這些功能嗎？我記得哈曼的機型還沒有老舊到這種程度……」

「壞掉了。」

她以雙手抓住扶手，步履蹣跚地往前進。

「在我還是個孩子的時候。零件太昂貴，我們沒有錢幫他更換。」

「就這麼一直擱置不理？」

她沒有回答我這個問題，只是抓著扶手一步步往前進。

換句話說，他們就這麼跟一具沒有辦法修理的機器人住在一起。

——哈曼長年以來一直爲我們工作。

眞是太愚蠢了。就算是民營的兒童保護機構，只要跟當地的區公所提出申請，當天應該就能得到適當的協助與處理。就算沒有辦法更換成新品，好歹能夠換一臺功能更加齊全、使用起來更加方便的中古機器人。

泛用型作業機器人的製造、供給與回收，如今已成為支撐國家經濟界的一大產業。這是一套完美的循環模式，為了確保這套循環模式能夠正常運作而不出現缺口，政府每年都投入了龐大的財政預算。那可都是納稅人的血汗錢。

多虧這樣的政策，如今機器人遍及社會每個角落。社會上的弱勢族群，將機器人當成了生活上不可或缺的工具。社會上的優勢族群，則負有維持這個由機器人勞動力所支撐的社會的崇高義務。假想要讓這個國家長久存續，所有人民都須遵守「製造、使用、汰舊換新」這個機器人循環模式。假如稅金可以解決這些問題，這筆錢花得不算冤枉。更何況還可以消除優勢族群心中因為貧富差距（大到連神話中的巨人也無法一腳跨越）所產生的一抹罪惡感，可以說是一石二鳥。

對機器人太過關懷（過度擬人化導致投入太多感情）的人大量出現，或許也可以算是這個循環模式的副作用。由於出現這種症狀的人太多，因此也出現了各式各樣的對症療法。

政府允許機器人製造及販賣業者將泛用型作業機器人販賣給一般消費者的同時，也對業者提出了嚴格的限制。其中的第一條就是：業者在製造機器人時，對於機體的大小、電子合成音的音色、動作的特徵、人型機器人的五官結構等等，都不能讓人產生對「兒童」的聯想。這顯然是為了避免有人將人型二足步行機器人當成了孩童一般對待。我清楚記得當時的經濟產業大臣說過這麼一句話：「我們一定要禁止製造兒童型機器人，正如同國內法及國際法都禁止雇用童工。」

我心裡產生的唯一想法是「好蠢」。就算是形狀像水桶一樣的機器人，想要當成孩子的人還是會當成孩子，想要當成工人的人還是會當成工人，想要加以欺負的人還是會加以欺負。

這讓我想起每一名技師在參加研習的時候，都會在課堂中觀看一些從前的影片，其中也包含了自動行走式小型清掃機器人的初期影像。那是圓盤型機器人，雖然號稱「自動行走」，其實還是得使用遙控器。沒有辦法說話，只能以數種簡單的電子音來代表各種不同的機體運作狀態。即使是這種形態的機器人，還是會有使用者給它取名字。當機器人一邊前進，一邊以內藏的刷子蒐集地面上的灰塵時，有些使用者會故意跟在後面取樂。明明是打掃機器人，卻搞得好像寵物一樣。

感情與同理心，就像是人類的長年宿疾。

「哈曼！」

突如其來的尖叫聲，讓我回過了神來。轉頭一看，野口奉公會的少女竟已不見蹤影。我趕緊沿著通路奔向東南方的圍欄，看見她的上半身已越過了扶手的上方，正朝著圍欄內伸出雙手。

「不能把手伸進去！」

我急忙衝上前去，她迅速翻轉身體，有如想要從我的眼前逃走。她的視線一直停留在圍欄內的一個點上，而且張開了雙臂用力揮舞。

「哈曼！哈曼！看這裡！」

少女以微微顫抖的聲音大喊。

「是我！我是小花！你轉頭看看我！哈曼！」

少女的視線彼端，有四、五具機器人聚集在一起。機器人雖然只會在電池耗盡之前重複毫無意義的相同動作，但有時會發生「模仿」的現象。例如機器人A不斷重複著起身與坐下的動作，隔壁的機器人B也會以相同的節奏做出相同的動作。機器人C不斷抬起手臂及放下，原本在後方前後擺動脖子的機器人D，也會開始做出了抬手臂的動作。諸如此類。當好幾具機器人聚集在一起出現

「模仿」現象時，看起來就像是在進行一場體操表演。

聚集在少女前方的那些機器人，全都將雙手緊緊握拳，以相同的節奏將拳頭上下擺動，同時膝蓋也不斷彎曲及伸直。如果手裡握著啞鈴，看起來就像是機器人在做肌肉訓練。

但在這一群機器人的中央，卻有一具完全靜止的機器人。附緩衝裝置的三關節式雙腿癱在地上一動也不動，整具機器人就像是累得坐倒在地上，將背部倚靠著牆壁。頭部及軀體都是圓筒形，眼睛的部位沒有眼窩，只有兩顆燈泡，也沒有鼻樑，相當於嘴巴的部位只有一排細孔，多半是藉由內部的燈光變化來表示機體狀態。確實給人一種活化石的感覺。不愧是舊型中的舊型機器人。「哈曼！」少女又喊了一次。

哈曼微微低下頭，接著將頭往右邊傾斜。不知道是因爲姿勢的關係，還是因爲在運送的過程中，頭部的連結部位鬆脫了。

在周圍不斷抬起拳頭又放下的機器人，一次又一次以相當於手肘的部位撞擊哈曼的肩膀，每一次都讓哈曼那個有如圓筒鍋的身體及頭部微微搖晃。

「哈曼！」

明明已經說過聽不見，她還是忍不住大喊。

沒想到就在這時，哈曼的頭部出現了動作。哈曼緩緩抬起頭，帶著吱嘎聲響轉向少女的方向。一對燈泡彷彿凝視著少女的雙眸。

野口奉公會的少女再一次將上半身探出扶手上方，拚命揮舞雙手。他不斷對著哈曼比手畫腳，彷彿在訴說著什麼。

——她在幹什麼？

我完全無法理解。

看起來像是在比手語。

我不禁懷疑自己是不是看錯了。這名少女竟然正在以手語向機器人傳達訊息。對於一具喪失了聲音辨識能力及發聲能力的機器人，她正嘗試以手語交談。

——哈曼長年以來一直爲我們工作。

難道這一直是他們與哈曼的交談方式？

「哈曼！」

少女一邊比著手語，一邊對著機器人微笑及點頭。

哈曼舉起了它那醜陋的右手。旁邊另一具機器人的手肘，剛好與哈曼抬起的右手腕相撞。

哈曼的雙手形狀，就像人類的雙手戴上了厚厚的作業用強化橡膠手套。

那手腕與手指竟然動了起來。

野口奉公會的少女不再比手語，整個人緊貼在扶手上，注視著哈曼。

哈曼將右手舉到眼前，豎立起手掌，由右往左移動。接著它將左手手掌放在自己的胸前。

站在圍欄外的少女緊靠著扶手，對著哈曼點頭回應。

哈曼接著將雙手手掌在胸前併攏，然後非常緩慢地將雙手拉開，讓少女看見左右兩側的手掌。

這是哈曼的最後一個動作。哈曼的手掌落在地面上，頭部也垂了下來，往右傾斜的狀態還是沒有改變。

其實我聽見了呢喃細語。野口奉公會的少女正在說話，但我聽不清楚她在說什麼。

她的身體離開了扶手。就跟哈曼一樣，她的兩條手臂也垂落在身體的兩側。

她在哭泣。藉由照亮圍欄內部的黃色燈光，可看見她的臉頰被淚水沾溼了。

「……它跟妳說了什麼？」

我怎麼會問這個問題？那根本不關我的事。

「你們一直是靠手語跟哈曼溝通？」

我怎麼會問出這種絕對不可能的問題？

「哈曼對我說……快回去吧。」

少女低聲回答了我的問題，接著以手背抹去臉頰上的淚水。

「就這樣？」

少女沒有再回答。她凝視著哈曼，雙頰又被新的淚水沾溼了。

「我們放棄保存基礎記憶，請讓哈曼好好安息吧。」

「爲何突然這樣決定？」

「這是哈曼本人的希望。」

少女轉頭面對我，舉起雙手，比出了哈曼剛剛所比的動作。

「哈曼對我這麼說……讓我死吧。」

——讓我死吧。

突然間，旁邊傳來一陣刺耳的金屬聲。原本圍繞著哈曼做出舉手動作的機器人之一，突然開始全身劇烈震動。我心裡暗叫一聲不妙。模仿的現象本身並沒有危險性。但如果這個現象會對該機器人持續造成物理性的刺激，就必須立即加以阻止。這具機器人的動作剛好持續讓手肘撞擊在哈曼的身上，因此出現了異常反應。

這一區的通路天花板，突然閃爍起了代表緊急狀況的燈光，同時鈴聲大作。不久之後，監視員匆匆忙忙地奔了過來。

「搞什麼，又是你！」

第五區的監視員是一個身材魁梧的大叔，跟我向來處得不好。他朝少女瞥了一眼，說道：

「你又把客人帶進這裡頭，到底想做什麼？」

就在監視員大聲斥罵的同時，圍欄內側的防護牆開始下降。不管是陷入狂暴狀態的機器人，還是其它持續進行著模仿動作的機器人，甚至是坐在地上垂首不動的哈曼，全都被阻隔在防護牆的另一頭，再也看不見了。

這裡只有監視員能夠使用無線對講機。他不耐煩地朝著對講機簡短說了幾句話，關了開關之後，對著少女擠出敷衍的笑容，說道：

「小姐，眞的很抱歉。接下來的手續會由其他人爲您辦理，請在此稍候片刻。」

防護牆具有隔音效果，此時已聽不見機器人的震動聲。

不久之後，鈴聲停止，閃爍的燈光也熄滅了，第五區的東南方通道終於恢復了平靜。我默默看著少女從外套口袋中掏出手帕，擦拭了眼角，壓抑下淚水。

接著八號門開啓，一名身穿事務員制服而非作業服的女職員走了進來。她小跑步來到少女面前，對少女頻頻致歉，將少女帶離了圍欄邊。

野口奉公會的少女並沒有回頭。不管是對哈曼所在的方向，還是對帶她來看哈曼的我，她都沒有再看上一眼。

「你這傢伙眞是壞心眼。」

現場只剩下我跟監視員兩人。監視員忽然露出賊兮兮的笑容，對我說道：

「對於沒有辦法行使會面權的客人網開一面並不是壞事，但你這麼做顯然是不安好心。客人不想跟他們的機器人分開，已經夠難過了，你卻還故意捉弄他們。」

大叔的身體實在太龐大，就算我刻意移開視線，他的身體還是會進入我的視野中。我的背後是一群遭到回收與監禁，只能做著簡單動作直到輔助電池耗盡的報廢機器人，我的眼前是一具完美呈現人類特徵「臃腫肥胖」的巨大身體。置身在這樣的環境之下，實在讓我渾身不自在。

「我最討厭那種不知理性爲何物的人。」我說道。

「你也不用這麼嚴格，畢竟剛剛的客人是個女孩子，想法總是浪漫了點。就算嘀咕個幾句『被拋棄的機器人好可憐』，你也不必跟她一般見識。」

「……等到她買了新的機器人，不用半天就會把舊機忘得一乾二淨了。」

「別說得這麼憤世嫉俗。」監視員大叔笑著說道：「那女孩明明長得很可愛。難得來了那樣的嬌客，你應該親切地安慰人家幾句，順便請人家喝杯茶。待在諮詢櫃檯裡的時候，可是難得才能遇上這樣的好康。你還這麼年輕，應該要把握機會。」

年輕？自從進入了機器人時代之後，人類的實際年齡已幾乎沒有任何意義。

「爲什麼……」

明明知道問這個大叔也沒用，我還是忍不住問道：

「爲什麼人類要製造人類外貌的機器人？」

「因爲這樣看起來比較親切呀。」

「爲什麼只有人型機器人不能由機器人製造，必須由技師製造？」

這是機器人製造業界的最大禁忌之一。只要是二足步行的人型泛用作業機器人，生產線的最後組裝作業就不能交給機器人負責。相較之下，其他產品的生產線上的每個環節，幾乎全都交由各種不同形態的機器人代替人類處理。

「國內很多人都有這樣的疑問，但是大海另一頭的那些人就是愛管東管西。」

這個規定已被納入了國際公約之中。監視員繼續一臉嚴肅的說道：

「某個大國嚴格要求所有人遵守他們的宗教教義，說什麼只有神才能製造人。雖然很麻煩，但宗教就是這樣，沒有道理可講。」

大國意味著擁有廣大的市場，因此沒有人敢違逆他們的要求。社會要保持穩定，就必須建立起機器人的製造、使用及回收再利用的循環模式，而擁有市場是不可或缺的必要條件。

「如果你無法忍受，可以加入工會組織，跟他們一起抗爭。現在工會的訴求，正是允許以人型機器人擔任作業員的工作。就算銷往海外的產品不能這麼搞，至少在國內販賣的產品應該不會出現任何爭議。這麼一來，工作量就會變少，也不用再加班了。」監視員說道。

「工作變得輕鬆，不用再加班，那多出來的時間要做什麼？」

「可以做些更有意義的事。」體型龐大的大叔露出了猥褻的笑容。「例如製造孩子。」

不知何處傳來了有氣無力的乾笑聲。仔細一聽，那是我自己發出的聲音。

「我才不要。我反對工會的抗爭運動。」

「為什麼？」

「我們的生產線要是開始使用人型機器人，那我們跟機器人有什麼分別？」

我不再理會監視員，轉身離開了第五區。但我沒有回到諮詢櫃檯，而是沿著走道繼續前進，從後門走出屋外。我身上的智慧型手機發出了嗶嗶聲，提醒我執勤時間還沒有結束。我拿起智慧型手機拋向腦後，進入了工作人員專用的廣大停車場內。

放眼望去，停車場裡停滿了汽車，天空烏雲密佈。空氣中混雜著一股鐵鏽味。

我做了一次深呼吸，當初想要對野口奉公會的少女說出口的一個模糊念頭，此刻終於清楚的浮現在我的腦海。

我也是孤兒。

在這個大規模的天災、恐怖攻擊與內戰頻傳的時代，無家可歸的孩子多得不可勝數。有很多孩子不僅失去了家庭，甚至也失去了可以安心生活的地區或社會。

我從小待過好幾家不同的兒童照顧機構。國家（或者該說是法律）確實爲我們這些無處可去的孩子們安排了去處，但也僅止於此。除此之外，組織、機構及法規沒有辦法爲我們做任何事。

即使長大成人在這裡找到一份工作，我還是不被當成「獨立個體」。只要遇上任何一點事，我就會被視爲受保護兒童（或者該說受保護青少年）。這個社會對我的認知，只剩下一串登錄號碼。

我從小就是個很內向的孩子，不管走到哪裡都遭人討厭。因爲這個緣故，我在哪裡都待不久。更換棲身之地，對我來說並不是什麼大不了的事。但令我無法忍受的一點，是不管到了什麼樣的環境，必定有一些完全融入環境之中的機器人。更氣人的是連那些機器人都有名字。

我心中一直燃燒著怒火。這股怒火從來不曾熄滅。

爲了贏過機器人，我決定要成爲一個組裝機器人的人。

沒想到在成爲技師之後，我竟必須應付那些捨不得與熟悉的機器人分開的客人。

這讓我被迫接受一個事實，那就是雖然機器人是由我組裝而成，我受到的關愛與關心卻比不上那些機器人。

我當然可以對那個少女親切一點。我當然可以對她說幾句安慰之詞。

我當然可以告訴她，哈曼身為一具機器人，度過了相當美好的一生。我當然可以告訴她，哈曼長年來受到珍惜，實在非常幸福。

我當然可以像這樣當個好人，但我不想當個好人。我不想當個溫柔和善的人。我不想靠著把麻煩的工作推給機器人，來換取「更有意義」的人生。

說得更明白一點，我想當個機器人。

與其跟那個可愛的少女手牽著手在街上散步，我更想擁有金屬製的身體，幫忙少女清洗多得必須以雙手環抱的髒衣物。我希望當她還是個幼童的時候，我能夠在一旁打掃或搬運行李，讓她以搖搖擺擺的步伐跟隨在我的身後。

就算沒有辦法辨識少女說的話也沒有關係。就算沒有辦法發出聲音回應也沒有關係。我想當一個能夠跟少女以手語溝通的老舊機器人。

天上的雲層又厚又重，不一會便下起了雨。飄在空氣中的那股鐵鏽味，原來是雨水的氣息。今天早上我忘了看天氣預報。到底是從什麼時候開始，天氣預報的內容包含了雨中的酸性濃度？

我不想在這樣的世界當一個人類。

機器人比人類更適合這個世界。否則的話，那名少女，以及其他的所有人，怎麼會像那樣為了機器人而哭泣，為了機器人而擔憂，與機器人心意相通？

每組裝出一具機器人，我就遠離人類一分。但偏偏我就是無法成為機器人，這讓我感到懊惱又不甘心。

有時我實在很想嚎啕大哭。
但這種行爲的人味太重了，不像是機器人會做的事。

向星星許願

第三節課剛結束，木崎老師一走下講臺，戴著眼鏡的事務員便從教室前方的門外探頭進來。兩人簡短地交談了幾句，老師露出一臉嫌麻煩的表情，朝深山秋乃招了招手。

「深山，妳媽媽打電話來。」

事務員以藏在眼鏡後頭的雙眸瞪了秋乃一眼，旋即轉身離去。

秋乃站了起來。周圍好幾名同學都露出了錯愕的表情，臉上彷彿寫著「怎麼又來了」。

木崎老師將英語課本及剛剛同學交出的小考考卷夾在腋下，一邊以他龐大的身軀在走廊上跨出沉重的步伐，一邊抱怨：「妳要好好勸勸妳媽媽。這樣下去不僅打亂妳的學校生活，我上課也會受到干擾。」

秋乃心裡暗想，前面這一點不關你的事，後面這一點更是胡說八道。木崎老師故意擋在秋乃的前面，走得慢條斯理，以他那不管長寬都異常巨大的身軀阻斷了秋乃的去路。秋乃心急如焚地喊了一句「不好意思」，老師卻假裝沒有聽見。

「妳媽媽眞的讓我很頭大。當一個盡責的上班女郎當然很好，但她還是得盡身爲女人的職責，把自己的孩子照顧好才對。」

母親明明有「深山靜子」這個名字，木崎老師卻只稱「妳媽媽」，每次都讓秋乃愈聽愈火大。而且木崎老師對自己講話也很不客氣，「身爲女人的職責」這種說法更讓秋乃聽得心頭冒火。

但是向木崎老師提出抗議也只是浪費時間而已。像這樣的愚蠢教師，最好的應付方法就是不要理他。心裡這麼想，但臉上似乎還是流露出一抹厭惡。木崎老師微微揚起嘴角，說道：

「抱歉、抱歉，我知道妳很以妳媽媽爲榮。畢竟她可是食品業界的女中豪傑呢！」

在不受天花板阻隔的樓梯間裡，「女中豪傑」這個字眼聽起來異常響亮。話中所夾帶的諷刺與捉弄，也因聲音的迴盪而特別明顯。

老師依然擋在秋乃的前方不肯讓開。

「妳明白了吧？一定要勸妳媽媽，下次別再這樣。」

「好，我會跟她說。」

「接電話之前，記得跟辦公室的人說聲謝謝。」

木崎老師即使是在說教的時候，臉上依然帶著賊兮兮的笑容。說完這句話後，他終於讓向一旁。秋乃立即拔腿奔向正門前廳旁的辦公室。

「嘿，走廊上不准跑！」

木崎老師笑著大喊。

秋乃奔進辦公室一瞧，放在眼前桌上的那具熟悉的電話機果然亮著保留燈。

整間辦公室裡，沒有人朝秋乃看上一眼，包含剛剛負責把秋乃叫來的戴眼鏡事務員也一樣。

秋乃不禁暗想，如果你們這麼嫌麻煩，怎麼不允許學生帶手機上學？每天都將手機沒收，直到下課才歸還，對學生來說也是麻煩得要命的事情。秋乃敷衍地說一聲「謝謝」，便拿起話筒。

「喂？我是秋乃。」

另一頭傳來祕書的應答聲。在一聲短促的電子音後，緊接著便聽見了母親靜子的聲音。

「秋乃？對不起，打電話給妳。」

「沒關係，等很久了嗎？」

靜子沒有回答這個問題，以極為匆忙的口吻說道：

「春美又不太舒服了。眞的很對不起，妳能去接她嗎？」

靜子接著告訴秋乃，已經取得學校的同意了。

「我馬上去。她在保健室嗎？」

「嗯。」

「須要換衣服嗎？」

「今天沒有吐，應該不須要。至於要不要帶去醫院，妳再問問保健室的老師。」

「我知道了。」

兩人沉默了一會，靜子又問道：「妳的課業方面還好嗎？」

「別擔心。如果沒辦法去接，我會老實跟妳說。」

「嗯，對不起……」靜子低聲說道。「媽媽已經託人幫忙找女傭了，但很難找到合適人選。」

「媽媽，上個月來應徵的那個人，是我說不喜歡，媽媽才沒有請，妳忘了嗎？」

「秋乃，這不是妳的錯。」

「我不是那個意思，先這樣。」

放下話筒的五分鐘後，秋乃便提著隨身物品走出校門，攔了一輛計程車。

秋乃不禁心想，幸好自己選的是一間學分制的高中。剛剛秋乃要母親別擔心自己的課業，那並不是說謊也不是逞強。秋乃在學校的成績確實優秀。

秋乃的身上穿的是T恤與牛仔褲，腳下踩的是穿了很久的休閒鞋，背上揹的是注重容量、方便性及耐用性的背包。手上戴著一支從二手商店買來的中古手表，上頭的橡膠錶帶早已變得鬆垮垮了。臉上除了淡色的護唇膏及防曬乳，沒有任何化妝品。秋乃的整個外表，大概只有以蓬鬆髮圈綁成了馬尾的一頭長髮，勉強符合十七歲少女的特徵。

這時正值七月中旬，漫長的梅雨季終於接近尾聲，今天的天空卻似乎不肯善罷甘休，看起來陰暗又沉重，彷彿隨時會掉下眼淚。

——春美此時的心情大概也像這樣吧。

秋乃忍不住輕輕嘆了一口氣。

秋乃、春美兩姊妹的生日相同，都是八月十日，但年紀差了剛好十歲。

明明姊妹兩人都是八月出生，卻取名爲秋乃及春美，實在令人難以理解。事實上兩人的名字都是父親取的。當初生產的時候，姊妹兩人都是歷經三十小時以上的難產，導致母親在產後有好一陣子虛弱得無法下床。尤其是生春美的時候，母親因爲年紀已經不小，更是感到吃不消。因此當父親在取名時，母親沒有力氣表達自己的想法。

在春美出生之前，秋乃曾經有十年的時間是「獨生女」。秋乃曾經好幾次詢問父母：「爲什麼我的名字是秋乃？」

父親這麼回答：「因爲這是爸爸最喜歡的名字。」

母親則這麼回答：「因爲爸爸取了他最喜歡的名字。」

春美出生之後，母親請了一年的產假，在家照顧孩子。簡直就像輪班看家一樣，這個時期的父親變得經常不在家。正是在這個時期，秋乃聽到了眞正的答案。說出眞相的人，是靜子的母親，也就是秋乃的外婆。

「因爲妳出生的時候，妳爸爸正在跟一個叫秋乃的女人交往。」

原來「最喜歡的名字」是這個意思。

「妳爸爸很喜歡在外頭拈花惹草，妳媽媽生妳的時候，妳爸爸愛上了一個叫秋乃的；生春美的時候，妳爸爸愛上了一個叫春美的。」

不知該說是幸運還是不幸，秋乃聽了一點也不驚訝。

那個時期，父親剛開始只有周末才會回家，不久後變成隔週的周末才會回家，最後變成一個月只會回家一次。每次父親回家的時候，就是抱著嬰兒的母親靜子與父親發生口角的時候（這還不包括母親對著電話單方面大吼的情況）。就在母親的產假即將結束，準備回到職場的前一天，父親搬了出去，與「春美」過起了同居生活。

從那天起，父母就一直維持著分居。兩人針對離婚的事情發生了數次爭執，有時只是氣話，有時是眞的決定離婚。但每次都因爲父親對女兒的監護權及養育費用的問題提出任性的要求（妳們都是爸爸的寶貝女兒，爸爸絕對不會離開妳們，但是單靠爸爸一個人的收入沒有辦法養活妳們），最後總是在靜子的暴怒下不了了之。唯有一次，大約在五年前，兩人的離婚協議幾乎成立。

很可惜的是就在那個時候，原本身體硬朗的外婆（只要有人願意聽，她可以滔滔不絕地說著女婿有多麼糟糕，以及將終身託付給這種男人的女兒有多麼愚蠢）突然因病猝死，外公也因爲悲傷而一病不起，不久之後就追隨亡妻的腳步離開了人世。如果不是因爲剛好發生這些大事，父母兩人應該已經順利離婚了吧。

父親沒有跟母親離婚，也間接導致父親失去了「春美」。因爲父親答應情婦一定會跟母親離婚，卻沒有實現承諾，讓情婦認爲這個男人不值得信任。

這件事似乎帶給父親很大的打擊。但是父親的失魂落魄並沒有維持太長的時間，大約半年之後，父親交了一個更年輕的女朋友，又變得生龍活虎。後來的父親甚至比「春美時期」更加精力旺盛。或許那就像是一種「獲得解脫」的感覺吧。

秋乃與春美每一年只會與父親見一次面。在兩姊妹的生日那天，父親會帶兩姊妹到市區裡的高級餐廳吃晚餐及贈送生日禮物，而且父親會事先透過電子郵件詢問兩姊妹想要什麼。父親很喜歡以電子郵件與兩姊妹聯絡，每隔一陣子就會寄一封信來。

〈我是爸爸，今天天氣眞好。〉

〈我是爸爸，妳今天好嗎？〉

每封信的內容大概都這麼短。就連貓或狗，只要看得懂字，多半也能寫出這樣的信。

雖然經歷過一些風風雨雨，但其實秋乃的生活意外平淡。拋開了父親這個收入少卻又愛拈花惹草的艙底囤貨，深山家這艘船反而航行得更加平穩了。

母女三人所生活的地區，是以母親靜子所任職的大型食品企業爲核心的衛星市鎭，同時也是一座學術型市鎭，有完善的幼兒園、兒童活動中心及圖書館，治安很好，生活環境極佳。

多虧被木崎老師譽爲「女中豪傑」的母親靜子，深山家經濟算寬裕，有能力雇用女傭。但深山母女到目前爲止遇過的女傭，辦事能力好的必定心眼壞，心眼好的必定辦事能力差。因爲這個神祕潛規則，深山家的女傭總做不長久。女傭時有時無，整體來看沒有的日子還比有的多。

但撇開這點不談，深山家並沒有發生什麼太大的問題。不，應該說是原本沒有。

春美就和秋乃一樣，一歲就被送往幼兒園。上國小之後，每天下課後都必須參加安親班。兩姊妹最大的差別，只在於秋乃必須等母親下班之後才能來接，而春美可以由秋乃前往接回。每天放學回家時先去接春美，然後再到超市買東西，成了秋乃每天的例行公事。

秋乃在高中沒有參加社團，一下課馬上就可以去接春美。秋乃也覺得與其讓春美一個人回家，不如去接她回來，自己也感到比較安心。反而是春美常常會爲了與朋友或老師多玩一會，而想要在安親班留到正常結束時間。

沒想到如今卻出現了巨大的變化。春美變得不想待在學校，也不想待在安親班。而且經常哭訴身體不舒服，甚至是害怕得臉色發紫，含著淚水逃回家。秋乃像今天這樣代替忙碌的母親提早去接春美，已算不清是第幾次了。

春美在剛進入新學期時，原本是個朝氣十足的女孩，而且非常期待五月中旬的運動會。雖然個性沉穩但是並不內向，是個非常惹人疼愛的孩子。不太可能成爲班上的風雲人物，但也不太可能遭人討厭。她不僅在班上交到了好朋友，而且因爲成績不錯的關係，老師也挺喜歡她，算是對於校園生活相當樂在其中。

沒想到就在上個月的月初（大約七、八日的時候），她開始出現了異常變化。短短五、六個星期之間，她竟然變得如此脆弱。

——肯定是在學校遭到欺負了！

這是母親靜子的直覺反應。靜子認爲一定是這樣沒錯，然而春美堅稱沒有被任何人欺負。

「被欺負的孩子絕對不會承認自己被欺負，父母必須自己仔細觀察。」靜子這麼主張。

一般而言確實有這樣的傾向。正因爲如此，學校裡的霸凌現象才會釀成種種悲劇。遭到霸凌的孩子，往往會爲了不讓父母擔心，或是爲了維護自己的尊嚴，而拚命對這個事實視而不見。

然而秋乃總覺得應該不是那麼回事。當然秋乃也沒有明確證據，只是身爲姊姊的直覺而已。秋乃好幾次在不刺傷春美的前提下，小心翼翼地向春美套問原因。

「妳心裡到底在煩惱什麼，可以告訴姊姊嗎？」

但是到目前爲止，一直問不出個所以然來。

——姊姊，對不起。

每次講到問題的核心時，春美總是會向秋乃道歉，接著不發一語。

春美接受過好幾次身體各方面的檢查，結果都是毫無異常。不管是內科、神經內科或是腦神經外科，醫生最後的建議都是讓春美接受心理輔導。但是靜子駁斥了那些醫生的建議。靜子認爲春美的心靈並沒有任何毛病。自己身爲母親，沒有人比自己更瞭解女兒。

一顆顆雨滴打在計程車的車窗上，顆粒都很大，發出答答聲響。秋乃向司機說道：

「抱歉，到了學校之後，能等我一下嗎？我進去把妹妹接出來。」

「沒問題，開始下雨了……」

司機的年紀頗大，不僅聲音沙啞，而且帽子底下的短髮幾乎都已花白。

「妳妹妹生病了嗎？要帶她去醫院？」

「不，我要帶她回家。我們家在二番町，就在稅務署的附近。」

「好，沒問題。」司機回答。「學校的正門現在應該關著，是不是到東邊的側門比較好？」

「好，麻煩你了。」

東邊的側門有對講機，可以直接與辦公室對話。

「司機先生，你對這間學校很熟嗎？」

「我有三個孫子，全都是讀這一間學校。」

司機又說，三個孫子分別就讀一年級、三年級及六年級。

「我妹妹是二年級。」

大雨之中，隱約可看見國小的磚紅色校舍。周圍是一片經過整頓的樹林及綠地，校舍本身是古色古香的三層樓建築，頂端還有一座鐘塔。

「雖然我的三個孫子都讀這間學校，但上學的畢竟是孫子，平常我沒事也不會來。只不過上個月剛好發生那起騷動，我嚇死了，匆匆忙忙跑到學校來關心孫子的安危。」

「啊，原來如此。」秋乃用力點頭。「我當時也嚇了一大跳，還以為死定了。」

滿頭白發的司機苦笑著說道：「天上竟然會掉下來那種不得了東西，平常想遇也遇不上呢。」

那起騷動發生在六月三日的下午一點多。有個「不得了的東西」，從即將進入梅雨季前的晴朗天空上掉了下來。

據說每一年，平均會有兩百顆左右的隕石掉在地球這個行星上。其中百分之九十九，會在剛進入大氣層的高空就燃燒殆盡。除了極少數基於工作或興趣而觀察天空的人，不會有人看見。

但有極少數例外，會上演一場驚天動地的空中表演，讓生活在地表的一般民眾大吃一驚。當時逼近秋乃所住的地區上空，幾乎從春美就讀的國小正上方通過的那顆隕石，正是極少數的例外。

那顆隕石的本體，似乎是由灰塵及髒污的冰塊所組成。在穿過大氣層的過程中，便因為摩擦生熱而溶解，在空中完全消失，並沒有撞擊地表。但即使如此，還是對地表造成了一些影響。

秋乃並沒有親眼目睹，只在電視新聞上看見了那驚人的影像。那顆隕石一邊發出獨特的尖銳摩擦聲，一邊拖著長長的尾巴，在街道上方低空飛過，那模樣真的就有如傳說中的掃帚星。它所釋放出的震波，足以比擬超級颱風的威力，肆虐整個地表。

隕石通過市區上空的沿線上，建築物的玻璃大多出現裂縫，不少路人因為突如其來的強風而摔倒，還有人因此而受傷。當然暫時失去聽覺的人也不在少數。

上演了這場空中秀之後，整個社會頓時一片譁然。這場司機口中所稱的「騷動」，才是眞正造成困擾的問題。到處流傳著各式各樣的說法，讓人無法分辨哪些是事實、哪些是謠言。當時秋乃也嚇得趕緊前往學校，確認春美是否平安。因爲秋乃在推特上看見有人發表文章，聲稱隕石擦過國小的校舍，落在附近的樹林裡，引發了大火。

「當時我還聽說從空中掉下來的不是隕石，而是幽浮呢。」

就在計程車即將抵達側門，正在緩緩右轉的時候，司機忽然笑著說道。

「還說什麼外星人快要攻打過來了。我那最小的孫子眞的信了，嚇得哇哇大哭。」

回想起來，春美那天不僅沒有哭，而且看起來似乎並不怎麼害怕。她跟班上同學一起興奮得手舞足蹈，彷彿把這場難得一見的意外景象當成了某種祭典活動。回到家之後，恢復了冷靜，春美還笑著說比起流星，姊姊那有如鬼魂一般蒼白的臉孔更讓她嚇一大跳。

從秋乃下了計程車，奔向學校側門，以對講機跟學校辦公室的人說明原由，到走進學校裡，總共花費了長達兩分三十八秒。秋乃還特地看了手表，應該相當精確。進入校園，身上早已溼透。

就連只不過是幫忙到教室叫秋乃聽電話的高中辦公室職員，都會露出那種「竟然給我們添麻煩」的厭惡表情，更何況是國小的事務員。經常惹出問題的深山姊妹，想必早已成爲國小辦公室裡的黑名單。就算故意遭到捉弄，也不是什麼奇怪的事情。秋乃非常能夠理解那些人的心態。

然而理解歸理解，畢竟還是很過分。一群年紀老大不小的人，竟然有這種幼稚的捉弄行徑。

T恤因爲濕透而變了顏色。牛仔褲感覺異常沉重，而且黏在腳上。鞋子進了水，每走一步都會發出吱吱聲響。負責帶路（或者該說是監視）的女事務員，還是上次那一個。兩人一走到保健室門口，她立即轉頭告訴秋乃：「妳把地板弄溼了，等等離開前要拿拖把拖乾。」

當女事務員在說這句話時，嘴角帶著若有似無的微笑。簡直是個惡魔。

保健室老師安慰了秋乃幾句，拿了一條毛巾給秋乃。秋乃一面擦拭溼淋淋的臉，一面在心中提醒自己，絕對不能在春美的面前流露出憂鬱的表情。

「春美，姊姊來了。」

秋乃發出開朗的呼喚聲，拉開了布簾。春美正裹著一條毛毯，抱著膝蓋坐在保健室的床上。凹陷的臉頰、削瘦的肩膀。因爲太瘦的關係，春美身上那件黃色橫條紋上衣顯得特別寬大。原本春美的體態就比較纖細，這一個月來更是變得骨瘦如柴。

然而此時春美的動作，卻宛如希望身體變得更小一點。她努力壓縮自己的身體，彷彿必須小到讓人看不見，她才能感到安心。毫無血色的臉孔上，一對眼珠圓得像滿月。春美的雙唇動了一下，雖然發出的聲音小到讓人聽不見，但秋乃明白她說的是「姊姊，對不起」。

一時之間，秋乃簡直像凍結了一般，沒有辦法移動腳步。

——簡直像難民一樣。

令春美感到無法棲身的不是學校，而是整個現實。她只能選擇逃走，卻又不知道該何去何從。我到底能幫她什麼忙呢？我到底能爲她做什麼事？她會不會是得了某種神祕的重病？

秋乃霎時感到一陣鼻酸。

不行，如果連我也感到沮喪，誰來照顧春美？

秋乃拿起掛在肩膀上的毛巾，將整個頭蓋住，不讓春美看見自己因難過而扭曲的臉孔。一邊胡亂擦拭頭髮，一邊擠出開朗的聲音。

「眞糟糕，全身都溼透了。春美，妳有雨傘嗎？」

因爲這個動作的關係，秋乃沒有看到。保健室的老師也剛好背對著病床，正在找能夠讓秋乃替換的T恤，因此沒有看到。兩人都在最關鍵的時刻移開了視線。

她們沒有看到春美全身劇烈顫抖，沒有看到春美正在努力鼓舞、激勵自己，沒有看到春美將小小的雙手放在胸前，如此呢喃著……

——別害怕，不能感到害怕。她是我姊姊，沒什麼好怕的。

「我決定讓春美轉學。」

今天靜子同樣很晚才回到家，晚餐已經在外頭吃過了。

「明天下午我會請假，到學校去談這件事。」

母女兩人坐在廚房的吧檯邊，喝著無咖啡因咖啡。秋乃笑著對母親說道：

「媽媽，妳的表情那麼難看，簡直像是要去談判似的。」

「沒錯，我就是要去談判。」

靜子轉過上半身，面對著秋乃。與春美說話時，靜子總是自稱「媽媽」，但是與秋乃說話時，靜子有時會自稱「我」。

「春美已經虛弱成那副模樣，學校那些老師卻對她見死不救，連辦公室的女事務員都故意捉弄妳。這間學校到底是怎麼回事？學校不是公家單位嗎？」

「學校只是教育單位，只有公立學校才算是公家單位。」

「別耍嘴皮子。不管是教職員，還是在教育單位工作的人，不是應該要當學生們的榜樣嗎？」

言下之意是就算沒辦法當個聖人，好歹也應該保持公正及親切。

秋乃嗤嗤笑起來道：「媽媽，那些人只是一般老百姓，哪在意這些。大家都一樣討厭麻煩事，想要輕鬆過日子。在不違背這兩個前提之下，還會想要捉弄一下討厭的人，就這麼簡單。」

靜子看著秋乃的臉說道：「這樣的說法未免太憤世嫉俗了吧。」

「是嗎？如果要說憤世嫉俗，我認爲媽媽的公司不可能讓妳下午要請假，早上才提出申請。」

「那可不見得，最近我們才剛結束一個開發計畫呢。」

母親難得在秋乃的面前使用了詼諧的口吻。

「眞的嗎？」

「當然是眞的，所以我今天才會這麼晚回來。而且我喝了太多葡萄酒，現在有點醉了。」

靜子才剛說出這句話，就帶著明顯的醉意吁了一口氣。

「總之我明天會去學校，好好向那些人抱怨一番。」

「好，我知道了。這件事就交給媽媽處理吧。春美要讓她請假嗎？」

「當然，我不會再讓她去那種學校。」

「既然是這樣，我明天也請假，和她一起留在家裡看家。」

靜子還沒有開口表示意見，秋乃已自顧自地解釋道：「我想花一點時間確認一下學分的取得狀況，才能好好規劃該選什麼樣的補習課程。」

「那不是更應該去學校嗎？」

「媽媽，妳眞是的。現在這種事情，都可以在網路上處理。」

秋乃扶著喝醉酒的母親上床睡覺後，洗了個澡，回到自己的房間，發現父親寄來了一封信。

〈今晚難得放晴，天上的星星好美。爸爸眼中最耀眼的星星，妳今天好嗎？〉

秋乃不禁心想，早知道就不要讀信，直接把信刪了。

妹妹春美的房間就在隔著狹窄走廊的正對面。由於春美的房間微微開了一道縫隙，可以看見桌上的學習用平板電腦上頭也亮著接收到新郵件的圖標。

爸爸既不知道春美每天都是病懨懨的模樣，也不知道秋乃的心中充滿了不安，還寄來那種莫名其妙的信。就算姊妹兩人意外身亡，如果母親靜子沒有告知，父親多半也不會發現吧。平常他對兩姊妹不聞不問，寄這種信又有什麼意義？

什麼「爸爸眼中最耀眼的星星」，這麼愚蠢的信，還是趁春美看見前趕快刪掉吧。

於是秋乃躡手躡腳地溜進春美的房間，朝著書桌走近。就在這時，秋乃感覺到了一股強烈的視線。那視線簡直就像是以鐳射筆投射在身上，令秋乃不由得心頭一震。

春美正睡在床上。她將臉埋進了碩大的枕頭裡，一件薄薄的外套在腳邊捲成了一團。

她以趴睡的狀態睡得正熟，發出規律而沉重的呼吸聲。

換句話說，春美根本沒有看著自己。既然如此，剛剛那是誰的視線？

秋乃忍不住以雙手緊緊環抱身體。或許是房內溫度上升，原本停止不動的冷氣機忽然自行開始運轉。一股乾燥的冷風吹了過來，將放置在書桌角落的長頸鹿及獅子的摺紙作品吹得沙沙作響。

秋乃踮著腳一步步往後退，離開了妹妹的房間，穿過走廊。即使在進入自己的房間時，秋乃依然維持著往後退的動作。

——眞是古怪。

秋乃勉強擠出笑容，卻說什麼也不敢轉身，背對春美的房間。

昨晚母親靜子所說的那些話，原來並不是酒後的胡言亂語。母親出門上班後不久，就傳了這麼一封電子郵件給秋乃：〈下午的假請好了。跟春美的級任導師及學年主任約下午三點見面。今天我也會順便跟校長談一談。〉

秋乃跟春美從一大早就享受起了翹課的快感。兩個人難得都起得很早，秋乃製作了法式土司，春美吃得津津有味。秋乃已不知有多久沒有看見開心進食的春美了，心中的陰霾頓時一掃而空。

「春美，午餐由妳來決定吧。妳想吃什麼？」

春美有些靦腆地說道：「披薩。」秋乃心想，當然沒問題。

「瞭解！晚餐就讓媽媽帶我們出去吃飯吧，我會先預約好『藍色潟湖』。」

那是市區裡的高級餐廳，相當受歡迎。

「這樣好嗎？」

春美擔心起這麼做會不會給母親添麻煩。原本她就是這麼一個想法成熟穩重的孩子。

「放心，媽媽說她剛結束一個計畫，昨天晚上還為了舉行慶功宴而晚歸呢。媽媽忙碌的時候，春美一直都很乖，當然要獎勵一下。」

「那姊姊呢？」

「我當然也要獎勵，今天晚上我一定要吃最高級的肋排。」

秋乃打掃完家裡，將髒衣物放進洗衣機裡清洗，接著洗起了自己的鞋子。春美則是在小庭院裡澆水及除草。不知道是不是因為法式吐司太好吃，春美心情很好，臉上的氣色也很紅潤。

接著兩個人又一起出門買東西。回程的路上，秋乃提著裝滿了食材及今日點心的大購物袋，春美則捧著熱騰騰的披薩盒，裡頭的披薩灑滿了春美最喜歡吃的起司。兩人一邊閒聊，一邊踏上歸途。

以後春美待在家裡的日子，自己乾脆都請假算了。秋乃的心中冒出了這樣的想法。反正在家裡也能夠用功念書。何況如果能夠和春美過這樣的生活，就算留級個一年也沒什麼大不了。只要不上學，家事就能自己一手包辦，女傭也不必請了，還可以做一些美味的料理給春美及媽媽吃。

秋乃走向廚房，開啓了放置在吧檯角落的小電視機電源。這時正是午間新聞的時間，秋乃想要看看天氣預報。沒想到一打開電視，卻聽見女播報員以緊張的口吻說道：

「……爲您重複剛剛的最新消息。今日上午十一點左右，西東京市的ＪＲ中央線十丈町車站內發生了一起隨機殺人事件。歹徒目前仍在逃走當中，而且身上還攜帶著犯案用的凶器。根據目擊者指出，凶器是一把大型的藍波刀。」

從深山家一帶搭公車到十丈町車站，只需要十分鐘左右的車程。十丈町站正是深山家距離ＪＲ線最近的車站。沒想到住家附近竟然發生了隨機殺人事件。秋乃趕緊轉大了電視機的音量。原本正站在點心櫃前的春美，也轉過了頭來。

電視畫面上出現了車站附近的地圖，上頭標示著紅色箭頭。女播報員一邊指著紅色箭頭，一邊說道：「歹徒正沿著箭頭的方向，往車站的西南方逃逸中。據傳歹徒是一名年約二、三十歲的男子，身高約一百七十公分，身上穿著上下成套的黑色運動服，頭上戴著黑色的頭套。」

深山家所在的社區，正是在十丈町站的西南方。

接著畫面一變，出現了案發現場的景象。秋乃霎時看得目瞪口呆，春美嚇得將身體湊了過來。

「好可怕……」

十丈町站的站體相當老舊，站內廣場的牆壁都是沒有經過粉刷的水泥牆，不僅看起來相當陰暗，而且到處都有漏水的問題。就算是在清晨，也給人一絲陰森森的感覺。如今在這樣的環境裡，地上竟然還倒著好幾名正在接受急救的傷患。透著一股冰涼感的牆壁上，竟然出現了一些雜亂無章的紋路，那多半是血跡吧。

脫落的鞋子、踐踏過的提包、骨架變形的雨傘……突如其來的慘案，留下隨處可見的痕跡。

「目前已確認身亡的受害者有三名，輕重傷則有十一名，其中有五名傷勢嚴重，已陷入昏迷狀態。警方正在釐清受害者的身分……」

春美以手指勾住了秋乃的手，說道：「媽媽應該不會有事吧？」

「那當然。十一點的時候，媽媽還在公司呢。而且我們家的人從來不搭ＪＲ線的電車。」

由於從住家只要走兩分鐘就有私鐵的車站，深山家的人平日大多是搭乘私鐵。

秋乃嘴上這麼說，還是忍不住從牛仔褲的口袋中掏出手機看一眼。母親沒有傳來任何訊息。

「媽媽或許還不知道這件事。」

「噢。」春美點了點頭，似乎稍微放了一點心。

「但是歹徒還沒有抓到，姊姊去把門窗關緊。春美，妳能幫忙把這邊收拾一下嗎？」

「好。」

深山家所在的地區，是大約二十年前由大型土地開發商所開發的新興住宅區。由於是經過規劃的地區，道路格局相當方正，而且有著不少外觀獨特的建築物。這裡看得到擁有寬闊草坪庭院的美麗家園，也看得到宛如碉堡一般四面八方受水泥圍牆包圍的高防護性住家。

白天幾乎沒什麼人，大多數的居民不是上班就是上課去了。例如深山家的兩側鄰居，以及後院對面的後側鄰居，平日白天都沒有人。這些鄰居的兩側及後方鄰居，多半也是大同小異吧。

在歹徒被抓到之前，還是小心一點比較好。秋乃再次確認大門上鎖，並且扣上鏈條。接著將窗戶全部鎖上，設有百葉窗的窗戶也將百葉窗放下。浴室的拉門，保險起見也拉上了。

回到廚房時，春美正坐在高腳椅上，專心看著電視。

「姊姊，妳的手機剛剛一直在響呢。」

拿起手機一看，原來許多朋友都傳來了訊息。大家都知道深山家距離案發的車站不遠，而且歹徒逃走的方向正是深山家的方向。有些人擔心，有些人興奮，有些人擔心又興奮。

就在秋乃正看著訊息的時候，母親靜子忽然來電。

「秋乃？妳在哪裡？春美呢？」

秋乃愣了一下，說道：

「媽媽，妳別擔心，春美和我都在家裡。我看了電視新聞，剛剛把門窗都關緊了。」

母親顯然鬆了口氣，秋乃可以想像出母親在電話另一頭癱坐在地上的景象。

「剛剛我正在聽公司新進人員的內部簡報，完全不知道發生了隨機殺人案。」

「我們也是剛剛購物回來，看了電視才知道。」

「附近沒有吵鬧聲？」

「嗯，沒有任何異狀，非常安靜。」

「但還是要提高警覺。」

「我知道，我們會躲在家裡不出門。要換春美聽電話嗎？」

此時春美早已離開了高腳椅，站在廚房的小窗戶前。那是一扇採光及排煙用的小窗戶，位置比春美的頭還高一點。春美踮起了腳，正往窗外窺望。

「對不起，媽媽沒時間了，等等馬上就要開會。」

秋乃隱約可以聽見電話另一頭有人正不斷對著母親說話。

「媽媽辛苦了，妳也要注意安全。等等去春美的學校時，記得要坐計程車。」

「好，我會的。」

結束通話後，秋乃對著妹妹的小小背影說道：「是媽媽打來的，她很擔心我們。」

春美並沒有回頭。她緊緊抓著小窗戶的窗框，專注地看著窗外。

「春美……？」

照理來說，從那扇小窗戶應該只能看到鄰居家的灰色牆壁。秋乃從背後抱住春美，微微彎下腰，將臉湊向小窗戶。

驟然間，似乎有一樣東西從鼻子的前端劃過。

那是一隻手掌！指尖從小窗戶的玻璃上滑了過去。秋乃大驚失色，整個人往後彈跳。玻璃上還殘留著手指滑過的痕跡，那是一道深紅色的線條……

這個……是血嗎？

「春美，快退後！不要看！」

秋乃將春美推開，自己將額頭緊貼在玻璃上，觀察屋外的動靜。

在這扇小窗戶的外頭，深山家與鄰居家牆壁之間，約有數十公分的縫隙，下方是一片沒有經過粉刷的水泥地板。縫隙兩側有著鄰居家的瓦斯錶及水錶儀器，由於常會有負責人員前來抄錶，所以沒有設置圍欄。如果想要從儀器的下方鑽過去，孩童可說是輕而易舉，體格較瘦小的大人應該也沒問題。

如今那個縫隙的地板上竟然躺著一個人。秋乃可以看到那個人的休閒鞋鞋底，可見得那個人應該是呈趴著的姿勢，腳在近處而頭在遠處。身上的服裝是磨損嚴重的黑色運動服……

秋乃霎時感覺心跳彷彿停止了。

這個人該不會就是逃走中的歹徒吧？

秋乃立即衝出廚房，奔向客廳的窗戶邊。從這裡進入庭院，就可以抵達兩家牆壁的縫隙處。但是跑到一半，秋乃又覺得不應該這麼做，於是停下了腳步。這搞不好是個陷阱。歹徒或許是故意倒在那裡，等待秋乃傻傻地主動接近。

秋乃一個翻身，奔上了樓梯。廚房的正上方，就是母親靜子的房間。面對鄰居家的牆壁上有一扇狹長形的外掀式窗戶。從那扇窗戶往下望，就可以把正下方的縫隙處看得一清二楚。秋乃探頭一看，不禁倒抽了一口涼氣。

一個年輕男人，以身體扭曲的古怪姿勢趴在地上。身上穿著上下成套的黑色運動服，身體與地面之間滲出了一灘血。左手的附近掉落著一把刀子，看起來正是一把寬厚的藍波刀。但男人的臉上並沒有戴著頭套，或許是脫掉了吧。

這傢伙在車站殺了那麼多人，會不會是自己也受了傷，逃到這裡時終於不支倒地了？

抑或，他是故意刺傷了自己？

他看起來流了好多血，頭部的周圍地上也都是血跡，應該是活不成了。但他怎麼會跑到我們家的旁邊做這種事？眞是給人添麻煩。

「對不起。」

背後傳來了春美的說話聲。秋乃依然面對著窗外，以身體將窗戶擋住，對著妹妹說道：

「春美，不用害怕，但妳最好不要看。姊姊馬上報警處理，妳不用擔心。」

秋乃不知道該怎麼向春美說明。或許什麼都不說才是最明智的做法。

「妳先到樓下去。披薩可能冷掉了，妳能不能幫忙加熱一下？」

身旁忽然又傳來春美的聲音：「那個人來到這裡，是因爲身體裡頭有我的同伴。那個同伴想來見我，跟我商量該怎麼處置那個人。」

說話的人確實是春美。但是那毫無抑揚頓挫的嗓音實在不太對勁。明明是春美的聲音，卻不像春美在說話。別的不提，光是那嚴肅的口吻就絕對不像是春美的說話方式。

「……但來不及了。」那聲音接著說道：「那個人已經死了。抱歉，給你們添了麻煩。」

秋乃緩緩轉過了頭。

站在眼前的人確實是春美。她的右腳勾在左腳上，雙手在背後交握。擺出那樣的姿勢，大概是七歲以下的小女孩特權吧。春美一個人獨處的時候，經常擺出那樣的姿勢。

雖然姿勢像春美，聲音卻沉著冷靜得令人難以置信。那口吻和春美天差地遠的聲音接著說道：

「不好意思，讓妳受到了驚嚇。請放心，春美很安全，妳也很安全。我和我的同伴都不是故意想做對你們不利的事。那完全只是一場意外。」

在大約呼吸三次的時間裡，兩人維持著沉默。

「……什麼？」

雖然感覺自己很窩囊，但秋乃實在不知道自己還能做出什麼樣的反應。

「我們坐下來談吧。」

春美的動作顯得有些扭扭捏捏。那確實正是七歲小女孩在感到困擾、鬧脾氣或害羞的時候會做出的動作。她接著又說道：

「對你們來說，我是外來者。我只是借用了春美的身體向你說話。我們從外太空來到這裡，是為了進行調查。對於在這裡引起的騷動，我們都感到很過意不去。」

春美以冷靜的口吻不斷向我道歉。

……她的意思是說，她是外星人？

——聽說從空中掉下來的不是隕石，而是幽浮呢。

秋乃回想起了那個親切的計程車司機的話。如果將幽浮直接定義為外星人的交通工具，這表示那謠言不是謠言而是事實。

——還說什麼外星人快要攻打過來了。

幸好目前還沒有攻打過來。

春美表現出一副不知所措的態度，上半身往後仰，倚靠著牆壁。這也很像是七歲小女孩會擺出的動作。但聲音就完全不是那麼回事了。不，聲音還是春美，但用字遣詞簡直像換了一個人。

「那是一艘小型的探勘船。」

一艘用來開發新的行星航線，及觀察黑洞誕生徵兆的探勘船，用途並不是尋找有生物存在的行星。春美如此向秋乃解釋說道。

「而且在航行的過程中，如果經過有高智慧生物存在的行星旁邊時，還會偽裝成隕石，避免被發現我們也是生物。」

沒想到卻在接近地球時，因為機械故障而墜落，引發了那場騷動。兩名船員在探勘船爆炸前順利逃生，來到了地表。來到了這顆星球上，來到了這個國家、這座城市。

偏偏就這麼碰巧，來到了春美就讀的國小附近。

「是嗎？」

秋乃坐在母親的床邊，兩手放在膝蓋上。雖然顯得拘束又緊張，但秋乃實在想不出來自己還能擺出什麼樣的姿勢。

「眞的很對不起。」那個不是春美的人又道了一次歉。

眞的不是春美嗎？該不會是春美的另一個人格吧？如果眞的是雙重人格，該如何是好？

春美裡頭的另一個人接著又說道：「我們是一種不具固定物質形態的精神生物，但每個個體都有自己的獨立特徵，這點與你們並沒有什麼不同。我們各自有著自己的性格及思考模式，表現出來的行動當然也大相逕庭。」

「是嗎？」秋乃給了一個完全相同的回應。

當初果然應該讓春美接受心理輔導。不，應該帶到兒童精神科接受治療。

「姊姊……」

秋乃吃了一驚。這個呼喚自己的口氣確實是春美，絕對不會是別人。

「春美沒有生病，也不是腦袋不正常了。」

春美想要朝秋乃靠近，但秋乃下意識縮起身子。春美動作驟然停止，臉上泫然欲泣。

「是眞的。」悲傷的表情明明沒有改變，口吻卻像換了一個人。那個人以春美的聲音及平淡的語氣說道：「請妳一定要相信春美。我就在春美的體內……嚴格來說，是在她的大腦因活動而產生的電能之中。我知道這會對春美造成不良影響，但是……」

「既然如此，你還不快離開！」

秋乃跳起來大喊，彈簧床發出了吱嘎聲響。

「現在立刻離開我妹妹的身體！」

大聲斥罵是一種需要練習的事情。秋乃不習慣做這種事，嗓音變得古怪且微微顫抖，不僅一點氣勢也沒有，而且還有些滑稽。

「姊姊……」

這次春美不敢再靠近秋乃，老實地待在牆邊。

「他是春美的好朋友，隨時可以離開春美身體，是春美拜託他留下來，求他暫時別離開。」

春美說出了驚人之語。

「春美，妳說什麼？」

春美霎時嚇得臉色發白，整個身體往後縮，嘴脣微微顫動。

「好朋友要是走了，春美會覺得很寂寞。春美不想要一個人，春美希望好朋友陪在身邊。」

秋乃驚訝得合不攏嘴。

「妳叫他什麼？妳叫這個外太空來的莫名其妙精神生物什麼？」

「姊姊，妳別生氣。」

「妳再說一次看看，妳剛剛叫他什麼？」

好朋友。而且是不在了會感到很寂寞的好朋友。

秋乃聽見自己的聲音在發抖。那是憤怒，是感慨，是悲傷。

「妳眞的病了，春美。妳得到醫院接受檢查才行。春美，妳好可憐，我們應該早一點帶妳去看醫生才對。不過妳放心，只要接受專業的治療，妳一定會馬上恢復健康……」

春美竟然轉過身，以小小的雙手摀住耳朵，從秋乃的身邊逃走了。

「等一下！春美，等一下！」

秋乃在背後追趕年幼的妹妹。春美像一隻小兔子一樣倉皇奔逃，兩姊妹一前一後下了樓梯。

秋乃扯開喉嚨大喊：「站住！爲什麼要逃走？妳不聽姊姊的話嗎？姊姊平常爲了你……」

驀然間，秋乃感覺到背上一陣發麻。

那不是恐懼，而是一種遭到電擊的感覺。電流從腳底下往上竄升，直衝腦門。

秋乃腳下一個踉蹌，不由得停下腳步。就在秋乃想要伸手扶著牆壁的瞬間，指尖竟然冒出火花。秋乃尖聲大叫，整個人往後彈跳。

（對不起，我們在妳身上施加了類似靜電的效果。）

大腦深處響起了說話聲。

不，正確來說那不是「說話聲」。就好像思考事情的時候，沒有人會特地在腦袋裡「說話」一樣。就算沒有發出聲音，大腦也會將自己的思緒判定爲說話。然而現在的情況有些不太相同。那不是秋乃自己的思緒。但秋乃依然感覺那彷彿是自己在「說話」。

（就算我們進入了擁有肉體的其他生物之中，也沒有辦法控制該生物的行動。）

秋乃彎下了腰，以雙手摀住嘴巴。

（我沒辦法對妳進行任何操控。但我認爲要讓妳靜下心來聽我們的說明，這是最有效的做法。）

外星人跑到了我的身體裡！

春美自走廊的轉角處探出了頭來。她依然哭喪著臉，似乎相當害怕秋乃的責罵。但是從她口中說出來的話卻異常沉著冷靜。

「對不起，秋乃。如今在妳體內的是我的同伴，他原本待在外面那個人的體內。」

秋乃突然感到一陣噁心，彷彿快要吐了出來。整個人跪坐在地上，蜷曲起了身體。

「逃出探勘船之後，我們討論了接下來該採取什麼樣的行動。從母星派出的救援隊要抵達這個星球，若換算成你們的時間計算方式，大概需要花上五十天的時間。」

那外星人接著解釋，由於他們是不具肉體的精神生物，所以不用擔心會被抓住，而且只要有電就能補充能量。

「我們認爲這是個很好的機會，決定針對這個星球上最繁榮的生物，也就是『人類』，稍微調查其文明的發展狀態。」

但他們非常謹愼，花了好幾天，仔細觀察了這個市鎭的運作模式及人類的生活方式。

「接著我決定進入兒童的體內。兒童都會在名爲『學校』的地方接受基礎教育，這讓我有機會可以學習這個星球上的基本社會常識。而且兒童通常想象力較豐富，能夠接納像我們這種特殊生物的可能性較高。」

（但我對這一點表達了不同的看法。）秋乃腦袋裡的「聲音」說道。（兒童不僅容易恐懼，而且情緒較不安定。我認爲進入成人的體內才是正確的做法。）

雖然不知道外星人有沒有性別，但是春美體內的外星人較接近女性，而秋乃體內的外星人較接近男性。

秋乃心裡才剛這麼想，立刻便得到了回應。（我們沒有性別。我們跟妳交談時所使用的語言，如果讓妳感覺到性別的差異，那是因爲我的同伴是從春美的腦中學習了語言，而我的語言則是學習自倒在外頭的那位男性人類。）

「……這一點也不重要，隨便你們怎麼說都行。」

秋乃站了起來，以接近呻吟的聲音說道。嘔吐感終於緩和了一些。

「以結果來看，我的選擇比較正確。」

從走廊轉角探頭出來的春美繼續說道。

「我成功地成爲春美的朋友，我的同伴卻徹底失敗了。」

秋乃腦中的「聲音」默然不語。

秋乃心裡有股不好的預感，不由得寒毛直豎。

「這麼說來，外頭那個死在血泊裡的男人，活著的時候在車站裡拿著刀子亂揮，是你們捅出來的妻子？」

這次輪到春美陷入了沉默。秋乃以更加強硬的語氣問道：「我直截了當地問你們，他是因爲被你們跑進腦袋裡，才會像發了狂一樣亂殺人嗎？」

「姊姊，妳讓我好害怕……」

春美哽咽著說道。秋乃扶著牆壁站了起來。

「該害怕的人是我。春美，所以我一定要問清楚才行。」

春美蹲了下來，將雙手貼在臉頰上，以毫無抑揚頓挫的聲音說道：

「這件事情，我們眞的感到很遺憾。」

即使進入了腦袋裡，也沒有辦法操控身體……剛剛「好朋友」是這麼說的。這應該是事實吧。

從剛剛到現在，「好朋友」不管說出多嚴肅的話，春美依然表現出其自身的感受，做出各種符合孩童心智的動作。

這麼說起來，那個男人胡亂殺人，隨後又自殺，也是出於自由意志？

「我們是精神生物。」春美的好朋友說道。「我們不像你們一樣會以視覺互相辨識對方的外貌。我們與外界聯繫的機制相當單純，基本上只區分爲精神及物質而已。」

秋乃心想，這個很好理解，但那又怎麼樣？

「因此當發生像這次一樣的緊急狀況，我們必須進入其他生物的體內時，我們的這個單純的機制會套用到該生物辨識外界景色的機制上……」

只有「精神」而沒有肉體的「好朋友」，利用宿主的視神經及大腦內部掌管視覺的部分，讓宿主看見的景象，也是「精神」而非肉體。

「簡單來說，當你們人類的視覺機制與我們的外界聯繫機制合而爲一的時候，在短暫的時間裡，會發生將周遭其他人的內心想法轉化爲視覺景色的現象。」

看見的不是他人的外貌，而是他人的心。

「不管是那位男性人類，還是春美，『視覺』現象似乎都帶來了可怕的結果……」

「廢話！」

秋乃聽懂了對方的解釋之後，頓時怒不可遏，一邊大叫一邊搥打牆壁。

「春美可是在學校遭受欺負！老師冷眼旁觀，完全不想幫忙！就連事務員也喜歡捉弄人！」

如果把那些人的「內心想法」轉化爲視覺景色，肯定會變成可怕的妖魔鬼怪。

難怪春美會變得那麼萎靡不振，整個人瘦得不成人形。把春美放在學校，就像把她放在一群妖魔鬼怪之中，怪不得她會一天到晚逃回家。

秋乃腦袋裡的「聲音」這時說話了。（被我進入體內的那位男性，似乎從以前就累積了很多壓力。他對這個社會心懷怨恨，內心經常產生具暴力性的幻想，所以才會……）

加上生活周遭都變成了怪物，他一定害怕又不知所措，最後犯下這起隨機殺害案件。

（我曾經試著說服他。我告訴他，人類的內心想法並非固定不變，有些人今天看起來像怪物，明天可能就不像了。更何況你將他人都視爲怪物，這也反映出了你自己的內心想法……）

嚴格來說，人類的視覺並非來自雙眼。視神經接收了訊息之後，會由大腦轉化爲影像。這意味著世界其實存在於大腦之中，出現在大腦之外的怪物，都是大腦內部怪物的鏡像。

「與其對他說這些廢話，爲什麼不早點離開他的身體？」

在陌生土地的陌生房屋縫隙之間，因失血過多而斷氣的那個男人，原來也是可憐的受害者。

秋乃腦袋裡的「聲音」似乎變得有些有氣有力。

（由於他陷入歇斯底里狀態的程度實在太嚴重，就算我離開了，他很可能也沒有辦法在短時間內恢復理智。因此我一直留在他的體內，希望能夠幫助他恢復理智。）

「我的同伴原本想把那個人帶到我的面前，由我來說服他。」春美說道。

秋乃再也壓抑不了，眼淚滾滾滑落。內心對春美的遭遇感到既同情又不捨。

「我不想聽這些，這都只是你們的藉口而已。拜託你們趕快離開吧。」

秋乃搖搖擺擺地沿著走廊回到客廳，心裡想著得趕快報警才行。外頭死了一個男人，總不能一直置之不理。

「從春美的身體滾出去，也從我的身體滾出去。在你們的救援隊抵達之前，你們可以附身在野狗的身上，別給任何人添麻煩。」

秋乃拉開蕾絲窗簾，接著想要打開通往庭院的玻璃門，卻因爲心情太過激動的關係，雙手使不出力氣。就在這時，秋乃看見玻璃上映照出了自己的模樣。

沒錯，那是秋乃。今天穿著白色T恤及鬚邊牛仔褲，頭上以蓬鬆髮圈綁了個馬尾。

明明應該是秋乃，卻又不是秋乃。

那是什麼？映照在玻璃上的是什麼？

那就是秋乃的內心狀態。

一堆不成人形的醜陋原生質。

一堆無法稱之爲人類的汙泥團塊。

卻又長著可怕的獠牙。

以及噁心的鱗片。

身上的手臂不止兩條。

「這不可能！」

秋乃張口大喊，轉身想要逃離。但跨了幾步，卻撞上客廳的沙發，接著撞上牆壁，來到走廊上時又摔了一跤。秋乃立即起身，朝著大門口狂奔而逃。一心只想趕快離開這裡，離開這棟房子。

秋乃連鞋子也沒有穿，赤著腳奔下門口的夯土區（註）。鞋櫃旁有一面鏡子，秋乃又在鏡子裡看見了自己的模樣。

秋乃嚇得上半身向後仰，整個身體向後彎成了弓形，再一次尖聲大叫。

就在這時，大門突然開了，一道人影衝了進來。

註：原文「三和土」，指日式建築中高度略低於屋內地板的大門附近區域，現代建築多將鞋櫃設置此處。

「秋乃！妳是秋乃吧？發生什麼事了？」

那道人影抓住了秋乃的兩側肩膀。是爸爸！爲什麼爸爸會到家裡來？

父親身上穿著白襯衫及格紋外套。劉海一部分已經花白，反而成了父親最中意的造型。一天到晚打高爾夫球，以及刻意到美容中心接受人工日光浴，讓父親的皮膚一直維持著健康的小麥色。

然而如今父親的臉上卻彷彿籠罩著一層陰霾。眼角的皺紋極深，顯得老態龍鍾。

「爸爸看了新聞，擔心妳們的安全，就趕緊跑來了。是不是很害怕？春美在哪裡？」

——爸爸！

父親的外貌很正常。不，嚴格來說輪廓有些扭曲。有點類似當颱風或超強低氣壓接近時，電視畫面上的衛星影像偶而會出現的訊號不良。父親的臉孔、肩膀及胸口不時地扭曲變形。

但也僅止於此。父親並沒有變成妖魔鬼怪。

——爲什麼？

父親平日我行我素，永遠像個長不大的孩子，個性輕浮又愛拈花惹草，花錢如流水卻又不肯認眞工作。能夠過不愁吃穿的生活，全是靠女人包養。就連母親也因爲一直拖拖拉拉沒有離婚，到頭來就跟包養他沒有兩樣。

這麼糟糕的男人，爲什麼還可以維持人形？爲什麼沒有變成可怕的怪物？

「秋乃，妳冷靜點。春美在哪裡？」

秋乃將父親推開，奔出了門外。

兩條腿毫不停留，繼續往前疾奔。秋乃的目標，是春美的學校。那個不可靠的級任導師，那個壞心眼的女事務員，以及那些欺負春美的班上同學們，他們一定都已變成了可怕的妖魔鬼怪吧。沒錯，一定會變的。如果沒有變，那就太奇怪了！

然而事與願違。

——等等離開前要拿拖把拖乾！

當初對著秋乃露出刻薄微笑的女事務員，只是頭部變得特別大，身體變得像紙一樣薄而已。除此之外，並沒有什麼異狀。到了休息時間，孩子們紛紛跑到校園及走廊上。絕大部分的孩子看起來也都相當正常，只是有些頭部比較小，有些長了尾巴而已。

「秋乃，妳怎麼來了？」

忽然有人將手搭在自己的肩膀上。轉頭一看，竟然是母親。

媽媽怎麼會在這裡？來找春美的級任導師嗎？

「媽媽剛剛和老師聊了很久。秋乃，妳來得正好。媽媽想聽聽妳的意見。」

級任導師的胸口開了一個大洞，而且一對眼睛變成了兩個凹槽。

至於母親……

媽媽，妳的臉怎麼了？

爲什麼妳的牙齒掉光了？爲什麼妳的下巴鬆垮垮地下垂著？

爲什麼妳看起來那麼悽慘又悲哀？爲什麼妳要用那麼冷淡的眼神看我？

「不要！我不要這樣！」

秋乃甩開母親靜子的手，再度拔腿奔跑。秋乃已不知自己置身何處，也不知道要往哪裡去。秋乃感覺自己像是赤裸著雙腳奔跑，又像是在空中飛翔。

「嘿，深山！」

那是木崎老師的聲音。秋乃匆忙停下腳步，差一點向前撲倒。木崎老師正站在階梯的上方，將教科書及小考的考卷夾在腋下，俯視著秋乃。原來這裡是秋乃就讀的高中。

「妳沒來學校上課，怎麼又跑來學校鬼混？最近妳愈來愈不守規矩，該不會交了男朋友吧？」

一股激動的情緒宛如熱流一般自胸口向上竄升，令秋乃一時感到頭暈目眩。

你在說什麼啊！你這個腦袋裝糨糊的沙豬，竟然還敢擺出一副教師的嘴臉！

大家都知道你會以下流的眼神看女學生，還特別偏袒長得漂亮的女學生，以及故意欺負個性柔弱的男學生。那也就罷了，你還會將學生交給學校保管的手機拿來偷看，你以為大家都不知道嗎？

明明是這麼惡劣的人，為什麼看起來依然是人類的外貌？雖然臉變成了鮮紅色，兩條腿像野獸的腳一樣粗大，但畢竟是人類，並不是怪物。不是更符合這傢伙本性的妖魔鬼怪。

不是像秋乃這樣的妖魔鬼怪。

木崎老師走下了階梯。秋乃轉身想要逃走，卻與一道人影迎面撞上。

那是戴著眼鏡的事務員，兩人剛好四目相對。事務員的外貌也像個人，雖然一對眼珠像死魚一樣，但依然是個人。事務員按著秋乃的肩膀，秋乃感受到對方身上的體溫，不由得全身一震，張口大喊：「別碰我！」

為什麼不是怪物？明明每一個都那麼討人厭，明明每一個都既愚蠢又壞心眼，為什麼自己看不見他們的真實本性？

「……姊姊。」

秋乃回過神來，發現自己還站在自家庭院。外頭不知何時下起小雨，頭髮都淋溼了，好冷。

春美站在客廳玻璃門的另一側，將額頭貼在玻璃上，難過地流下了眼淚。

秋乃聽不見春美的聲音，但是春美心中的想法化成了詞句，傳入秋乃的心中。

「……不管什麼時候，姊姊看起來都是個怪物。」

其他人的外貌會持續改變，每一天都有點不太一樣。因爲人心是會變的。

唯獨姊姊永遠都是一副怪物的模樣。

「春美最害怕的怪物就是姊姊。」

雖然很想回家，家裡卻有自己最害怕的姊姊。比起其他的任何人，春美最害怕的人竟然是姊姊，這令春美無比悲傷。

秋乃踏在濡濕的庭院泥土上，搖搖擺擺地往前走。

——爲什麼？

我明明這麼努力。

我明明幫了媽媽這麼多忙。

我明明一直想要守護春美。

雖然父親是那麼糟糕的人，我還是告訴自己不能討厭他，因爲我是他的女兒。

就連在那個討厭的老師面前，我也努力表現得和顏悅色。

這世界上充滿了愚蠢的人，最好別跟他們一般見識。生他們的氣也只是自找罪受而已，最聰明的做法就是對他們視而不見。

無論何時何地，都要對他人保持禮貌及親切。就算遭受他人的失禮對待或捉弄，也要提醒自己不能變成像他們一樣的人。

我明明拚命做到了。

我明明很努力想要做對的事。
我明明想要當一個好人。
爲了當一個好人……
我一直過著自我壓抑的日子。
那個身穿黑色運動服的男人，還倒在自家及鄰居家的縫隙間。頭朝著這一側，腿朝著那一側，身體像做柔軟操一樣扭曲著。從身體下方流出的鮮血已開始凝固，雨水卻又不斷打在上頭。遭到棄置不理的亡骸，就這麼逐漸被雨水淋溼。
秋乃蹲了下來，將趴著不動的男人頭部扶起。頭髮和太陽穴都溼透了，差一點就脫手滑落。
你也是怪物嗎？
——你將他人都視爲怪物，這也反映出了你自己的內心想法……
這個世界是由心靈所建構而成。
秋乃吃力地將男人的頭抬起，讓男人的臉對準了自己。就在這一瞬間，秋乃看見了犯下隨機殺人案的男人心中的空洞。
空洞有兩處，就在原本應該有著兩顆眼球的位置。
男人挖掉了自己的兩顆眼珠。
秋乃不由得嚎啕大哭。
「客人！」短促的喇叭聲傳入耳中。
秋乃嚇得跳了起來。

這裡是計程車的後側座位。窗外正下著雨，不遠處就是春美就讀的國小的側門。

坐在駕駛座上的司機正轉頭看著自己。

「太好了，妳剛剛一直叫不醒，我正不知道該怎麼辦才好呢。是身體不舒服嗎？」

司機是個年輕男人，身上穿著制服，頭上戴著制式的帽子，臉上還戴著墨鏡，看起來完全不像是有孫子的年紀。

「國小已經到了，妳還好嗎？」

秋乃一時發不出聲音，只能頻頻點頭。膝蓋不停顫抖，身上汗流浹背。

「我會先把里程計按停，妳慢慢來不用急。」

剛剛一直叫不醒？這麼說來，我睡著了？

原來我只是在作夢？剛剛那些全部都是夢境？

秋乃一面打著哆嗦，一面深深吁了一口氣。太好了，原來是一場夢。仔細想想確實沒有錯，現實生活中怎麼可能發生那種事情？

「對不起，我有點不太舒服，不小心睡著了。」

說了幾句話之後，秋乃感覺自己的聲音恢復了鎮定。

「沒事就好。」司機笑著說道。

秋乃望向下著雨的窗外。拿出摺疊傘實在是太麻煩，反正只要趕快跑進校舍裡，應該就不會淋溼……但如果沒有馬上進入學校，一定會淋成落湯雞，這是可以預見的結果。

於是秋乃先從背包中取出摺疊傘，才走下計程車。踏上地面的時候，雙腿的顫抖也停止了。

秋乃撐開摺疊傘，按下對講機的按鈕。一分十八秒之後，才聽到來自辦公室的回應。

女辦事員陪著秋乃走向保健室，從頭到尾什麼話也沒有說。不，嚴格來說並非不發一語。至少她說了一句「午安」。

春美坐在保健室的病床上，臉孔蒼白削瘦，簡直像難民一樣。

來自哪裡的難民？什麼是她想逃避的對象？

窗外正下著雨。此時這個季節，到處都在下雨。

就連秋乃的內心也不例外。

老舊的窗戶玻璃上，原本布滿了宛如沉澱物一般的汙垢，讓玻璃變得模糊不清。如今雨滴所形成的一道道水流，將窗戶一點一點地沖刷乾淨了。

宛如一道道新的認知，洗滌了秋乃的頑固心靈。

把其他人都當成怪物，自己也會變成怪物。

最後將會失去一切。

「春美，我們回家吧。」

向保健室老師道別，兩姊妹手牽著手走出校舍。兩人在小小摺疊傘下緊貼身體，穿越校園。

「春美……」秋乃看著自己的腳下說道。「姊姊很擔心妳呢。」

春美默默點了點頭。

校園裡逐漸出現一團團小水窪，雨滴依然不斷打在水窪上。

「姊姊擔心妳，但不想被妳討厭，不想讓讓妳難過，有句話一直沒對妳說……」

春美再次默默點頭。

「但是姊姊覺得不能再這樣下去，所以姊姊決定要說了。」

秋乃低頭看著幼小的妹妹。

「妳常常像這樣把姊姊叫來，老實說給姊姊添了很大的麻煩。」

可愛的春美……可憐的春美……我怎麼會對她說出這麼殘酷的話？

「所以……春美，妳能不能老實告訴姊姊，到底發生了什麼事？」

妳是不是被欺負了？

「妳不必瞞著姊姊。就算眞的被欺負，也不是什麼可恥的事情。」

春美低下了頭。纖細的脖子，光滑的皮膚，自然捲的頭髮。

我怎麼會對這麼可愛的妹妹，提出這麼過分的問題？我是個糟糕的姊姊，像怪物一樣的姊姊。

水窪中映照出了秋乃的臉孔。水窪中映照出了春美的臉孔。

雖然相差十歲，外貌卻非常神似。

「……我跟加奈吵架了。」

春美低聲呢喃。秋乃舉著雨傘蹲了下來，將耳朵湊了過去。

「大家都說是春美不好。」

秋乃將手掌貼在妹妹的臉頰上。春美的眼中積滿了淚水。

「所以妳就被欺負了？」

「……嗯。」

原本以爲絕對不能開啓的一扇門。沒想到輕輕一觸，門扉應手而開。

就在這個時候。

嘰——！

秋乃嚇得放開了雨傘，春美也嚇得抱緊了秋乃。兩姊妹緊緊相擁，仰望天空。

似乎有一道光芒穿破烏雲，朝這裡飛了過來。那是一顆帶著黑煙尾巴的掃帚星。

「客人！」

似乎有一道人影冒著大雨奔了過來，原來是計程車司機。

「快點過來！好危險！快躲進建築物裡！」

沒錯，掃帚星過了之後，會有強烈的震波隨之而來。秋乃站起來。春美差一點滑倒，司機趕緊將她抱起。因爲動作太大，司機臉上的墨鏡掉了下來。

「你……你是……」

秋乃錯愕地伸手指著司機的臉。他不就是那個亂砍人的可憐歹徒嗎？

「怎麼了嗎？客人！」

秋乃整個人傻住了，綿綿雨滴不斷打在三人的身上。就在這時，隕石劃過了這座市鎮的天空。

司機縮起了脖子大喊：

「大白天的，竟然會有這麼巨大的流星，或許能實現超大的心願。」

那可不見得。秋乃閉上雙眼，忍不住揚起嘴角。耀眼的光芒，在秋乃的眼皮內側一閃即逝。

愛惹事的好朋友們來了。

聖痕

1

三月底某個寒風刺骨的下午，下起了夾雜著雪塊的雨。

我從一大早到這時，總共只和三個人交談過。三個都是我熟悉的人。一個是這棟老舊大樓的管理員，一個是他僱用的打工青年，還有一個是在鄰室經營手工藝教室的老婦人。我跟三人交談的話題，都圍繞在今天的寒冷及雪上。年過半百的老管理員說，東京到了三月才下的雪，反而可能會下得一發不可收拾。打工青年手裡拿著拖把，口沫橫飛地說了他對地球暖化及異常氣象的擔憂和看法。經營手工藝教室的老婦人則是稱讚我為了禦寒而圍上的圍巾。她一如往昔拿著一把慣用的拐杖，拐杖前端的橡皮防滑蓋上還殘留著凍結的雪塊。

這也不是怪事，畢竟春雪是連電視的播報員都喜歡掛在嘴邊的話題。但是下午來訪的第四個交談對象，不再跟我聊天氣了。他手裡握著一把半透明的塑膠傘，前端還有水滴不斷滴落。

「這裡是徵信社？」

那個男人將門開了一半，一手握著門把，對著坐在裡頭的我問道。他的身上穿著一件有帽子的灰色雨衣，下襬還在滴水。

那件雨衣從雙肩到胸口的位置貼著螢光膠帶，看起來就像是附近國小兒童上下學的時間，站在斑馬線上維護兒童安全的導護員。幸好雨衣的顏色是灰色而不是黃色，否則我一定會搞錯吧。話說回來，一個原本應該站在通學路上保護兒童的人，我可想不出任何理由會走進這棟位在通學路旁的老舊綜合商業大樓，踏進這家徵信社。

「沒錯。」我回答。

男人站在原地朝著室內左右張望。他或許是希望能看到一些能夠證實我的姓名、身分及工作表現的東西吧。例如執照、警署頒發的感謝狀，或是和位高權重的人物笑著握手的裱框照片之類的。男人的年紀跟我相差不遠，或許比我多了幾歲。

男人一直將雨衣的帽子緊緊戴在頭上，帽緣及下襬依然不斷滴著雨水。他以模糊不清的嗓音對我問道：「像這樣的徵信社，會接臨時的私人委託嗎？」

大樓正門口的鑲嵌式導覽板上，掛著老婦人經營的「向日葵手工藝教室」及這家「千川徵信社」的招牌。身穿灰色雨衣的男人使用了「像這樣的徵信社」這種模糊字眼，我不禁花了一點時間，思考那是他不確定我是否就是徵信社老闆「千川」，抑或他在暗示這家徵信社不太牢靠。

「會不會接是一回事，你看起來實在不像是想要臨時委託工作的客人。」

身穿雨衣的男人剛剛一敲完門，只停頓了大概一次呼吸的時間，就把門打開了。從他的舉止之中，沒有流露出一絲一毫的遲疑與畏縮。這證明了他很清楚這裡是什麼樣的地方。

「是橋元先生介紹我來的。」

男人眨了眨朦朧的雙眸，接著說道：

「東進育英會的橋元理事……啊，不對……」他急忙訂正：「上個星期剛進行改選，他現在是副理事長了。」

男人的腦袋微微晃動，雨衣的帽子跟著發出沙沙聲響。

我點了點頭，以手勢邀請他入內詳談。「牆上有鉤子讓你掛雨衣，雨傘就放在那個備前燒的大陶壺裡。」

男人愣了一下，往後退了一步，彷彿這時才發現他的腳邊有一個大陶壺。

「看起來像是某個號稱『人間國寶』的陶藝家作品，其實只是贗品而已。」我說道。

那個大陶壺的底部已經裂了，但拿來當傘架還不至於會漏水。

男人小心翼翼地將雨傘插進那個備前燒的大陶壺內。當他要脫下雨衣的時候，卻又愣了一下，趕緊將帽子脫掉，彷彿他一直沒有發現自己戴著帽子。男人理著平頭，頭髮已經花白，整個腦袋的形狀可以看得一清二楚，我看了那模樣，心裡對他的推測年紀又往上加了幾歲。

男人站在大陶壺旁，又開始在昏暗的事務所內左顧右盼。

「橋元先生說，這裡是個人經營的徵信社，口風很緊。」

我默默站在辦公桌前。

「他還說東進學園也曾經好幾次請貴社幫忙，解決了不少麻煩事。」

頭髮花白的男人臉上的表情，彷彿在說著「拜託行行好，給點反應證明我從橋元副理事長那邊得到的小道消息並沒有錯」。

「我只是幫忙查了一點事情而已。」

頭髮花白的男人聽我這麼回答，原本摘下帽子後一副惡煞模樣的臉孔露出了微笑。眼睛周圍有著淡淡的一圈黑眼圈。

「橋元先生說千川老闆很有本事，相當值得信賴。」

男人緩緩走向待客用的沙發，走到一半卻又停下了腳步。

「只是我完全沒想到是個女的。」

男人看著自己的腳，自認爲犯了一個非常尷尬的錯誤。接著他似乎爲了化解自己搞出來的尷尬，趕緊又說道：「不過要調查關於孩童的事情，確實女性比較合適。」
男人試著對我擠出客套的笑容。我既沒有笑，也沒有回應這句話，只是再次以手勢請他就坐。
「咖啡可以嗎？」
我一邊走向辦公桌旁的咖啡機，一邊問道。就算他說不可以，我也端不出其它飲料來招待他。頭髮花白的男人點點頭，忽然像是臨時想起來一樣，從懷裡掏出一條白色手帕，擦了擦臉。
剛剛看男人所穿的灰色雨衣，我就猜到雨衣底下的衣服應該不是西裝。他的上半身穿著看起來又硬又挺的白色日式作業服，下半身穿著白色長褲，看起來像是餐廳廚房的員工。不過沒有圍裙，應該是脫掉了吧。男人將濡濕的手帕重新摺好放回懷裡，我隱約看見那條白色手帕的邊角染著「TERASHIMA」的藍色字樣。
「TERASHIMA先生……」
我一邊將咖啡杯放在杯碟上，擺到男人的面前桌上，一邊問道：
「請問你姓氏的漢字是寺廟的『寺』、島嶼的『島』嗎？還是山字旁的『嶋』？」
頭髮花白的男人挺著腰桿一坐，更像個廚師了。他錯愕地眨了眨眼，彷彿看見我變了魔術。
「橋元先生把我的事情告訴妳了？」
「不，是那條手帕。」
我老實說出了魔術的手法。「啊……」男人望向自己的胸口，點了點頭。
「這是我經營的餐廳。」
他從沙發上將臀部微微抬起，取出原本放在褲子後側口袋的一個薄薄的皮夾。那是一個黑色的皮夾，看起來已使用了很多年。他從皮夾裡抽出一張名片，猶豫了一下，最後沒有直接交給我，而是放在桌上。上頭寫著「日本料理　TERASHIMA」。餐廳地址是「神田明神下扇大樓B1」，另外還印著電話及傳眞機號碼，但沒有網址之類的資訊。

「山字旁的『嶋』，寺嶋。」

名片上印著「店長　寺　庚治郎」。

「一家只有十個吧檯座位的小店，我自己就是主廚。」

接著他又迅速解釋「女兒及女婿會來店裡幫忙」。我馬上就明白了他急著解釋的理由。

「現在是下午的午休時間，我跟他們說要去一趟銀行，就溜出來了。」

從明神下到這裡，搭計程車大概只要十分鐘。但今天天候不佳，或許多花了一點時間。

「幾點之前必須回去？」

寺嶋庚治郎反射性地在牆上尋找時鐘，接著看了一眼自己的手表，稍微沉吟後說道：

「待兩小時應該沒問題。」

明明發生了嚴重到會在臉上搞出黑眼圈的問題，用來解決問題的時間卻少得可憐。

「我不想讓女兒及女婿知道我跑到這裡來。」

男人凝視著冒出騰騰熱氣的黑咖啡，嘴裡如此咕噥道。

「他們堅決反對我跟那件事扯上關係。不過這也不能怪他們，畢竟現在有了美春。」

在確認「那件事」是什麼事之前，我先問了一句：「美春是你的孫女？」

寺嶋瞪大了眼睛，彷彿又目睹了一次魔術表演。

「是你女兒及女婿的孩子，對吧？」

「對，現在才八個月大。」

「你是因爲女兒從前就讀的學校，才認識了橋元先生？」

「不，橋元先生是我店裡的常客，這十年來經常光顧。」

男人的說明忽然帶了幾分生意人口吻。

東進學園雖然歷史不算悠久，卻是首都圈內相當著名的私立學校，除了國小、國中及高中之外，還有大學及家政短期大學。東進育英會則是經營這些學校的財團法人。東進學園的前身，是昭和初期某資產家所創辦的女子高中，現在雖然改成了男女合校，但男女比例約四比六，女學生還是較多。在社會上一般人的觀念裡，就讀這座學園的學生都是乖巧聽話的良家子女。

爲了守護這個美好的傳統名聲，橋元理事（現在的副理事長）到目前爲止已委託我處理過好幾件工作。相信以後他還是少不了我吧。但我這家徵信社可不是只爲他一個人服務。橋元副理事長對我的信賴，確實讓我拓展了不少人脈，但要接什麼樣的工作，依然是由我自己決定，我不想把決定權拱手讓給他人。

我這家徵信社，是以孩童、學校及家庭爲主要調查對象。

寺嶋庚治郎喝了一口咖啡，將杯子放回杯碟上，以生硬的口吻說道：

「橋元先生是個做事相當認眞負責的人。」他的聲音微微顫抖。「而且他處事圓融，不是一個自命清高的教育家。既然妳經常接受橋元先生的委託，相信應該很清楚才對。」

我只是默默看著寺嶋，並沒有答話。因爲從他那蒼白而陽剛的臉孔，我無法判斷他口中所說的「做事認眞負責」的橋元副理事長是否曾經告訴過他，我從橋元副理事長手中接過的棘手案子包含了集團霸凌、未成年吸食大麻，以及更衣室內的妨礙性自主事件。

「既然是連橋元先生也讚不絕口的調查員，我相信應該可以安心說出那件事。」

寺嶋再次用了「那件事」這種籠統的字眼。

「我只知道你今天來找我，不是爲了你的女兒，不是爲了你的女婿，也不是爲了你的孫女。」

就像剛剛脫下雨帽時一樣，他露出一臉突然察覺自己很失禮的表情，縮起了脖子說道：

「不好意思。」

他的手上並沒有拿著任何會發出聲音的東西，但依然可以清楚感覺到他的手在微微顫動。只見他以僵硬的動作從懷裡取出一枚茶褐色的信封袋。

「請先看看這個。」

放開手的同時，寺嶋低下了頭，彷彿不願意再看見信封袋裡的東西。

「相信妳應該記得才對。」他以略帶自暴自棄的口吻說道。

我打開了信封袋，裡頭有一張摺起的信紙，以及一枚黑白照片。那照片比L尺寸（註）略小一點，看起來似乎是將證件照放大而成。

照片裡是一名少年的臉部特寫，少年的年紀約十三至十五歲左右，正眼面對著鏡頭，身上穿著深色的西裝式外套，打著格紋的領帶。那服裝多半是學校的制服吧。領帶打得整整齊齊，襯衫的鈕釦也全扣上了。

少年雖然長得五官端正，但相貌沒有什麼特色。修長的雙眸上方有著厚重的單眼皮，鼻樑又直又挺。就像其它黑白照片一樣，完全沒有拍出存在感。右側眉毛旁邊接近太陽穴的位置，似乎有一顆小痣，那大概是唯一的特徵吧。

就在我抬起頭的同時，寺嶋也抬起了頭。他的眼神簡直像是偷東西被抓到的國中生。

我歪著腦袋說道：「寺嶋先生，爲什麼你會說我應該記得這個少年？」

寺嶋的眼神頓時流露了一絲疑惑。

「十二年前，妳就在這家徵信社裡了嗎？」

「寺嶋先生，跟你一樣，這是我個人經營的徵信社。我既是老闆，也是唯一的調查員。」

我一邊說，一邊舉目環顧空蕩蕩的事務所內。

「十二年前，我還沒有開這一家徵信社，也還沒有開始從事調查員的工作。」

寺嶋顯得沮喪，他的肩膀垂下，應該是廚師制服的白色上衣領口跟著變得有些鬆垮。

「這麼說來，妳不知道這件事？」

他明明做出了遺憾的肢體語言，聲音卻激動得像是聽到了令人難以置信的好消息。

「這是當年被寫眞雜誌公布出來的照片。這年頭只要花點時間在網路上搜尋，馬上就能找到這張照片。妳身爲一個專門處理孩童問題的調查員，竟然對那起驚天動地的案子沒有興趣？不管怎麼說，妳自己應該也有孩子……」

寺嶋說到這裡，尷尬地低下了頭，接著說道：

「好吧，這是兩碼子事。」

因爲孩童問題而踏入我這家徵信社的客戶，都有一個共通點。比起我身爲調查員的能力及可不可靠，他們更在意我有沒有孩子。他們都有先入爲主的觀念，認爲一個人在長大之後（尤其是女人），如果沒有生過孩子，就不可能理解孩子的心情及所作所爲。就算他們嘴上沒有明說，態度卻總是表露無遺。但他們似乎都忘了，他們爲了處理自己的學校學生或自己孩子的問題，而必須委託

註：日本常用的相片尺寸稱呼。相當於89mm×127mm。

第三者介入「調查」，這已徹底證明他們是無法理解孩子的心情及所作所爲的大人。

「這名少年是誰？」我指著照片上那張白皙而五官端正的臉孔問道。那看起來與其說是面無表情，不如說是拍照的時候刻意排斥擺出拍照時適合的表情。我故意這麼問，是想聽聽寺嶋會怎麼說。

寺嶋庚治郎彷彿受到我的手指吸引，低頭望向照片。從他的角度看照片，少年應該是上下顚倒的狀態，他卻宛如與照片裡的少年四目相交，臉孔霎時扭曲。

「他是我的兒子。」

寺嶋在說這句話的時候，鼻音特別重，但那不是因爲帶著鄉下口音，而是因爲聲音嘶啞。

「他的名字叫和己，但十二年前……也就是案發那一陣子，新聞都叫他『少年A』。」

他一直苦著臉，半晌後才像是下定了決心，抬頭凝視著我說道：

「他殺了親生母親，接著還想殺死級任導師，後來躲在學校和警方僵持不下……妳眞的不記得這起案子嗎？」

我沒有回答，只是凝視著照片。

我當然對這名少年有印象。

十二年前四月的某個清晨，少年在位於埼玉市的自家內，以藍波刀殺害了睡眠中的親生母親及其同居男友。少年將遺體的頭顱切下後，換上制服前往學校，又以同一凶器刺傷擔任級任導師的一名女教師。最後少年以女教師爲人質，與趕到現場的警察對峙，在教室裡躲了超過兩個小時。當時少年只有十四歲。

2

我對這個案子的瞭解，全來自於媒體報導。而且這已經是十二年前的往事了，我不明白爲什麼要舊事重提。我老實說出這樣的想法，寺嶋卻反而露出鬆一口氣的表情，說道：

「這麼看來，我得把來龍去脈說清楚才行了。」

我不明白他說的「來龍去脈」是指什麼。

「和己是我與柴野直子生的孩子。」

兩人結婚數年之後離了婚，孩子由柴野直子扶養，監護權也由直子獲得。

「自從離婚之後，我跟他們母子就毫無往來，完全不知道他們過著什麼樣的生活。發生了那起案子之後，媒體雖然沒有公布少年的姓名，但公布了少年當時十四歲，而且也公布了遭殺害的女人，也就是少年母親的姓名，我這才知道是他們母子。」

剛開始寺嶋並沒有把這件事告訴任何人。前妻過著什麼人生，寺嶋完全不清楚，犯案少年只知道年紀跟和己相同，但難以斷定就是和己。搞不好前妻改嫁了，男方也有年紀跟和己相同的孩子。

「與其說是懷疑，不如說是心中這麼希望。」寺嶋說道。

但是數天之後，這個希望就徹底破滅了。因爲案子的偵辦人員，以及媒體採訪記者，全都找上了「少年A」的親生父親寺嶋。

但是在寺嶋以這樣的方式得知前妻與孩子的消息之前，其實還發生了許許多多的事情。寺嶋口中所說的「把來龍去脈說清楚」，可說是一點也沒有誇大其詞。

二十七年前，寺嶋庚治郎還是個剛取得廚師執照的實習廚師，在位於六本木的一家日本料理餐廳工作時結識了柴野直子。寺嶋當時二十一歲，直子則是二十八歲，在那家餐廳當事務員。兩人才剛開始交往不久，直子就懷孕了，因此兩人可說是名副其實的「奉子成婚」。

「我的老家是福島縣的果農，家裡的果園都是由我哥哥繼承。由於收入不錯，我本來有點想待在家裡幫忙就好，但因爲我年輕的時候品行不良，在家裡有點待不下去，再加上當時有人建議我當廚師，所以我來到了東京，進入廚藝學校。」

寺嶋年輕時的「品行不良」，只不過是偷竊機車、無照駕駛、在深夜的車站附近鬧區和同伴們鬼混，以及在學校抽菸、喝酒的程度而已。在那種鄉下地方，因爲不想當乖乖牌而做出這些事的年輕人可說是多如牛毛。寺嶋因爲這種程度的小事就感覺在老家待不下去，反而證明了他從小生活在一個家規非常嚴格的家庭裡。後來他眞的從廚藝學校畢了業，沒有把老家寄來的學費及生活費胡亂花掉，也再次證明了這一點。

「建議我到東京學廚藝的人，是我的舅舅，他也是個廚師。而且他正是在東京學了廚藝，回到家鄉開店。他經營的餐廳非常有名，常在觀光手冊上獲得介紹。這個舅舅對我非常好，我自從上了高中，就常到他的餐廳幫忙洗碗，他常說我有當廚師的天分，我也喜歡吃美味食物。」

接著寺嶋順口提到了他的酒量不好，但前妻直子倒是很能喝酒。

「直子愛喝酒就算了，更糟糕的是她還愛打柏青哥。如果是最近這幾年，像她這樣的人應該會被視爲依賴症患者吧。」

偏偏在交往過程中，寺嶋完全沒有察覺直子的這些缺點。

「我那時還太年輕，被她迷得神魂顚倒。她是商業高中畢業，學過記帳，在很多公司行號都當過事務員。她的工作都做不長久，那是因爲每當她缺錢打柏青哥的時候，就會從職場的金庫或結帳櫃檯偷錢。她的這個壞習慣，我也是直到結婚之後才發現。」

我聽到這裡，決定讓他見識一下我身爲專業調查員的實力。「我猜應該不是結婚之後發現，而是在決定要結婚的時候，老家的某個親戚告訴了你吧？」

我看不出寺嶋聽了之後是否對我大感佩服，但可以肯定他的表情變得更憂鬱了。

「私下給直子做了身家調查的人，就是我剛剛說的舅舅。他畢竟是在都市裡待過的人，當初我第一次帶直子回老家見親戚的時候，他似乎就察覺不對勁了。我的父母及哥哥都是沒有心機的人，反而沒有想那麼多。」

「那次的身家調查，是不是還發現了其它事情？」我問。

這次寺嶋明顯露出了佩服的表情，但他似乎並不打算稱讚我。

「直子離過一次婚，還有孩子。當時孩子已經十歲，直子十八歲就生了那孩子。」

直子第一次的結婚對象，據說是她從前就讀的商業高中教師，年紀比直子大了二十歲。兩人一直等到直子畢了業才入籍，半年後就生下了孩子。

「聽說那場婚姻維持了不到一年的時間。」

「那孩子……」

「是個女孩。」

寺嶋說出這句話後，才察覺那不是我想要問的問題。他伸手搓了搓臉頰，接著說道：

「那女孩後來被直子的母親帶回去撫養。她母親住在相模原，在車站附近經營一家小酒館。」

寺嶋接著描述，直子的母親以現代人的眼光來看，可以算是單親媽媽。但說著說著，寺嶋也不敢肯定這樣的形容正不正確。

「直子跟她的母親處得如何？」

「算不上多好。她將孩子丟給母親照顧之後，就沒有再回家，也絕口不提自己曾經結婚及有孩子的事情。」

與其說是絕口不提，不如說是不想承認這個事實吧。

「直子的母親也不想再管這個不肖女……就當沒這個女兒，也不想再找她。但是發生了和己的案子之後，媒體記者找出了直子的母親，而且也發現了和己有個同母異父的姊姊。直子的母親後來把店收了，帶著孫女不曉得躲到哪裡去了。就我所知，直子的母親是個很務實的人，對孫女的教育也相當用心。」

寺嶋再度搓揉起自己的臉頰，接著說道：「說起來丟臉，當初還是某個電視臺的播報員告訴我，那對祖孫似乎搬到名古屋去了，否則我完全不知情。一來我自己沒有能力調查，二來我當時也沒有多餘的心思理會這些。」

「後來呢？有她們的消息嗎？」

「完全沒有，對方大概也不想再跟我們扯上關係吧。」

接著他低聲呢喃了一句「那也是理所當然的事情」。

我起身在兩個杯子裡加了咖啡，接著從辦公桌的抽屜裡取出玻璃菸灰缸擱在桌上。

寺嶋露出如蒙大赦的表情。但他接著一摸胸口，才發現沒帶菸。我從同一隻抽屜裡又取出了一盒MILD SEVEN Light及一個拋棄式的打火機，放在菸灰缸的旁邊。一個老菸槍竟然沒將菸塞進口袋就跳上計程車，這比任何一件事都更能證明他心中的焦急。

「謝謝。」

寺嶋叼起一根菸，我為他點了火，接著我也為自己點了一根。

「因為這些事，親戚們都很反對我娶直子。」

寺嶋深吸一口，緩緩吐出煙霧，接著說道：「但我嚥不下這口氣，反而決定非娶她不可。親戚說直子的年紀比我大七歲，我就說娶『大姊』是件好事；親戚說直子生性揮霍，愛打柏青哥，我就說有了家庭之後就不會了，而且我會督促她戒掉。」

「單純拿自己的錢揮霍，跟愛偷別人的錢揮霍，可是完全不同程度的問題。」

這一點，如今相信不用我多費唇舌，寺嶋應該也得到了很深的教訓。他沒有回應我這句話，默默吸了幾口菸，才說道：「正因為如此，我就算是為了面子也要咬牙撐下去。」

撐了兩年又三個月，夫妻最後還是決定離婚。

「或許妳會認為我是死鴨子嘴硬，但我們離婚並不是因為柏青哥。是我發現直子在外頭有男人……而且他們的關係，早在我跟直子結婚前就開始了。我得知這件事，終於決定離婚。」

「當初你舅舅委託的徵信社，也沒有發現直子跟那個男人的關係？」

「因為那太困難了。」

困難？對誰來說困難？對徵信社？還是對寺嶋？

「因為他們的關係並不是一直維持著。那男的也是個風流成性的傢伙，每隔一陣子才會像突然想到一樣，回到直子的身邊。」

我低頭看著桌上的少年照片，問道：

「跟直子一起遭到殺害的同居男友，就是那個男人？」

柏崎紀夫。十二年前遭殺害時四十八歲，自稱在金融業工作，實際上卻是幫高利貸公司討債餬口的三流混混。沒有勇氣加入黑道，卻又不肯做正當工作，就這麼遊手好閒地步入了中年。

「沒錯。」寺嶋點了點頭。「他那時竟然和直子同居了，而且還一起生活了頗長一段日子。在直子嫁給我，為我生下和己的那段期間，柏崎正在坐牢。」

「因為傷害罪而服刑……我記得是判了三年？」

寺嶋將一根菸吸到幾乎燒到了濾嘴，才小心翼翼地將菸蒂捻熄。他抬頭看著我說道：

「妳記得真清楚。」

「那陣子每天打開電視，看到的都是關於那案子的後續消息與內幕報導。」

既然報導時不能提及少年的個人資料，遭殺害的「雙親」當然成了媒體眼中的絕佳報導題材。

「在聽你描述往事的過程中，我自己也想起來一些。」

「電視報導是否也提到了，我與直子離婚的理由，正是因為柏崎出獄後回到了直子的身邊？」

「嗯，應該有吧。」

寺嶋將頭別向一邊，不肯與我四目相對。他從盒裡又拿出一根菸，接著說道：

「我們對於如何處置和己的問題，也發生了一些爭執。」

他的聲音依然沉著冷靜，卻毫無抑揚頓挫。

「我原本想要扶養和己……不，老實說，我是想帶回老家讓我的母親照顧。畢竟我一個孤零零的男人，又是個還沒有辦法獨當一面的實習廚師，我實在沒有自信能夠將兩歲的孩子撫養長大。但是我的父母、哥哥他們都堅決反對。」

「包含你那個舅舅？」我問。

寺嶋緩緩點頭。

「鄉下人雖然不像都市人那麼有心機，但是一旦決定的事情，說什麼也不會退讓。我的母親還說，和己是那個女人的孩子，不是她的孫子。我眞不敢相信她會說出這種話。」

「那應該不是她第一次說出那種話吧？在那之前，當你說出要和已經懷孕的直子結婚時，你的父母、兄長及舅舅他們，應該也說過直子肚子裡的孩子搞不好根本不是你的。」

寺嶋聽了這句話並沒有動怒。他的反應意外地平淡，只是露出了一抹苦笑。那是早已習慣與客人相處的生意人所特有的苦笑。

「看來什麼事情都瞞不過妳的眼睛。」

他的用字遣詞對我並沒有特別客氣，那或許是因爲他是我的客人，而且他知道我這輩子絕對不可能走進他的餐廳，成爲他的客人。

「沒錯，妳說對了。和己出生之前，他們就說了一模一樣的話。但是在那個時候，我的那些所有親戚，包含那個處事周到的舅舅，都沒有想到可以做親子鑑定。」

我心想，或許寺嶋的舅舅不是沒有想到，而是擔心做了親子鑑定之後，發現庚治郎與和己眞的是父子。這確實很像是一個處事周到的人會採取的風險控管手法。

「就這麼一波三折，最後直子決定自己扶養和己。爲了避免她事後又糾纏著我們討贍養費，哥哥及舅舅幫我籌到了三百萬圓，交給直子的同時，也要求她簽下切結書，今後不准再找寺嶋家的人囉嗦。就這樣，我恢復了單身狀態。」

接著經過不到一年的時間，寺嶋就結婚了，對象是家鄉的高中同學。

「這又是你哥哥或你舅舅的安排？」

寺嶋聽了我這句話，依然沒有生氣。他再度小心翼翼地將菸蒂捻熄。

「不，我在離婚大概半年之後，回家鄉參加夏季祭典，碰巧遇上了我現在的老婆。她就住在我的老家附近，兩邊的家人原本就有往來。我老婆知道我離過婚，也知道我跟前妻之間有孩子。這種事在鄉下地方馬上就會傳開。」

我心想，都市也是大同小異，只是傳開的方式不太一樣而已。

「我告訴她，過去的事情都已經斷得一乾二淨了。她從來不曾懷疑過我，我也從來沒做過會讓她懷疑的事情。我完全不知道直子及和己去了哪裡，也不打算找他們，他們也沒來找我。」

直到十二年前，柴野和己犯下那起凶案之前，這對父子完全沒有任何往來。

「只是我有時會想起和己，有點想知道他過得好不好。」

但寺嶋又說，他馬上會將這樣的念頭拋在腦後。

「我原本一直以爲，直子又會將和己交給住在相模原的母親照顧。對直子來說，這樣也比較逍遙自在……不是嗎？」

寺嶋這句話似乎不是爲了取得我的認同，而是爲了說服他自己。

「發生了那起案子之後，我才明白和己一直過著什麼樣的生活。」

過著什麼樣的生活……這樣的字眼令我動容。

當年的新聞媒體，曾經一度將柏崎紀夫報導爲和己的繼父。但是柏崎與直子只是同居關係而已，因此嚴格說來柏崎並非和己的父親，只能算是直子的同居人。這樣的家庭可說是極不安定且極不適當，甚至可以說是相當危險。

和己在警方的勸說下投降並遭到逮捕之後，立即主動對偵訊人員說明了犯案動機。我在家裡長年遭到虐待，殺害母親及柏崎是保護自己的唯一手段……和己如此自白。雖然和己在學校的成績非常糟糕，但是記憶力很好。說話時雖然能夠表達的詞彙不多，但是用字遣詞很精準。

一進入偵查階段，警方便找到種種令人心情沉重的證據，證明他的供詞並非幻想。

大約在上了小學之後，和己便遭母親及同居人強迫在外頭偷東西。行竊的範圍並非僅止於住處附近，就連相當遠的店家也遭受其害。直子甚至會爲了尋找合適的下手對象，而帶著和己在外頭到處遊走。但是另一方面，直子幾乎沒有支付和己在學校的教材費及營養午餐費。直子對學校的教職員聲稱自己是單親媽媽，加上體弱多病，因此生活非常困苦。

——媽媽常跟我說，幼小的孩童就算偷東西被抓到，受害者也不會報警。至於學校，本來就不應該跟學生收錢，所以學校的費用全都不用付。

直子及同居人的生活非常不規律，經常把和己一個人丟在家裡，而且幾乎沒有給予食物，所以和己跟同年紀的孩童比起來不僅較瘦小，而且身體虛弱。到了國小三年級的時候，當時的級任導師於心不忍，因此主動找柴野直子談話，建議直子申請清寒補助金。雖然後來申請成功了，但是和己的生活並沒有改善。直子沉迷於柏青哥，而柏崎則是沉迷於賭博，兩人都不斷向高利貸借錢。

身爲親生母親的直子，與其同居人不僅沒有盡到養育的責任，而且還常常以「教育孩子」的名義對和己暴力相向。尤其是在和己懂事之後，逐漸不想再像從前一樣乖乖幫母親偷東西，直子對和己的虐待不僅變本加厲，而且幾乎成了每天的常態。但是這個時期的和己還沒有強烈反抗的能力，因此成了直子及柏崎眼裡相當方便的道具。

直子還曾經指使和己故意在街上被車撞，製造「假車禍」。雖然和己只是受了輕傷，柴野直子卻向對方索取高額的醫藥費及和解金。光是可以證實的部分，像這樣的手法至少就做過兩次。至於偷竊，次數更是多到連和己自己也記不清楚了。

在搜查過程中，警方又發現柏崎曾經使用好幾種假名，將和己的內衣照及裸照上傳至兒童色情網站，販賣給喜歡少年色情照片的「客人」。這些都是發生在和己十歲至十二歲之間的事情。交易成立了好幾次，柏崎從中獲利約八十萬圓。關於這個部分，和己只記得被柏崎要求拍了一些「丟臉的照片」，至於和己的母親是否參與其事，以及柏崎是否曾試圖靠比販賣照片更惡劣的手法來牟利，警方一直到最後都沒有辦法釐清。但靠著和己的供詞，警方順利將幾名涉嫌違反《兒童色情禁止法》的男女逮捕歸案。

基於案情的嚴重性，和己比照一般成人，依《刑法》遭到起訴。出庭應訊的時候，和己並沒有流露出一絲一毫的驚惶失措。他清楚描述了自身遭遇及自己的所作所為，就跟當初對偵訊人員的供詞一模一樣。由於他的態度實在太過沉著冷靜，法庭上的所有人，以及後來經由媒體報導而得知這一點的社會大眾，都反而對他的精神狀態產生了懷疑。

──大約從半年前開始，媽媽和柏崎就一直想要把我殺了。

和己上了國中之後，雖然受兩人控制的生活環境依然沒有改變，但畢竟已經不是一名幼童。雖然在校成績很差，身體又瘦弱，在班上經常遭到孤立，但還是交到了幾個朋友。

隨著年紀愈來愈大，和己已然成為一個能夠依照自己的想法和社會產生交流的個體。這意味著他開始能夠比較朋友和自己在生活環境上的差異，並且從中察覺自己所置身的環境有多麼異常。接下來他將可以向社會大眾求助，並且詳細說明自己的悲慘遭遇。

對於直子及柏崎來說，這是個顯而易見又刻不容緩的嚴重威脅。

無論如何，必須在東窗事發之前封住和己的口。但既然要殺，不如幹上最後一票。和己聲稱母親及同居人開始圖謀這樣的事情。

——他們打算在殺我之前，先爲我買保險。我曾經好幾次聽見他們悄悄討論這件事。

直子、柏崎及和己住在同一個屋簷下，兩人不太可能當著和己的面肆無忌憚地討論行凶計畫。和己聲稱自己偶然聽到，這想起來似乎不太合理。然而就在和己上了國中一年級之後，直子開始到處打電話到保險公司索取資料，頻繁地拜訪保險公司的各駐點單位，這是不爭的事實。

直子曾數次造訪的壽險公司之中，有一名業務員出庭作證，並且提出了自己的業務日誌作爲證物。根據該業務員的證詞，柴野直子當時對就學保險及醫療保險的說明顯得興致缺缺，只是不斷詢問十三、四歲的孩子能不能購買設有高額身故理賠金的保險，以及如果能買的話，每個月的保費大概要花多少錢。

壽險公司內的主管察覺不對勁，決定以委婉的口吻拒絕販賣保險給直子。直子勃然大怒地離去，不久之後就有疑似柏崎的人物（聲稱自己是那對母子的朋友）打電話來抱怨。打了幾通之後，對方察覺壽險公司的立場非常堅定，就再也沒打來了。

弒母案爆發，警方在三人所住的公寓房間裡搜出大量壽險及意外險介紹手冊。其中還包含了一些靠郵寄就能申請的共濟式保險（註）。顯然遭到拒絕後，他們也想出了新的辦法。

——如果是車禍意外，還可以向對方要求賠償。我一想到可能又會被要求製造假車禍，就怕得不得了。

註：日本的保險類型之一。經營主體多爲公家機關或工會等非營利組織而非保險公司，特徵在於保費比較便宜，但是必須具備特定身分才能投保。

十四歲的少年聲稱自己隨時隨地都必須提高警覺。例如等電車的時候絕不站在月臺邊緣，而且跟著直子、柏崎一同出門時絕不走在靠近車道的那一側。

——再不想個辦法，我遲早會被他們殺死。

最後和己想出的「辦法」，是向當時他所就讀的公立國中的級任導師求助。除了這麼做之外，他實在是想不出其它辦法。

在此之前，地方政府的兒童保護機構從來不曾與這對母子聯絡。畢竟沒有接到街坊鄰居或醫療院所的異常通報，兒童保護機構無法得知和己正處於極度危險的狀態。這一方面或許可以說是政府單位的疏失，另一方面也是因爲直子與柏崎的掩飾手法實在相當高明。直子一直是處於無業且沒有穩定收入的狀態，長期請領清寒補助金，因此必須定期與市公所的負責人員進行面談，但負責人員從來不曾察覺異狀。至於柏崎，由於他的住民票並非設籍於直子的公寓，因此以制度面來看，柏崎這個人幾乎等於不存在。

和己向級任導師求助，以他的立場可說是合情合理。和己第一次採取行動，是在一年級的第二學期期末，也就是即將進入寒假的時候。

但是學校方面卻完全沒有做好拯救少年的準備。級任導師是一名二十多歲的女教師，教學經驗還不足，學校也沒有設置心理輔導員。後來正是這名女教師遭和己以尖刀刺成重傷，還被當成了人質，可以說是在鬼門關前走了一遭。

女教師第一次從和己的口中聽到眞相時，由於和己的態度實在太平淡，再加上內容實在太過匪夷所思，女教師不禁產生了懷疑。就好像這起案子在偵辦過程中震驚了全社會一樣，女教師當時也感到相當震驚。

畢竟這不是能夠讓人輕易相信的事情。不僅內容太過駭人聽聞，而且嚴重損及母親的名聲。雖然女教師知道柴野和己與母親之間有些不尋常的問題，但對於和己所描述的那些宛如犯罪小說情節般的內容，女教師依然認定那並非事實。正如同後來女教師在法庭上所說的，她當時反而擔心起了柴野和己的精神狀況。女教師曾經找學年主任商量過這件事，學年主任也認爲不能囫圇吞棗地相信和己的話，必須謹慎處理。

女教師的對應態度，讓自認走投無路的柴野和己大感不滿。進入第三學期，女教師甚至基於「謹慎處理」的心態，邀請柴野直子到學校詳談。和己得知後，心情迅速由不滿轉爲憤怒。

——老師不僅不相信我，而且還對媽媽告密。

於是和己決定將女教師也殺了。

然後在接受警方偵訊的初期，和己就針對這點改變了想法。接受公審時，和己明確表達歉意。

——和警察及律師談過，我愈來愈覺得那只是一場誤會。老師沒辦法馬上相信我，這不是老師的錯。我對老師做出那種事，實在是太衝動且思慮不周。我在這件事情上實在是做錯了。

在說出這些致歉之語時，和己的態度依然相當平淡。

「審判的時候，你也出席了嗎？」我問道。

寺嶋點頭說道：「我是以證人的身分出席。在法庭上，我說明了和己出生時的情況，以及我和直子離婚的理由，還有……」

他壓低了聲音，接著說道：

「我告訴法官，和己不論將接受什麼樣的懲罰，當他回歸社會的時候，我一定會善盡身爲父親的義務，好好照顧他。」

「你和他見面了嗎？」

「那陣子並沒有見面。我好幾次提出申請，但和己不想見我。」

據說當時和己甚至不希望寺嶋到庭旁聽，律師也告訴寺嶋，爲了避免造成和己心情浮動，盡可能不要與和己有所接觸。

「剛開始的時候，和己早已把我忘得一乾二淨。因此即便遭受那麼過分的對待，他也從來不曾想過要來找我，或是向我求助。」

寺嶋接著又說，自己就像一個根本不存在的人。

「和己很害怕我也是理所當然。一個原本不存在的人突然跑出來，不就像幽靈一樣嗎？」

「這麼說起來，你說要以父親的身分幫助和己回歸社會，實際上並沒有取得他的同意？」

「沒錯，那只是我擅自決定的事情。」

寺嶋說完這句話，突然一陣激動，尖聲說道：「身爲父親，我只是想做我應該做的事情。」

「但是你現在的家人反對你這麼做，是嗎？」

寺嶋默然無語。

「當初媒體大肆報導的時候，應該也給你現在的家人們添了不少麻煩吧？」

「媒體記者都是由我自己一個人應付，沒給他們添什麼麻煩。何況媒體記者雖然討厭，卻也幫上了一些忙。」

寺嶋接著解釋，媒體記者是他唯一的消息來源。

「不管是警察、檢察官，還是和己的律師，都是什麼也不肯告訴我。愈是我想知道的事情，他們愈是要隱瞞我。說什麼如果讓我知道，對和己不是一件好事。因此我很感謝那些願意告訴我眞相的記者及播報員。」

「但是他們告訴你的消息，不見得都是眞的。」

「總比什麼都不知道好得多。」

我不禁回想過去那些委託我調查孩子近況的爲人父母者。幾乎沒有任何一個父母，要求我查的是「就算不正確也沒關係的消息」。他們只想知道證據確鑿的事實，而且是「好的事實」，能夠令他們感到安心的事實。

「我記得後來幫和己辯護的是一個大律師團，是嗎？」

「總共有十二個律師，全都義務幫忙，我一毛錢也沒出。就這點上，我很感謝他們。」

「精神鑑定的結果呢？」

「他們做了一大堆檢查，最後的結論就只是『發展障礙』。雖然我不懂那些專業的事情，但我實在不明白，他們爲什麼要耗費這麼多的時間與精力在精神鑑定上。」

言下之意，是他打從一開始就很清楚和己的精神絕對沒問題。

「和己很清楚地理解偷竊及製造假車禍是不好的事情，而且他說這樣下去會被殺，那也不是他的被害妄想。直子與柏崎是眞的安排了很多想要殺他的計畫。」

不僅如此，而且寺嶋認爲和己是個相當聰明的孩子。

「經過檢查之後，專家發現他的智商相當高。學校成績不好，只是因爲在那樣的生活環境裡，根本沒有辦法好好唸書。他現在讀的都是非常艱深的書，我可是一句也看不懂。對於當年的案子，他也……」

寺嶋一口氣說到這裡，忽然不再說下去。我沒有說話，只是默默凝視著他的雙眼。

「妳還記得判決結果嗎？」

我搖頭說道：「請告訴我。」

「法官說和己有區分善惡的能力，說起話來條理分明，但太缺乏情感，沒有喜怒哀樂……」

一個態度過於平淡及冷靜，幾乎跟機械沒有兩樣的少年。

「剛開始的時候，他被送往醫療少年院，在那裡待了兩年。但我覺得他根本不需要什麼醫療，只要能過正常生活，馬上就會變回一個正常的孩子。」

「後來呢？他的情況怎麼樣？」

「愈來愈好，開始會笑、會哭了。據說有時想起那個案子，還會怕得晚上睡不著覺。」

寺嶋伸出雙手，一邊在臉上搓揉，一邊說道：

「事後想想，或許進醫療少年院也未嘗不是一件好事。如果不是在那裡受到了保護，或許他做的那些事會成爲心靈上的重擔，搞不好眞的會悶出毛病。」

離開了醫療少年院後，柴野和己被移送至少年觀護所。

「他在那裡待了八年。畢竟他犯的罪實在太重，必須受到懲罰才行。除了刺傷級任導師之外，他還殺了直子和柏崎。就算理由再怎麼正當，殺人畢竟是殺人。」

「這是他說的嗎？」我問道：「還是你自己這麼認爲？」

寺嶋從容不迫地說道：「當然是他自己的想法。這八年來，他一直非常努力。周圍的人終於把他當成正常人看待，他也終於找回了自己的本性。」

寺嶋接著形容，那就像是一顆已死的心重獲新生。

「而且他也漸漸願意把我當成父親了。剛開始的時候，他完全不理我，也不跟我見面。我還寫了一些信給他，雖然那些信能不能送到他的手上，必須由那裡的醫生及教官來判斷，但我爲了讓他記得我，還是拚命地寫。過了很久之後，他終於願意回信了，而且還說願意跟我見面。」

寺嶋一鼓作氣說完這些，忽然情緒激動得說不出話來。他伸手在桌上探摸，彷彿看不見桌上的香菸盒。好不容易取出了一根，拿打火機點了火。

「每次跟他見面，我都會向他道歉。有時他會激動地大喊『爲什麼當初要拋棄我』，我只能一再向他道歉。畢竟這件事完全是我的錯，我沒有任何藉口可以辯解。」

他手中的香菸微微顫抖，揚起的輕煙也左右飄移。

「那段日子眞的好長，但是時間長或許反而也是一件好事。後來的和己簡直像變了一個人。他還說將來出所之後，第一件事就是要向老師道歉。」

「這個心願實現了嗎？」

「剛開始他以寫信及打電話向老師聯絡。花了好一段日子，老師終於願意見他了。我很感謝那個老師。」

「出所之後，你就成了他的緊急聯絡人？」

「畢竟我是他的父親。」他想也不想地回答，接著垂首說道：「不過他並沒有跟我住在一起，只是住在附近而已。我的老婆及女兒都……」

「她們都反對你把和己接回來住，是嗎？」

寺嶋點了點原本就垂著的頭。

「現在是保護司（註）幫他安排了住處。和己的保護司是一位電力工程公司的老闆，和己在接受職業訓練的時候，承蒙他教了不少電工知識。」

「和己在那裡工作？」

「對，和己能夠以這樣的方式重新出發，實在是很幸運。老闆跟老闆夫人都對他很好。」

此時寺嶋終於抬起了頭。

「他現在還是叫柴野和己。我原本不贊成，曾經勸他改姓寺嶋，但他說……」

——那會給爸爸的家人們添麻煩。

「而且他還說，要是捨棄了柴野這個姓氏，對直子也過意不去。」

母親不僅虐待他，還爲了詐領保險金而企圖殺害他，他卻對母親感到過意不去。這就是柴野和己心中所認定的重新做人嗎？

我的腦海裡浮現了這樣的疑問。像這樣的道德觀是正確的嗎？他自己心裡眞的這樣認爲嗎？

「當然事情並不是完全解決了。」

我聽了寺嶋這句話，不由得眨了眨眼睛，趕緊將注意力拉回來。

「如今我跟和己之間，還是有些芥蒂。畢竟我已經有家庭了，和己很怕會因爲自己而導致我家庭失和。所以我每次去看他，他都會坐立不安，叫我趕快回家。」

我心想，寺嶋或許並不是第一次像這樣拋下店裡的工作匆忙外出。他今天出門前，並沒有說明要去哪裡，或許他的女兒及女婿都誤以爲他又要去見和己了。

「你說事情沒有完全解決，應該不止這一點吧？」我說道：「否則你今天不會來找我。」

話題終於要進入他今天來到這裡的眞正目的了。

窗外依然下著摻了雪塊的雨。老舊空調機不斷吐出溫暖的氣流，寺嶋還是輕輕打著哆嗦。

「和己他……很想知道當年媒體如何報導自己的案子，花了很多時間在網路上搜尋紀錄。」

寺嶋的身體完全沒有停止顫抖的跡象。

「他這個行爲似乎是從去年年底才開始。我也不知道他爲什麼會有這樣的想法，常勸他別再這麼做。但他自己就是放不下，保護司的老闆也說如果硬是要阻止他，可能會造成反效果。與其讓他從此瞞著我們，不如放任他查到心滿意足爲止，我們還可以適時給予建議與協助。」

接著寺嶋又低聲咕噥了一句：「或許和己也需要一個機會，好好面對自己的過去吧。」

「他查到了些什麼？」

不知爲何寺嶋忽然顯得有些畏縮，不肯正面回答我的問題。

「妳必須知道的事情，都寫在那信封袋裡了。」

「你不想從你的口中說出來？」

寺嶋咬緊了牙關，勉強擠出了一句話。他的聲音非常小，而且說的似乎不是日常用語，因此我沒有聽懂。

「你說什麼？」

「救世主。」

寺嶋勉強想要微笑，嘴角卻在抽搐。

「『黑色救世主』。那不是人，是怪物，一種到處犯案的怪物。凡是虐待孩子的父母，或是利用孩子幹壞事的犯罪者，都會受到牠的制裁。」

註：日本的保護司爲一種半官半民的身分，雖然名義上爲公務員，但是並不支領薪水，實質上是由一般民眾所擔任的義工。任務爲輔導及協助更生人回歸社會，此外亦發揮了監督及防止犯罪的作用。

柴野和己說，他親眼看見了那個怪物。

——是眞的，爸爸。

柴野和己說，那個怪物就是他自己。

3

我本來以爲那只是一種都市傳說。

柴野和己所發現的，是一個名爲「黑色救世主與黑色羔羊」的網站。

在什麼都有的網路社會上，就算有人基於對血腥犯罪及重大凶案的興趣而在網路上架設相關網站，與志同道合的好友一同高談闊論，也不是怪事。有些人只是抱著看熱鬧的心態，有些人則是認眞地想要協助破解懸案，及防止再度發生。在凶案剛發生後不久，媒體大肆報道的時候，這類網站會猶如雨後春筍般湧現。但是當媒體不再炒作之後，這些網站也會跟著迅速消失。從前是這樣，未來多半也是這樣。

但是少年Ａ（就是柴野和己）這個案子的情況卻有些不同。由於案子裡的十四歲少年是爲了自衛才犯下罪行，一部分從新聞報導中得知案情的人（多半是案發當時年紀與和己相仿的少年少女）不能容許這個案子在滿足了世人的好奇心後就這麼在世界上遭到遺忘。而這股心情在某個契機之下，轉化爲實際的形體。

柴野和己發現的這個網站，其實存在的時間並不算長，大約是六年前才成立。雖然網站有著非常浮誇、非常聳動，在某些人眼裡幾乎是笑話的標題，但站內的管理卻有著非常嚴謹的制度。對於網站成立的過程，也有著清楚而詳實的說明。

剛開始的導火線，是大型留言板內的一則留言。留言者是自稱「TERUMU」的人物。

〈犯下琦玉縣教室劫持案的少年A，聽說在觀護所內自殺了。〉

六年前的那個時期，和己確實在觀護所內。但當時的和己已經願意與寺嶋見面，個性也逐漸變得開朗，開始能夠認眞思考回歸社會後的問題了，當然不可能自殺。換句話說，這完全是空穴來風的謠言，然而留言者卻堅稱「消息來自可靠的管道」。

〈他一直希望被判死刑，法官卻讓他活了下來。他自殺了，終於能脫胎換骨，太好了。〉

這種「和己希望被判死刑，希望脫胎換骨」的說法，當然也不是事實。但是這個說法與「和己在觀護所內自殺」那種徹頭徹尾的謠言不同，而是可以找得出消息來源的一派說法。其源頭就在於審判期間，有媒體做出了這樣的報導。

那是一則週刊雜誌的「獨家報導」，文章中說得煞有其事，還聲稱「已取得了少年A的偵訊筆錄做爲佐證」。然而過了兩個星期之後，討論這則報導的聲音就幾乎從社會上消失了。理由就在於該報導提出做爲佐證的偵訊筆錄，被人揭發內容純屬捏造。

像這類重大刑案，當事人或關係人的偵訊筆錄往往是媒體眼中的重要消息來源。但即使是成年人的案子，媒體記者要取得偵訊筆錄也不容易，更何況是未成年者的案子。就算順利取得了，只要是正派一點的媒體組織，在放出消息時也會非常謹愼小心。

那則週刊雜誌的「獨家報導」敢大剌剌地放出如此重大的消息，光是這一點就值得懷疑。雜誌一發行，立刻就有不少人想要確認其眞實性。律師團也提出嚴正抗議，指出文章內提到的少年A的供詞全是子虛烏有的捏造內容。

這則報導其實是由一名與雜誌社簽約的自由撰稿員所寫，當初雜誌社剛拿到稿子的時候，編輯部內就有很多人建議必須謹慎求證。因為該名撰稿員過去就曾有過捏造假新聞的不良紀錄，新聞同業裡有不少人將他視為騙徒。但雜誌社最後還是刊登了這則報導，消息一出，果然批判聲浪如排山倒海而來，編輯部這才趕緊求證，到頭來落得必須撤回報導及向社會大眾道歉的下場。

少年A對偵訊人員表示「想要被判死刑」的說法，正是來自於這一則捏造的報導。

「黑色羔羊」網站上，公開了這篇早已遭雜誌社宣布撤回的報導的全部內文。其中偵訊人員問了一句「你認為自己會受到什麼樣的懲罰」，少年A這麼回答……

——我想被判處死刑。未成年不能判死刑的規定，我認為不合理。

——死了之後，我將會脫胎換骨，以超越凡人的姿態回到這個世間。然後我會制裁像我母親及柏崎那樣的壞人，拯救像我這樣有著悲慘遭遇的孩童及婦女。

在這一則獨家報導裡，還針對這份偵訊筆錄為什麼沒有在法庭上公布這一點，做出了合理的解釋。文中指出少年A的言論實在是太荒誕不經，不管是對想要將少年定罪的檢察官而言，還是對想要保護少年的辯護律師團而言，都是「不樂見」的內容。因此這份偵訊筆錄就被偷偷處理掉了，永遠沒有攤在陽光下的一天。

雖然所有的內容都是假的，然而一旦以「報導」的形式呈現在世人面前，在現今這個網路世界裡，要完全刪除幾乎不可能。綽號「TERUMU」的人物正是接觸到了沒有被刪除的殘存資訊，並且信以為真了。

「TERUMU」的留言立刻在該大型留言板上引發了熱烈討論。大部分留言者的立場，不是對「TERUMU」給予忠告，就是揶揄。其中還有一名留言者似乎在現實生活中有著較為特殊的身分，他寫下了這麼一段話：

〈我基於立場，原本不應該在網路上的留言板針對這件事發表言論，但我無法對這樣的留言置之不理。我必須告訴大家，琦玉縣教室劫持案的少年A根本沒有自殺，他目前依然在觀護所內爲了將來能順利回歸社會而努力著。爲了他的名譽，請大家不要相信那些流言蜚語。〉

然而「TERUMU」的態度並沒有因爲這些回應而有所動搖。他反而變得更加堅持己見，一口咬定少年A已經自殺是千眞萬確。他主張少年A在觀護所內自殺對國家公權力而言形同敗北，因此擅於掩蓋眞相的政府機關絕對不會承認這件事。

久而久之，「TERUMU」竟然也開始出現了擁護者。這些人相信他的說法，對「少年A已經脫胎換骨，擁有超越凡人的姿態」這種言論信以爲眞。

雖然我對網路世界稱不上熟悉，但我並沒有單純到相信所有人在網路上都能「說眞話」及「表達眞正想法」。在那群人之中，我明白一定有不少人只是覺得好玩才跟著瞎起鬨而已。但即便如此，我還是不禁懷疑那些人擁護「TERUMU」的動機，恐怕不是只有「好玩」那麼單純。

在這群人之中，有一些人主動說出自己也曾經「遭父母虐待」或「遭丈夫毆打」，還有另一些人則表示「認識某個家庭環境和少年A一模一樣的朋友」。他們不僅表示對少年A的心情感同身受，甚至還很懊惱自己沒有像少年A那樣的勇氣。

這些人的言詞到底包含幾分眞話，沒有人知道。實際上絕大多數的留言者對這些人的反應就跟對「TERUMU」一樣，不是忠告或揶揄，就是大加譴責。

過了一陣子之後，「TERUMU」爲自己的擁護者們開設了一個網站。網站的名稱叫做「犧牲的羔羊」。這群人獲得了能夠安心交流的聚集地，更是肆無忌憚地發表起了各種偏激的言論。

〈少年A受到懲罰實在不合理，他不僅是犧牲者，而且是一位正義之士。〉

〈自殺讓他獲得了自由。〉

〈我一直受到父親虐待，每天都想死。沒有人願意幫助我。如果少年A眞的脫胎換骨了，希望他來殺了我的父親。〉

〈他現在在哪裡？要怎麼樣才能見到他？〉

好想和少年A見上一面。要怎麼做才能聯繫上他的靈魂？脫胎換骨之後的他，有著什麼樣的外貌？我們的肉眼看得見嗎？

大約在「犧牲的羔羊」網站成立的半年後，開始有人針對這些問題做出了回應。

這個人物並不是像「TERUMU」那種秉持務實心態的協調者，而是一個「教祖」。他將眾人的幻想提升到了宗教的境界，並且把擁有共同幻想的集團變成了「信徒」的集團。像他這樣的人，稱之爲教祖實在是再合適也不過了。

〈我的名字是猶大．馬加比。〉

這個出現在「犧牲的羔羊」網站上的教祖，以這樣的名字來稱呼自己。這個奇特的名字，原本是西元前二世紀左右，居住在猶太地區的一名猶太領袖的名字。當地的猶太人皆信奉猶太教，卻受到異教國王統治。猶大．馬加比率領眾人發動獨立戰爭，擊敗了殘暴不仁的異教國王。「猶大．馬加比」這個名字，在希伯來文中的意思是「鐵鎚猶大」。值得注意的是這裡的「猶大」純粹只是猶太男人的名字，並非《新約聖經》中登場的叛徒猶大。

「鐵鎚猶大」聲稱自己是一名先知，將會「帶領羔羊們找到受膏者」。

「受膏者」也是希伯來文的直譯，其意思就是「救世主（彌賽亞）」。

「犧牲的羔羊」網站上的「鐵鎚猶大」，正是靠著這些宗教知識，以及一些充滿了正義、復仇與救贖意義的寓言故事，將網站的參與者騙得暈頭轉向，進一步掌控了人心。

若以成熟大人的眼光來看，迷失在現實與幻想（或者該說是願望）之間的「鐵鎚猶大」，其精神錯亂的程度可說是遠比其他「羔羊們」嚴重得多。猶大所描述的故事，屬於相當單純的善惡二元論。他聲稱這個世界已經徹底腐敗，受到惡魔統治。但是等到時機成熟時，神會降臨至地面，與惡魔大軍展開最終聖戰。最後神會獲得勝利，在地面上建立起一個實現眞正幸福的千年王國。有資格在這個王國裡生活的凡人，只有加入了神之陣營的英勇戰士，以及曾經遭受惡魔們操弄與虐待，在歷經痛苦之後終於獲得救贖的犧牲者們。

故事裡所提到的各種橋段，絕大部分抄襲自《新約聖經》中的〈約翰啓示錄〉。而且不是徹底理解原典之後的仿效，只是隨意將來自電影、小說或漫畫中的冷僻知識胡亂拼湊而成。

即使如此（或者應該說正因爲如此），「鐵鎚猶大」的故事對羔羊們可說有著十足的吸引力。他們（當然也包含我們）不見得對《聖經》的內容相當熟悉，卻一定聽過〈約翰啓示錄〉。大家不見得知道羅馬天主教的教義，卻一定對「第七封印」「灰馬騎士」「巨大紅龍」及「末日」這些字眼並不陌生。就算不明白含意也沒有關係，只要能激發想像力就行了。「鐵鎚猶大」的言詞本身並不見得有那麼大的說服力，但其抄襲的幻想創作所帶有的故事性及鮮明的啓發性，卻足以深深撼動羔羊們的心。

猶大告訴羔羊們，黑色救世主的出現正是最終聖戰的預兆。來到地面的黑色救世主將肩負神聖任務，制裁囂張跋扈的惡魔僕人，拯救犧牲的羔羊們，並且召集加入神之陣營的正義戰士。

這是多麼荒誕無稽卻又陳腐老套的論點，每個環節都可說是極盡幼稚之能事。即使如此，還是能讓羔羊們期待興奮。當然有時也會出現一些外來的訪客，說出一些讓羔羊們大感掃興的話。例如有某一位訪客提出質疑，爲什麼網站的創設者「TERUMU」會那麼輕易就容許「鐵鎚猶大」在網站內擁有至高無上的權力，甚至願意依照猶大的指示變更網站名稱，讓自己降格爲虔誠信徒兼忠實的網站管理員？該訪客甚至大膽推測，「TERUMU」其實就是當初將捏造的報導提供給週刊雜誌的那名自由撰稿員。對他來說，自己捏造的故事能夠在網路上以這樣的方式延續生命，應該是一件相當開心的事情吧。

還有一名訪客，則推測「TERUMU」是一名研究人員，正在網路上進行某種社會學實驗。當初那個「少年A自殺了」的謠言，也是他刻意放出的假消息。正因爲如此，即使他遭受了「別胡說八道」「說出你的消息來源」之類來自其他留言者的炮火，也從不改變自己立場與看法。

〈你們說柴野和己已經死了，眞的有人實際確認過嗎？〉

也有訪客提出這樣的質疑。

這些論點都相當犀利，卻沒有一個羔羊的信心動搖。不，或許偶而會有幾個羔羊稍微動搖而決定離去吧。但是當那些高呼「冷靜一點」「用用腦袋」的訪客終於放棄勸說或感到厭煩而不再出現後，那些原本決定離去的羔羊們又會在不知不覺之中悄悄回到網站的懷抱裡。

在這五年之間，網站雖然有著成員增減、討論熱度忽高忽低等現象，但如今羔羊們已經自行把幻想提升到了「教義」的層級。不管是少年A的自殺，還是少年A死後脫胎換骨，以超越凡人的姿態從回人世，對羔羊們來說都是完全不容懷疑的事實。他們的歷史，正是奠基在這些事實之上。

黑色救世主回來了。他成爲擁有強大力量的正義使者，重回到這個塵世。他不斷拯救無助的孩童與柔弱的婦女，與惡魔的僕人交戰，並且一次又一次獲得勝利。黑色的羔羊們都可以親眼目睹救世主的戰果。

要做到這一點，其實一點也不難。畢竟現在的日本隨時隨地都在發生犯罪事件及意外事故，不管是上網、看電視、看報紙，還是看雜誌，都可以找到這一類新聞。

「鐵鎚猶大」只要隨便舉出一條新聞，如此告訴羔羊們就行了。

「這就是黑色救世主的義行。」

猶大說出來的話，就算沒有根據或證明也會被全面信任。諸如令人感慨又頻頻的血親凶殺案、建築工地的傷亡事故、隨機下手的強盜殺人案，就連跳軌自殺及海難事故，也可以成爲黑色救世主制裁惡魔僕人、拯救了受虐者的鐵證。對羔羊們而言，這是名副其實的「聖戰」。

只要猶大指出某一起犯罪事件或意外事故是出自於黑色救世主之手，羔羊們就會自行從案情中挑出「受虐者」及「惡魔僕人」。有時受虐者在案情裡會成爲受到譴責的加害者，而惡魔僕人會成爲新聞媒體所報導的受害者，從前少年A的親身經歷正是最好的例子。但是羔羊們不會被這些表象所蒙蔽。他們眼中的眞相，永遠都藏在新聞媒體、司法及警察的力量所無法觸及的深處。他們可以把眞相看得一清二楚，但他們從來不進行任何搜索或訪查。反正他們就是能夠看見眞相。

另一方面，羔羊們的眼睛卻無法看見黑色救世主。因爲此刻時機尚未成熟。唯一能夠親眼看見黑色救世主，並且掌握其行蹤的人，就是「鐵鎚猶大」。這樣的說詞明明一聽就知道充滿了敷衍與推託，羔羊們卻沒有一絲一毫的懷疑。

〈只要抱持信心，總有一天我也能得救。〉

羔羊之一，是一名不斷遭受母親男友性虐待的少女。她不斷在網站上寫出這樣的詞句。

〈黑色救世主一定會出現在我的身邊，帶著我脫離苦海。〉

柴野和己曾經以自己的名字做關鍵字，嘗試在網路上進行搜尋。不難想像當他發現這個網站時，內心會多麼驚訝。因爲在這個網站上，他是個已死之人。不但已經死了，而且死後重獲新生，打倒了許多莫名其妙的「惡人」。在這個網站上，他成了受到崇拜的救世主。

「剛開始和己不敢告訴別人，一個人悶在心裡。」寺嶋說道。

因爲這實在太荒唐、太不可思議，和己在那當下完全不知如何是好。

「後來他告訴我，一開始他還一度懷疑那是個惡劣的玩笑。」

——既然這麼多人都說我死了，我是不是應該眞的死了比較好？

直到上個月中旬，和己才一臉沮喪地把這件事告訴寺嶋。

「我給那位擔任保護司的老闆看了網站，他也嚇得目瞪口呆，不曉得該對和己說什麼。」

但保護司馬上就恢復了鎭定。首先他告訴和己，有這種網站不是你的錯，你不需要負任何責任。你已經接受必要的醫療處置，也已經受到懲罰，成功回到社會，那些人跟你一點瓜葛也沒有。

「接著他勸和己別再上網看這些東西。讓和己暫時冷靜，他沒收了和己的手機和電腦。」

保護司建議和己以自己的日常生活爲重，和己乍看似乎同意了。

「但和己其實心裡很害怕。這不能怪他，任誰看見那樣的東西，都會耿耿於懷吧。」

寺嶋與柴野和己如今還處於努力修復父子關係的階段。雙方依然保持著一定的距離，不敢太過深入對方的生活。和己那一邊有何理由不得而知，但至少寺嶋很清楚自己的理由。

「因爲我對和己的過去完全不瞭解。我不知道他在犯下那起案子之前，過著什麼樣的生活。至於警察對他的調查、在法庭上的審判，以及在醫療少年院、觀護所內發生過什麼事，我也只知道一些間接聽來的毛皮。我相信其中一定還有很多和己不想告訴我的部分，我也不認爲自己有勇氣要求他全部說個清楚。搞不好他眞的曾經有過一兩次企圖自殺的想法，只是沒有付諸行動而已。」

但有一點，寺嶋認爲自己肯定沒有想錯。

「和己犯下那起案子，雖然殺了兩個人，卻也因此獲得了解脫。他得到了律師的幫助，得到了醫療少年院及觀護所的職員及教官的幫助，現在又得到了保護司的幫助。雖然和己必須一輩子揹負著罪業，但如今的他已經有能力勇敢面對自己的痛苦回憶，以及自己犯下的過錯。他還說如果時光可以倒轉，他希望回到犯案之前，找出不必殺死直子及柏崎，卻能逃走或改變現況的方法。他說無論如何，殺人是不對的行爲，不管有任何理由都不應該做出那種事。」

正因爲如此，網站上那些傢伙更加令人生氣。

「他們竟然擅自把和己拱出來，讓他幹那種『殺人』事，還說他是什麼救世主，眞可惡。」

和己雖然由保護司負責照顧，但並不是二十四小時受到監視，當然也沒有遭限制行動。即使如此，和己在出所之後大約有一年的時間，不敢一個人外出。他害怕有人發現自己的身分，害怕遭人在背後指指點點，因此不敢踏出家門一步。

「那陣子保護司跟我經常帶他出門，才讓他慢慢習慣了。」

然而和己好不容易找回的自由，在這件事上卻造成麻煩。即使寺嶋及保護司再怎麼勸和己「趕快忘記」，甚至把和己的手機及電腦沒收，和己在街上也可以輕而易舉找到上網的地方。

寺嶋的心中極度不安，在僱用我進行調查之前，其實早已採取過行動。他的做法很單純，就是偷偷跟隨在和己身後。

「我帶著他外出逛街，結束之後我擔心他會亂跑，所以一直偷偷跟著他。就只是這樣而已，並不是什麼大不了的行動。」

果然不出寺嶋所料，和己在與寺嶋分開後，獨自走進了鬧街上的網路咖啡廳。

「同樣的事情發生了兩次，第二次我實在按耐不住，走過去把他叫住了。」

和己發現自己被跟蹤，並沒有生氣。

「他只是蒼白地告訴我，那個網站上的人又把另一起案子當『聖戰』，熱烈討論著。」

和己又說，他很想在網站上留言，卻拿不定主意。

「和己跟我說……他想報上姓名，告訴他們自己還活著，並沒有自殺，或許這麼做能讓幾個人清醒。」

寺嶋聽了極力反對。當下寺嶋告訴和己，你就算留了言，也收不到任何效果，他們絕對不會相信你。那些傢伙的想法是無法改變的，你這麼做只會把自己搞得心煩意亂。

「何況和己現在還處於保護觀察期，一旦蹚渾水，惹出什麼事情就得坐牢了。」

但其實寺嶋更害怕的一點，是那些羔羊們肆無忌憚地談論殺人、報仇的議題，可能會導致和己的心態受到影響。

「那些人有幾個是眞正的犧牲者，我並不清楚，也不想瞭解。我只知道和己確實是犧牲者，而且是終於振作起來，可以好好重新過人生的犧牲者。」

和己最後決定不在網絡上留言，但不是因爲被父親說服，而是感受到了父親心中的恐懼與不安。寺嶋提議透過保護司通報有關當局，利用公權力制止那些黑色羔羊們繼續拿柴野和己當成妄想的材料。但這次輪到和己極力反對。

——這麼做反而會把事情鬧大。要是驚動了媒體，爸爸的家人們都會受到連累。

和己接著強調，任何言論都不應該受到公權力打壓。

——想要強行鎮壓，只會遭到更頑強的抵抗。

我不禁心想，看來柴野和己確實比一般年輕人聰明。

父子兩人討論起接下來該採取什麼行動。寺嶋建議把這件事當成兩個人的祕密。不把任何人扯進這個麻煩之中，不告訴任何人，就算在保護司的面前也要裝做什麼事都沒有發生。

「但是和己對我這麼說……」

——那些人如果只是想要坐著等待救贖，我也沒辦法干涉。

——但是看網站上的留言，有些人的心態顯然並非如此。

有一部分的人，並不甘於乖乖等待。

〈每天晚上，我都躲在棉被裡祈禱。我祈禱自己也能獲得勇氣，以及打倒罪惡的力量。〉

〈只要親手打倒敵人，拯救自己，我就不再是單純的信徒，而是黑色救世主的戰士，對吧？〉

〈好想早點獲得黑色救世主的允諾，加入神之陣營。〉

這些人極度渴望能夠打倒敵人。

「這代表他們的心裡都抱著想要殺人的想法。當然這跟和己一點關係也沒有，但和己過去做的事情就像是爲他們做了一次示範。」

——我沒有辦法對他們置之不理。

「和己說，如果那些人眞的鬧出了事情，他也得負一些責任。」

寺嶋當時聽了氣得直跳腳。

「爲了勸和己別理那些人，我忍不住說出了一句不應該說的話。我告訴和己，就算有人因此被殺，那個人也是罪有應得的壞蛋，你根本不必在意。」

但柴野和己以冷靜的口吻如此反駁失去理性的父親。

——爸爸，就算是再壞的人，也不能隨便殺死。我從前的做法是錯的。

「我告訴和己，你並沒有做錯什麼。如果我當初在那個家庭裡，爲了保護你，我也會動手殺死直子和柏崎。但是和己只是重複說著不對、不可以那麼做。」

從前一度失去了心靈，變得有如機械一般的少年，如今已成長爲一個沉著穩重的年輕人，冷靜地安撫著父親的情緒。此時的他不再是缺乏情感，而是獲得了控制情感的能力。

——而且，爸爸你仔細想想，這可能發生最壞的情況。某個留言者可能會因爲妄想而誤以爲自己是受害者，胡亂把周圍的人當成敵人，因而產生了「反正他是惡魔的僕人，就算殺死也沒關係」的念頭。

——那種相信只有自己才知道眞相，只有自己才能替天行道的人，不知道爲什麼，總是有這樣的傾向。

殺人兇手擔心宗教狂熱分子成爲殺人兇手……和己的立場實在是太具有說服力了。

「所以我拚了命思考該怎麼做才好。說起來諷刺，因爲我跟和己並沒有住在一起，手機及電子郵件反而派上了用場。」

寺嶋接著說，雖然是基於這種特殊情況，但能夠跟和己親密交談，自己還是覺得很開心。

「和己提出了一個建議。他說不如我們看看那些人拿什麼案子當成『聖戰』，我們就好好調查那個案子。最好是最近才發生的案子，而且最好是不太引人注意的意外事故，不要挑兇殺案或搶劫案。新聞媒體沒有詳細報導，猶大才能隨便捏造情節，那些信徒們也才能做出各種妄想。」

和己認爲調查出案件詳情，把死亡人物及其家屬的詳細資訊寫在網站上，或許能發揮一些作用。

「說是運氣好，或許有點不太適當，總之我們剛好遇上了一起相當合適的案件。」

今年一月二十九日深夜，東京都內的某幹線道路上發生一起私家車自撞車禍。原因似乎是駕駛者打瞌睡，車子撞上中央分隔島的鋼製護欄，完全沒有剎車。車子起火燃燒，駕駛者當場死亡。

駕駛者是一名已婚的四十五歲上班族，有一個十二歲的女兒。根據「黑色救世主與黑色羔羊」網站上的「解讀」，這名上班族長期對女兒性虐待，才受到黑色救世主施加制裁。

「妳在這方面是行家，應該很清楚在調查這類事故的時候該從什麼環節下手，但我跟和己都是門外漢，完全沒有頭緒。我們決定一同前往事發現場，想要找找看有沒有什麼線索。」

那是上個星期日的下午才發生的事。

「當時護欄已經被修好了，但是分隔島上的植樹區裡還殘留著燒焦的痕跡。我跟他並肩站在人行道上，看著據說當時車子正面撞上的那個地點。根據媒體的說法，當時車子整個陷進護欄裡，車身擠壓到剩下一半的長度。因此我心想，就算沒有起火燃燒，駕駛者大概也是難逃一死吧。」

寺嶋轉頭一看，發現柴野和己的臉色不太對勁。和己簡直像是遭到了凍結一般，愣愣地站著不動，連眼睛也沒眨一下。

「我拍拍他的肩膀，問他怎麼了，他臉上的表情簡直就像是剛從睡夢中醒來。」

——爸爸，你看到了嗎？

「我問他看到了什麼。那是一條四車道的馬路，發生事故的中央分隔島附近並沒有行人穿越道，不僅沒有人，就連貓、狗或鳥兒也沒一隻。」

沒想到和己竟然像洩了氣的皮球一樣癱坐在地上，雙手捧住了自己的頭。

——原來爸爸看不見。

「他說他看見了我看不見的東西。」
於是寺嶋再三追問他到底看見了什麼。和己沒有答話，只是蜷曲著身子不斷打著哆嗦。一會之後，和己忽然說要回去了。
——不用調查了，繼續查下去也沒有意義。
最後和己終於說出了他看見的東西。
——黑色救世主。
和己說，那看起來就是個怪物。
「那個東西絕對不是人……但是，爸爸……」
——那個東西有著跟我一模一樣的臉孔。
和己聲稱他看見了只有鐵鎚猶大才能看見的黑色救世主。
「從那天之後，和己再也不願提起關於那個網站的事情。他只是一再對我說……夠了，我已經知道是怎麼回事了。」
因此寺嶋來到了我的事務所。
「東進育英會的橋元先生並不知道詳情。我對他撒了謊。我沒有告訴他，是我自己想要委託調查事情。我只說有個客人的孩子遇上了一些麻煩，想問問看哪裡有值得信賴的徵信社。」
我心想，發生車禍的死者家屬裡，確實有個十二歲的少女，所以這或許也不算是個謊言吧。
「橋元先生一直稱讚妳，說妳口風緊，對處理孩子的問題很有一套。孩子大多口無遮攔，但妳不管聽見孩子說出什麼話，都不會表現出驚惶失措的態度。」
寺嶋接著對我深深一鞠躬，說道：

「所以我想請妳幫我查一查。不管是那起車禍的詳情也好，還是和己看見的東西也好，不管從哪個方向下手都行。我已經完全沒有頭緒了。」

那起車禍眞的是一場聖戰嗎？眞的是一次制裁嗎？

柴野和己到底看見了什麼？

難道他眞的看見了鐵鎚猶大說得煞有其事，令信徒們深信不疑的黑色救世主？

爲什麼他強調那是「怪物」？爲什麼那個怪物有著跟和己一模一樣的臉孔？

我自己也很想知道這些問題的答案。

4

我進行了所有必要的調查，蒐集了所有必要的證據資料。發生在一月的那起車禍，完全沒有任何疑點。至少就表面上看來，那就只是不幸的意外事故。

爲了拍攝照片，我也跑了一趟事發現場。我站在當初寺嶋與和己所站的位置，按下了快門。護欄上的修理痕跡已不太明顯，當然也沒有看見疑似黑色救世主的身影，或是有著柴野和己臉孔的怪物。洗出來的照片上，也沒有可疑之處。

我頻繁地與寺嶋聯絡，名義上是報告調查進展，實際上我只是想知道柴野和己的現況。

寺嶋說和己顯得有些無精打采。雖然保護司禁止他使用電腦，但他似乎常常會上網咖，確認「黑色救世主與黑色羔羊」網站的動向。但到頭來，寺嶋也不清楚詳情。

「他不再跟我談那些人的事。就算我問了，他也不講。」

——不用管這個了，爸爸。

「我無法確認他的一舉一動。但從他的態度，我可以看得出來他並沒有放下這件事。一起吃飯的時候，他常常會露出心不在焉的表情。」

據說和己的生活表面沒有任何變化，工作上也沒有問題。公司預定五月，趁著連假舉辦一場兩天一夜的員工旅行，老闆大費周章地做了許多安排，和己談到這個話題時也相當期待。

「但願是我自己杞人憂天了。如果他是眞的『不想管了』，不知該有多好。」

一點也不好。他看見了某樣東西，這是毋庸置疑的事情。

我很想知道他到底看見了什麼。因此我想辦法拖延時間，靜靜地等待著，在合適的時機與柴野和己見上一面。

我並沒有等待太久。陰鬱天空下開始綻放櫻花的時期，又發生了另一起案子。

那是一起家庭內的人倫悲劇。住在東京都內某公共住宅的一名國中二年級少女，以菜刀殺死了母親。那是一個單親家庭，少女原本和母親相依爲命，但少女嫌母親太過干涉自己的生活方式及人際關係。少女聲稱自己殺害母親的動機，只是認爲母親不在，自己就能過逍遙自在的生活。她的態度不像柴野和己當年那麼冷靜，能夠運用的詞彙也不像和己那麼多，但若要比率直與絲毫不感到慚愧的態度，可說是有過之而無不及。

然而相信不久之後，少女就會開始反省了。她應該會後悔地痛哭流涕，向過世的母親道歉。這不僅是必然的結果，同時也是正確的結果。

鐵鎚猶大並沒有將這個案子認定爲「黑色救世主的義行」。他一直保持著沉默。然而有一部分的羔羊們卻對這個案子產生了反應。

〈這應該也是義行吧？〉
〈先知應該是在測試我們能不能自行分辨出黑色救世主的義行。〉
〈那個少女不是遭母親控制了人生嗎？她一定曾經像奴隸一樣被綁起來，就像我一樣。〉
這是義行、這是義行、這是義行……這樣的聲音在網站內不斷擴散。我看見了，柴野和己應該也看見了——那種相信只有自己才知道眞相，只有自己才能替天行道的人，不知道爲什麼，總是有這樣的傾向。
沒錯，這也是「傾向」之一。就算猶大保持沉默，羔羊們也不可能對如此引人注目的案子視而不見。凡是盲信、迷信之類的思想，必定會從某個階段開始擁有自己的生命，不再受到控制。邪教的教祖往往會與信徒們一同步上滅亡之途，正是因爲對信仰失去了掌控能力。
如今的黑色羔羊們，已不再需要鐵鎚猶大了。
我聯絡寺嶋，提出了想要與柴野和己見一面的要求。
「那起女國中生弒親案，應該讓他的心情很浮躁。這時候與他溝通，想必能收到一些效果。」
寺嶋同意了。但接著我表示希望與和己私下對談，這次寺嶋堅決反對。
「我不放心交給妳一個人！」
「你是他的父親，如果你在場，有些話他可能說不出口。」
「我要怎麼對他說明妳的身分？」
「老實說就行了。」
「和己恐怕不會想見你。」
「如果是這樣的話……」我說道：「請你轉告他，我知道他看見的那個東西是什麼，而且很樂意告訴他。」

「妳說什麼……？」寺嶋以沙啞的聲音說道：「妳查出眞相了？」

「你的兒子有權利第一個知道。」

柴野和己答應與我見面。

如今已二十六歲的和己，已經從一個弱不禁風的少年，轉變爲一個身材削瘦的年輕人。他長得眉清目秀，雖然髮型樸素，一看就知道平時上的是傳統理髮店而非時髦的美容院，身上也沒有耳環、項鍊之類的飾品，卻散發出一種能夠吸引他人目光的魅力。對他的人生經歷一無所知的人，或許會誤以爲他是追求藝術創作的纖細青年，例如音樂家、畫家或小說家。

「我只給妳兩小時。」寺嶋說道：「今天和己原本應該要和我在一起。兩個小時一到，我立刻就會回來。」

「爸爸，你不用擔心。」

和己的容貌一點陽剛味也沒有，與父親截然不同，顯然是遺傳自母親。不過雖然他跟寺嶋長得一點也不像，聲音卻是十分神似，如果是在電話裡交談，恐怕會分辨不出來。

「你去看電影吧。等等要是老闆問起電影的感想，可不能一個字都回答不出來。」

「等等你們談完之後，我們再一起去看。」

和己不禁露出苦笑。「爸爸，那你要怎麼消磨時間？」

「那不重要。」

兒子將父親推出了我的事務所，寺嶋一邊走還一邊頻頻回頭。

柴野和己不像他父親剛來的時候那樣，在我的事務所裡左顧右盼，試圖找出能夠看清我的底細的東西。我請他就座，他馬上就走到待客用的沙發上坐下了。他看起來一點也沒有緊張或不安。剛剛走出去的父親反而像是問題人物，兒子只是陪同前來而已。

「女性徵信社調查員很少見嗎？」

我正站在辦公桌的前方，手裡拿著收納文件資料的檔案夾，他突然抬頭這麼問我。

「並不算少，《男女雇用機會均等法》在這個業界也是有效的。」

他並沒有露出笑容，只是一臉認眞地說了一句「原來如此」。

「妳眞的是調查員嗎？」

「爲什麼這麼問？」

「我猜想妳會不會是心理輔導員或醫生。」

我沒有回應這句話，只是將頭微微歪向一邊，目不轉睛地看著他。他眨了眨眼睛之後將視線往下移，說道：「妳看起來實在不像調查員。」

「我想你過去應該見過不少心理輔導員及醫生，但是徵信社調查員的話，你應該是第一次見到吧？你怎麼會知道我不像調查員？」

和己老實地向我道歉。「對不起，我這麼說太失禮了。」

「沒關係，你不用介意。」

柴野和己忽然像是鼓起了勇氣，抬頭看著我，以及我手中的檔案夾。

「我會這麼想，其實是因爲妳對我父親說的那句『我知道你看見的是什麼』。」

「這聽起來像是心理輔導員或醫生會說的話？」

「嗯。」

「那我問你，如果是心理輔導員或醫生，會怎麼告訴你？你看見的那個東西是什麼？」

他的視線沒有移動，雙眸卻在瞬間微微失焦，顯然正在心裡反問著自己。

「幻覺。」

他的口吻冷靜，就和十四歲時的他一樣。

「我怕父親擔心，一直沒跟他說。」

「所以你才叫他別再理會這件事？」

和己面無表情地點點頭。

「以前我也常發生這樣的狀況，就在犯案的那一陣子。」

「看見不存在的東西？」

「明明現實中並不存在，卻能看得一清二楚，宛如就在我的面前。」

「你看見過什麼樣的東西？」

「食物。」

和己想也不想地回答。

「例如蛋糕或麵包。有時我想要拿來吃，會發現真的拿得起來，但是卻沒辦法吃。一放進嘴裡，我就會清醒，察覺那不是現實。」

我這才想起，他的童年時期一直處於飢餓的狀態。

「有時我還會看見學校老師站在公寓門口，或是看見門口停了警車，好幾名警察從警車上走了下來。明明只是心中的期盼，並沒有真的發生，卻會出現在我的面前。」

而且他的童年時期一直處於渴望救助的狀態。

「我也曾經看見我自己，懸浮在天花板附近，俯視著我、媽媽及那個人。」

「那個人是指柏崎紀夫嗎？」

他沒有回答這個問題，只是點了點頭。「宛如靈魂出竅一般，看見自己浮在半空中。現實中當然不可能發生那種事，所以那也是幻覺。」

我並沒有詢問當他看見那些幻覺時，母親及柏崎正在做什麼（或是正在對他做什麼）。只要符合特定條件，即使是身心健全的人，也會產生類似靈魂出竅的症狀。但以柴野和己的情況來看，這應該是一種緊急自我防衛的機制，可以視爲輕微的解離症狀。若考量他所置身的殘酷環境，那就一點也不奇怪了。

「你曾經對人提過這件事嗎？」

和己遲疑了一下，說道：「我沒對警察說，但是對律師說了一點。」

「你不是接受過精神鑑定嗎？那個時候呢？」

「也只稍微提到。我怕說得太詳細，會被認爲我在撒謊。」

「你不希望被別人認爲你在撒謊？」

「那是我最討厭的事。」

「那時候的你，也能做出這樣的判斷？」

「但這並不表示我當時是正常的。」

和己似乎認爲我在譴責他，因而加重了語氣反駁道：

「待在醫療少年院裡的那段期間，我自己很清楚地體會到了這一點……他們真的給了我很大的幫助。所以這次我也打算找他們商量這件事。」

「你指的是醫療少年院？」

「對。」

「你不打算告訴你的父親及保護司？」

「畢竟這是我自己的事情。」

「你指的是看見了幻覺這件事？」

「對。」和己的態度沒有絲毫迷惘。

「你看見了某樣東西，但是你父親沒有看見，所以你認定那是幻覺？」

他急促地點了兩、三次頭。

「你有沒有想過，為什麼你又會看見幻覺？現在的你，在生活方面及心情方面應該都很安定才對，不是嗎？」

柴野和己皺起眉頭說道：「這妳應該也很清楚，當然是因為那個網站的關係。」

「『黑色救世主與黑色羔羊』網站上的虛構故事，影響了你的心情？」

「大概類似受到洗腦或傳染吧。」

「為什麼你會受到洗腦？那不都是些很荒唐的妄想嗎？就連那網站上的成員，到底有幾成是抱著認真的心態，也很令人懷疑。」

他沒有立即回答我這個問題，眼睛似乎微微顫動了一下。接著他垂頭喪氣地說道：

「即使是現在，我還是沒有完全變成正常人。所以我根本沒有資格為那些『黑色羔羊』擔心。什麼想要阻止他們、想要感化他們，都是太過自以為是的想法。」

「所以你才要你父親別插手這件事？」

我繞過桌子，走到他的面前，將檔案夾遞給他。

「你容易暈車嗎？」我問。

他伸手接過，愣了一下。

「在車裡讀字會暈嗎？」

他看了一眼檔案夾，說道：「應該不要緊。」

「好，那我們走吧。」

我拿起了放在辦公桌腳邊的公事包。

「雖然是老舊的豐田Corolla，在東京都內慢慢開還不成問題。」

柴野和己跟著站了起來，問道：「我們要去哪裡？」

「國二女生殺死母親的案發現場，如今黑色羔羊之間最熱門的話題。你不想去確認一下，會不會又看見幻覺嗎？」我一面走向門口，一面解釋道：「那個檔案夾裡是一份調查報告書，關於在一月二十九日的車禍中死亡的男人，跟他的家屬。」

那是一個最近似乎改建過的四層樓公共住宅社區，米黃色的外牆依然乾淨明亮，窗戶的金屬窗框閃耀著銀色光澤。公寓共有十棟，分別座落在一條雙線道馬路的兩側，發生弒母案的那對母女所住的那一戶，大門正面對著馬路的方向，我就把車子停在門口處。

由於是星期日的白天，門口不少人進進出出。社區的內部似乎有座兒童公園，隱約可以聽見孩子的嬉笑聲隨風飄來。原本多變的氣候到了周末終於撥雲見日，天空蔚藍晴朗且幾乎沒有風，植樹區裡可看見鬱金香及三色堇綻放著花朵。

一路上，柴野和己一直坐在副駕駛座讀著報告書。他並沒有暈車，臉上毫無血色多半是因爲內容的關係。下車的時候，他有點站不穩，趕緊扶著車身才沒有摔倒。車子好久沒洗了，上頭留下了淡淡的指痕。

警方的現場勘驗早已結束，禁止進入的標示物也已經撤除。但是那對母女的住處大門，依然貼著黃色的膠帶。外圍走廊的扶手是水泥製，遮蔽了正面的視野，只有從外側階梯的方向往門口看，才能看見印在膠帶表面的黑色文字。

刺眼的陽光迎面射來，我將手掌放在額頭上，有點後悔沒有把太陽眼鏡順手放進公事包裡。

柴野和己愣愣地站著，一副不知道該做什麼的模樣。剛剛讀完的那份報告書，如今正凌亂地散落在副駕駛座上。

「……看見什麼了嗎？」我問道。

他皺起眉頭，彷彿我對他說了什麼荒唐又下流的話。接著他緩緩轉動脖子，將視線朝我射來。

「例如有著你的臉孔的怪物。」

我凝視著那對母女的住處大門，以側臉承受他的視線。

「當初你們前往車禍現場，你立刻就看到了怪物，現在呢？」

「什麼也沒看見。」他以微微顫抖的聲音說道。我不禁想，這對父子連聲音顫抖也很像。

「如果那是幻覺，你應該還會再度看見。」我說道：「既然你已經受到洗腦，認爲這是黑色救世主的義行，你應該能看見救世主才對。」

柴野和己沒有答話，他就像我剛剛一樣，將手放在額頭上，凝視著那扇門。他看得目不轉睛，一隻手掌似乎還不夠，又放上了另一隻手掌。

「看不見嗎？那也沒關係，看不見才是正常狀態。」

我接著從公事包裡取出另一份檔案夾，朝他遞了過去。

「這是這起國二少女弒母案的調查報告書，我還弄到了母親遺體的驗屍報告。」

他的手在微微發抖，一時之間沒有辦法將檔案夾打開。

「不用全部讀完，你只要讀第一頁就夠了。」

他的一對眼睛直盯著報告書上的文字，彷彿一個飢腸轆轆的人終於拿到了食物。

「殺害母親的女學生，是個惡名遠播的不良少女。」

柴野和己的臉色甚至變得比剛剛更加蒼白。我凝視著他的側臉說道：

「被警察逮過好幾次，還曾經遭學校停學。她讀的是公立學校，竟然還會被停學，可見得不知幹了多少壞事。」

柴野和己接著翻到了遭殺害母親的驗屍報告。

「上頭寫得很清楚，母親的身上有著經常遭毆打的傷痕，甚至還有燒燙傷及骨折痊癒後的痕跡。換句話說，在那扇門裡遭到虐待的不是女兒，而是母親。爲了讓女兒改過向善，母親生前不知做了多少的努力。」

因此這起事件絕對不是黑色救世主的義行。

「鐵鎚猶大知道這一點，所以他沒有對羔羊們提到這起事件。」

但那些黑色羔羊們擅自起鬨，認定這起事件也是義行。

這是一種褻瀆。

「一月二十九日的那起車禍完全不同，那才是眞正的義行。那不是一種比喻或修飾，而是眞正的義行。所以你才會在現場看見黑色救世主。你受到了指引，獲得了在那裡親眼目睹救世主的殊榮……」

我說到這裡，趕緊用力搖頭，改口說道：「不對，不應該這麼說。你在那裡看見的並不是救世主，因爲你自己就是救世主。你在那裡看見的是……」

是神。

「是復仇之神，是正義之神。怎麼稱呼並不重要。總之祂的出現，是爲了拯救遭到虐待的羔羊，對邪惡的世人施加制裁。鐵鎚猶大一直引頸期盼著祂的降臨。」

檔案夾從柴野和己的手中滑落，裡頭的報告書在他的腳邊散了一地。他一臉愕然地凝視著地面，半晌後開口問道：

「……妳到底是誰？」

眞是聰明的年輕人。不愧是救世主。

我凝視著他的瞳孔深處，說道：

「我的名字是猶大・馬加比。」

鐵鎚猶大正是我。

我並沒有對寺嶋說謊。柴野和己殺死母親的時候，我還不是個調查員。十年前我才進入一家位於東京的大規模徵信社工作，七年前我才獨立創業，有了自己的事務所。

沒錯，我並沒有對寺嶋說謊。

我只是沒有對他說出一些事實而已。我不僅知道柴野和己的案子，而且記得一清二楚。我對那個案子的每個細節都瞭如指掌。但我不是在那起案子剛發生的當下，就對那起案子如此熟悉。自從成立了自己的徵信社事務所之後，我感覺自己的心靈因爲這個工作而一天天磨耗。就在這時，我偶然間看見了「TERUMU」的留言。「TERUMU」爲了讓認同他的人有一個交流的空間，而設立了一個網站。從那個時期開始，我就不斷注意著這群人的一舉一動。

在觀察的過程中，我的內心逐漸產生了一個幻想。比其他絕大部分的羔羊們的幻想都更加眞切，而且對我來說重要至極。

從事調查員的工作不過短短三年的時間，我就大膽地獨立創業，並不是因爲我有信心能夠在這一行混下去，而是我感覺到自己若不具備足夠的權限，有太多的案子沒有辦法眞正解決問題。

在大型徵信社內受到僱用的那個時期，我主要負責與孩童有關的案子。理由多半是因爲我是女性，當時的上司認爲這樣的案子適合交給我負責。

事實上，我自認爲是個相當優秀的調查員。不僅優秀，而且誠實。正因爲如此，我常會產生無力感。這也是我不理會旁人的勸告，堅持獨立創業的最大動機。結識東進育英會的橋元理事是一件幸運的事，但我並不是從一開始就打算依靠他。

與孩童有關的案子，發生的地點大多是學校或家庭，這些都是外人無法進入的密閉環境。即使是任何人都能看出誰是加害者、誰是受害者的案子，一旦發生在這種密閉環境裡，最後的解決方式往往是不了了之。等待拯救的人無法獲得拯救，身上的傷痕遭到擱置不理，加害者反而受到保護，沒有受到制裁的一天。

我沒有辦法忍受這種事情。我本來以爲只要自己當老闆，就不會調查到一半突然被上司要求停止調查，或是想要通報有關當局卻遭到阻止。

但是我錯了。即使沒有了扯後腿的上司，依然不能改變我只是一介調查員的事實。委託我調查校園霸凌問題的學校，如果企圖隱蔽我所查出的眞相，我根本沒有能力阻止。調查教師對學生施暴的案子，也面臨同樣的窘境。至於調查孩童遭父母虐待的案子，就算受虐孩童說出了關鍵性的證詞，如果孩童不同意告發父母，我也不能擅自採取行動。而且如果委託者認爲父母也與孩童一樣必須受到保護與教育，揭發虐待眞相也將成爲空談。

這個工作的背後並不存在正義。有的只是大事化小、小事化無的心態，以及對「血濃於水」「父慈母愛」之類性善思想的盲目信仰。

邪惡的勢力橫行無阻，正義的價値低於塵芥。

我開始認爲自己是一個失敗者。不，如果只是失敗者就罷了。但是隨著知道眞相卻無能爲力的狀況一再發生，我開始認爲自己不僅是失敗者，更是罪惡的共犯。這是我無法忍受的事。

就在這時，我看見了「TERUMU」的留言，得知了這一群「犧牲的羔羊」的存在。

剛開始我不打算控制他們，也不認爲自己能控制他們。我以鐵鎚猶大的名義與他們交流，只是因爲我感覺自己的人生已到了走投無路的地步，忍不住想要靠這個方法來讓自己一輩子不曾實現過的正義感獲得滿足。

我編造了「黑色救世主」這個人物，讓他實現我所追求的正義。在描述這個故事的過程中，我感覺到原本無處發洩的怒火消褪了不少。

我沒有想到那些人眞的會相信。

他們的信任，帶給了我莫大的力量。於是我繼續訴說，繼續誆騙他們。我很清楚自己在說謊。在描述與誆騙的過程中，我並沒有感覺到自己的一言一詞逐漸轉化爲現實。我並沒有那麼愚蠢。我並沒有一分一秒認爲我所描述的故事能夠改變眞實世界。既然是欺騙的行爲，總有一天得收手。尤其是最近，我開始感覺再不收手不行了。理由很簡單，正如同柴野和己所提出的憂慮，那些羔羊們就像脫韁的野馬，開始不受猶大的控制。

沒想到就在這時，寺嶋出現了。

緊接著柴野和己也出現了。

在那之前，我根本不認識現實生活中的他。我對他的理解，全來自於新聞報導。我不知道他如今過著什麼樣的生活，也不曾認眞調查過。

在我的故事裡，他具有相當重要的意義。但那是因爲他是個現實世界中的犧牲者，而且靠著犯下那起案子實現了正義。對於在法庭上遭受審判，接受了治療、職業訓練與再教育，成功回到社會的少年A，我一點興趣也沒有。他明明做的是伸張正義的行爲，卻「悔改」與「更生」了。他已不再是當年那個少年A，我一點也不想知道他的近況。

我對他沒有興趣，他卻出現在我的面前。

而且他眞的看見了黑色救世主。

這意味著我的祈禱靈驗了，我的故事成眞了。

「鐵鎚猶大在指出這就是黑色救世主的義行時，其實並沒有任何根據。」

只是把現實中發生的案件與「受虐者及惡魔僕人的故事」強行拼湊在一起而已。

「只是先排除差距太大的案件，然後在剩下的案件裡隨意挑選。這不是理所當然的事嗎？就算我對自己經手調查的案件後續處理感到不滿，也不可能寫在網路上。我從來不指望那個網站能夠在現實世界中發揮作用，我只是想要靠幻想來紓解壓力而已。」

柴野和己的表情逐漸蒙上了一層陰影。此時太陽在他的正後方，但不知爲何，他看著我的雙眼卻瞇成細縫，彷彿正在看著什麼刺眼的東西。

「唯獨一月二十九日撞上中央分隔島的那起車禍不同。」

我蹲了下來，拾起掉落在他腳邊的檔案夾，從車窗扔進了副駕駛座的座位上。

「這兩份調查報告書都寫得很詳細，對吧？這些內容不是我在這兩天才匆忙趕出來的。」

我調查國二女學生弒母案，是爲了確認這是不是黑色救世主的義行。在得知柴野和己眞的看見了黑色救世主之後，「隨口胡謅的義行」對我來說已失去意義。因此在查到了女國中生的惡行惡狀後，我並沒有告訴羔羊們「這是義行」。

「至於那起意外車禍，則是死者家屬……正確來說是死者的妻子委託我查的。」

她在去年的盛夏時期，走進了我的事務所。

——我丈夫好像一直在對女兒做奇怪的事情。

女兒在身體及心靈兩方面都已出現了嚴重問題，不僅沒辦法上學，而且得了厭食症，隨時隨地都彷彿在恐懼著什麼。

——不久前她終於願意對我吐露一點……她哭著對我說，爸爸對她做了噁心的事。

妻子聽了之後幾乎不敢相信自己的耳朵，甚至懷疑女兒是不是精神出了問題。

——能不能請妳幫我查一查？我想知道女兒說的是不是眞的。我自己一個人什麼也做不了。

於是我代替什麼也做不了的妻子，調查了這件事。我見了身爲受害者的女兒，花了相當多的時間與心血，終於說服她說出了眞相。我所提出的調查報告書，裡頭包含了環環相扣的證詞紀錄，以及醫療機構所開立的診斷證明。即使如此，母親看了之後還是一再強調「難以置信」。

——夠了，不用再查了。

母親對我說，家醜不能外揚，發生在家庭裡的問題只能在家庭裡解決。更何況做出那種行爲的惡徒或許另有其人。或許我家的女兒只是捏造了一個瞞天大謊，不僅欺騙了妳這個調查員，也欺騙了她自己。

我反駁了母親這套說詞，她氣得大哭，警告我不要破壞她的家庭。她說我沒有那麼做的權力。我只能就這麼算了。畢竟我只是個調查員。一個揹負著保密義務，只能做好自己分內工作的調查員。就算再怎麼不甘心，我也沒辦法說什麼。

「因此當我得知那個男人死於車禍的時候……」

鐵鎚猶大幾乎已相信了一半。這該不會眞的是義行吧？我撒的那些謊言難道成眞了？

「但另一方面，我也告訴自己那只是一場偶然。畢竟這世界是風水輪流轉，正義偶而也會有獲得伸張的一天。」

那男人對女兒做出了那種惡行，或許意味著他早已喪失理智，陷入精神錯亂的狀態。如果眞是這樣，開車自撞也不是什麼奇怪的事情。

「沒想到寺嶋竟然出現了。他來到我面前，對我說了關於你的事。就從那一刻起，我的世界徹底改變了。」

我想要對柴野和己露出微笑，但我做不到。對極盡崇高的對象露出笑臉多麼不敬。

「眞正的第一次義行，就在一月二十九日，就在那座中央分隔島上。你知道爲什麼嗎？」

因爲你看到了那個網站。

「因爲你得知了黑色救世主的存在，得知了黑色羔羊的存在。」

因為故事終於完結了。
因為救世主終於聽見了羔羊們的聲音。
因為神終於降臨了。
「不，正確來說，是你終於成為了救世主。」
於是我成為了先知。
「你所看見的，就是神。」
我告訴柴野和己，那就是你創造出來的神。
「妳錯了。」他睜大了受到陰影籠罩的雙眼。「原來妳才是眞正精神錯亂的人。」
「為何這麼說？你不是也親眼看見了，那個有著你臉孔的神？」
那個降臨在救世主面前的神。
「聖經上說『太初有話，話與神同在』（註）。既然如此，話也可以創造神。」
從前人相信神創造了世界。但是有一天，人聲稱神已經死了。於是這世界上只剩下人。
神既然能死亡，當然也能誕生。在一個沒有神的世界裡，人就能創造神。如今的世界充斥著名為「資訊」的「話」，這意味著神能夠從「資訊」中被創造出來。
誕生於這個地表的新神，將更貼近於人。
我朝他走近了一步。他嚇得往後退縮。一步、兩步、三步……他走得搖搖晃晃，必須扶著我那輛老舊的豐田Corolla。
「妳瘋了嗎？絕對不可能有那種事。」
「當然有。」我說道：「接下來還會發生更多的義行。不管你說什麼，或是做什麼，都無法改變這個事實。」

救世主與先知的任務都已經結束。神已降臨世間，我們唯一要做的事情，就是瞻仰祂。

「告訴我……」

我對著柴野和己伸出了祈求憐憫的手。

「你看見的神，有著什麼身姿？當祂以那跟你一模一樣的臉孔看著你時，露出什麼表情？」

我是鐵鎚猶大，我是先知。我能看見救世主，卻看不見神。這世上唯有救世主才能看見神。

「告訴我吧……」

柴野和己像剛剛一樣瞇起雙眸。他看著我的手，但那眼神不再像是看著某種光亮刺眼的東西，卻像是看著某種令他毛骨悚然的存在。

「妳錯了。」

他又說了一次這句話，接著他拍開我的手，轉身拔腿就跑。在溫暖陽光的照耀下，在這假日的安詳社區裡，我的救世主背對著我不斷奔逃。

沒有人能夠逃離神的掌控。

我的心中充塞著靜謐的喜樂。

或許你也會看見。就在未來的某一天。看見新的神。那位讓我成爲先知的神。臉孔和柴野和己

註：這段話出自於《聖經．約翰福音》，英文爲In the beginning was the Word, and the Word was with God。這裡的「話（Word）」在某些中文譯本中亦翻譯爲「道」。

一模一樣的神。

昨天，寺嶋來到我的事務所。不是用走，不是用跑。他氣急敗壞地衝進我的事務所。

「和己死了！」他的嘴裡這麼大喊著。

「參加員工旅行的時候，他從車站月臺上跳了下去！」

和己在死前留了一封遺書給父親。

——爸爸，請不要爲我難過。

我看見了那個，這是無法否認的事實。我看見了那個怪物，那不是幻覺。

後來又發生了一起家庭內的凶殺案，他又去現場看了。

——我看見了。我在那裡又看見了。

柴野和己在遺書裡告訴父親，他看見了來到黑色羔羊面前的神。

那是義行。那是神的義行。

——那就是我。我下定決心。這是我非做不可的事情。我必須與那個東西合而爲一。

只要我一死，就能與那個東西合爲一體。到時候我就能捨棄這個肉體，與那同在。

——當我變成了那個東西，那個東西應該就能夠被大家看見了。因爲那個東西就是我。那是我的一部分，也是我的全部。那是我的罪業，也是我的正義。

——爸爸，等到那個時候，大家應該就能阻止，阻止牠的「義行」。

「妳到底對和己做了什麼？對我兒子做了什麼？妳對他說了什麼？妳讓他看了什麼？」

寺嶋朝我撲來，我們扭打在一起，撞上了事務所的牆壁，撞倒了椅子，撞倒了當作傘架用的備前燒大壺。壺破了，發出刺耳聲響，我摔倒在碎片上。

接著，我看到了。

剛剛寺嶋進來時沒有關門，所以壺的碎片飛到了外頭的走廊上。

緩緩閃爍著毫光，綻放出萬千鋒芒的祂，朝著其中一塊碎片緩緩舉腳踏下。

沒有半點聲音。彷彿沒有重量。祂就在那裡，一步步踏入事務所。

祂終於降臨到了我的面前。

無數的光影組成人的形狀，但那絕對不是人。祂的輪廓時而膨脹、時而收縮，忽明忽暗。

細微光芒碎片組成的人形輪廓之中，有著跟繽紛光影數量一樣多的人臉。

那可能是犧牲者。可能是加害者。可能是羔羊。有大人，有小孩。有男人，有女人。

他們有眼睛。他們有嘴。但我聽不見他們的聲音。他們什麼也沒有訴說。他們就只是不斷蠕動，在表面忽隱忽現。

在那些人臉之中，我看見了柴野和己十四歲時的臉孔。我看見了他在中央分隔島上看見的那張臉孔。我看見了那張被他稱為怪物的臉孔。

但接著有另一張臉孔，將那張臉孔擠開了。那是一張我所熟悉的臉孔。曾經否定我的想法的臉孔。長大之後的柴野和己臉孔。

他就在神的裡頭。

「和己……」寺嶋發出了呻吟。倒在地上的他，朝著閃爍的光影伸出了手。朝著一張張人臉伸出了手。宛如要將那些光影擁入懷中。

我也伸出了手。

神也將手朝我伸來。

兩隻手碰在一起了。身爲凡人的我的手，以及神的手。

「和己！」

寺嶋大聲嘶喊，朝著那團光影撲去。他穿透了那團光影，光影幻化成數百萬顆光點四下飛散，一張張人臉也跟著消失無蹤。

降臨就在一瞬間結束了。現場只遺留下不斷呼喊著和己的寺嶋，以及他的哽咽聲。

或許你也會看見。就在未來的某一天。看見新的神。那些無數的光影及人臉。

從那之後，我就開始思考。不停地思考。

我是猶大。鐵鎚猶大。我是等待著神的到來，聽見了神的聲音的先知。

但是在碰觸到神之手的那個瞬間，神對我說了一句話。我聽見了神的聲音。

——妳錯了。

我到底是先知，還是罪人？既然話可以創造神，既然人可以創造神，那麼人能不能打倒神？救世主有沒有能力矯正神的過錯？

既然柴野和己否定了神，我當然必須守護讓我成爲先知的神。但要守護神，我就必須與神一戰。因爲柴野和己與神是一體的。

我到底是鐵鎚猶大，還是叛徒猶大？

碰觸了神之後，我的手掌上出現一塊血紅色的痣。

這是罪人的烙印嗎？

不，不對。我相信我是先知。我是神的先知。

神啊，我相信這手掌上的血印，是神賜給我的聖痕。

海神之裔

十九世紀末，過去由法蘭克斯坦博士所研發的死人復甦技術，在博士過世後悄悄外流，逐漸普及至全歐洲。這種能夠製造出「屍者」的最新技術，逐漸在世界上取代了勞動人口及戰場上的士兵……

以下所引用的民眾訪查紀錄，節錄自《大日本帝國外流屍體追蹤調查報告・東日本篇》。此項調查報告是在GHQ的指示下，針對在昭和二十年十月一日解散的非軍事用屍者管理公社（通稱為法蘭克斯坦公社）進行的後續處理作業之一，其目的在於清查因竊盜、逃亡或錯誤指令而脫離公社掌控的外流屍體——非法屍體詳情，以利於回收作業。GHQ的民生部門從該公社的前職員中，挑選出一些沒有遭GHQ下令禁任公職的人物，以臨時雇員的身分投入此調查行動。

然而在本紀錄中所提及的屍者，是在明治時期就已外流的軍事用屍者實驗體。由於公社是在後來的大正十二年十月才設立，因此該屍者並不在本次調查的範圍之內。本案收錄於前述報告之中，是因為該屍者在發現當下的狀態，以及該屍者與當地社會的關聯性屬於相當罕見的特例，可做為我國在調查屍者接納方式上的有效參考依據。

本訪查紀錄是將訪查對象的口頭描述直接寫成文字，其中包含了若干難懂的方言，這部分會改寫為標準話。另外，文中的附註皆是由編輯部所作。

——《新民俗學時報》第二十五期

專題〈御靈與祖靈之國的屍者產業　其接納與改變〉

●訪查紀錄概要

訪查日：昭和二十一年八月五日

訪查人員：外流屍體調查員　眞木貴文

訪查對象：野崎繡　當時七十八歲

訪查地點：＊＊縣小賀郡古浦村

我就是你在找的野崎繡。聽說你是爲了調查「海守爺」而特地從東京來到這裡的大學者？天氣這麼熱，眞是辛苦了。

你投宿在哪裡？啊，三藤的宅邸？在那懸崖上，應該多少比較涼爽吧？

聽說占領軍現在正在東京到處抓人問罪，東條先生之類的大人物都被抓了呢。我孫子那天看著報紙跟我說，奶奶，那些人都是「被告」呢。我說戰爭期間憲兵一天到晚抓人，被抓的都會淪落爲「叛國賊」，怎麼戰爭結束了之後，反而是那些大人物成了「被告」？

噢，你說那叫東京審判（註）嗎？我年紀這麼一大把了，耳朵不靈光，眼睛也不行了，很多事情都搞不清楚，希望你多多包涵。你說那個法庭什麼的，到底是啥來著？啊，對了對了，說起那個法庭的，去年的年底，也有一些外地人爲了那檔子事大老遠跑來我們這裡。當時他們也是住在三藤先生的宅邸，畢竟那裡地方大。說起三藤家，打從明治維新的時代起，就有錢得不得了呢。

噢，那些都是占領軍的人，還跟了一些縣公所的官員跟警察。他們來找一個戰爭期間被徵召的

註：東京審判的正式名稱爲遠東國際軍事法庭，召開於昭和二十一年（一九四六年）五月三日。

年輕人，叫做伊森太郎。伊森原本是在村子裡的診所當助手，戰爭的時候，聽說他被派到大陸，跟在關東軍的醫生身旁幫忙（註一）。

伊森這一去，可就再也沒有回來了。但是他家也沒有收到戰死公報，他的媽媽及妹妹都還在期待他有一天會回來呢。那些從東京來的，也是來找伊森，好像要他作證什麼的。沒見到伊森，他們就很失望地走了。

啊？什麼？原來是這麼回事。他們發現海守爺是很稀奇的屍者？是三藤家的大老爺跟你說的？

噢，原來有這種事……

漁船的船長在西邊的岩岸上建了一座祠堂，專門祭祀海守爺，那是幾年前的事了？我記得那時我才十歲左右……六十八年前嗎？我的年紀可真是不小了。

對了，我想起來了，海守爺漂到我們這村子附近，是在明治十一年。那是我們打從出生以來，第一次看見屍者（註二）。

當時在村子裡的人，現在還活著的只有我跟三藤家的大老爺。對，就是三藤允先生。建了祠堂的船長那一家，在日俄戰爭結束後的兒子那一代沒落了，還從遠房親戚家討來一個孩子當養子，因此現在那一家人什麼也不知道。海守爺一直是三藤大老爺在維護著，學者先生，你應該也看到了，祠堂的入口不僅有圍欄，還拉起了注連繩。沒有三藤大老爺的允許，誰也不准進去。

現在村子裡的人，都只知道海守爺是我們古浦村的守護神，必須好好祭祀，但不知道海守爺的由來。就連我自己，也不曾對兒子、女兒們提起。

……噢，倒也不是什麼不能說的事情……

學者先生，你是東京人，應該看過很多做工的屍者吧？咦？倒也沒那麼多？說起屍者，大家想到的都是軍隊，但畢竟屍者什麼工作都能做，很多地方都能派上用場，所以聽說比較大的村子，就有很多做工的屍者哩（註三）。

在我們這古浦村，我記得是在當今的天皇陛下即位的那一年吧，船長也帶回來三個屍者，說是要當船員使用。聽說他還給魚貨的批發商人塞不少錢，才讓他們睜一隻眼閉一隻眼。當時村裡很多人都移民到滿州去了，捕魚的船員不足，船長想到可以拿屍者充數，後來才發現完全不能用。

你問爲什麼不能用？因爲載著屍者的船只要一靠近，魚兒就逃光了。就算朝著外海划上個半天，也捕不到半條魚。船長發現屍者會把魚兒嚇跑，氣得直跳腳，從此我們這村子就再也不曾有過屍者了（註二）。我記得在戰爭快結束前，有一批在神奈川最後一次徵召的部隊，來到距離我們村子約兩里遠的海灘上進行演習。船長聽說那部隊裡有一半是屍者，趕緊跑去看個究竟，還直罵他們

註一：根據後來的調查，伊森太郎曾經隸屬於關東軍防疫給水部（俗稱「石井部隊」），其後生死不明，並沒有返回日本。

註二：明治十年（一八七七年）爆發西南戰爭之際，叛軍巧妙僞裝成政府軍，騙過明治政府的屍兵團，毫無損傷地通過了田原坂。其主要原因，在於政府的屍兵團沒有辦法正確辨識出名爲「錦旗」的辨識旗。明治政府認爲這是個不容忽視的重大問題，從此下令將所有的屍者收歸國家所有，不管是個人、地方政府還是法人組織，都不得擅自持有屍者，以防止屍者外流擴散。

註三：大正十二年（一九二三年）九月一日發生了關東大地震，有鑑於重建帝都需要相當龐大的勞動力，政府於同年十月公布《屍體民間活用特殊措施法》，大幅放寬了前述不得持有屍者的禁令。同年成立的法蘭克斯坦公社，即是以此法規作爲法源依據。

怎麼不再離遠一點。

……噢，原來如此。讓屍者搬行李、當女傭和開火車，那滿州人才幹，內地人不這麼做（註二）。

總而言之，對這村裡的人來說，屍者就像是會讓魚兒逃走的瘟神。所以大家要是知道海守爺從前也是屍者，可能就不會那麼認眞祭祀海守爺了。我擔心這一點，才一直沒說。三藤家的大老爺……允先生的心情應該也跟我一樣吧。

不過聽說你會知道海守爺是屍者，竟然是允先生告訴你的……？

畢竟占領軍可不是好惹的。我們國家無條件投降了，占領軍不會允許我們繼續有屍者。要是我們隱瞞了海守爺是屍者這件事，以後被占領軍發現，搞不好有人會被逮捕，那可就不好了。

雖然對我們來說，海守爺就像神一樣……

明治十一年的八月五日……啊，剛好就是今天。每個月的五日是我爸爸的月忌日，所以我記得很清楚。

那天早上，我還記得海邊的碼頭處吵吵鬧鬧，原來是不知從何處漂來了一條小船。

那時我還是個孩子，帶著弟弟去看熱鬧。到了海邊一看，果然有一條塗成了紅藍雙色的漂亮小船。後來我才知道，那是一艘救生艇。

小船上有兩個人，一個是穿軍服的日本男人，理著平頭，挺年輕。另一個是高頭大馬的壯漢，衣服簡陋得像是把麻布袋縫在一起，身上髒得不得了。令人吃驚的還不止這些，那壯漢的頭髮竟然是黃澄澄的顏色，像成熟的麥穗，眼珠子是藍色的，就像是夏天的大海。

大人們馬上就把我們這些看熱鬧的孩子趕走了，所以當時我什麼也不知道。我知道的事情，都是後來三藤允先生跟我說的。

允先生的年紀比我大六歲，那時已經十六歲了，原本正在就讀縣裡的高中。但不知什麼事情惹他不開心，就在那年的五月，他竟然不讀了，回到了村子裡。不過畢竟上過高中，雖然才十六歲，卻知道很多事情，不但懂的字很多，而且對於屍者也很瞭解。

允先生告訴我，坐在那條漂亮小船上的兩個男人是逃兵，身材魁梧、有著藍眼珠的是屍者。

「那個穿著軍服的也不算是軍人，是海軍裡的通譯。他從停泊在三浦港的英國軍艦帶著那個屍者逃走，原本想要駕著小船逃到更遠的北方，卻被潮水推到了古浦村的海邊。」

雖然太難的事情我不懂，卻也知道發現逃兵是不得了的大事，得立刻通知憲兵才行。但是聽說那個身穿軍服的通譯哭著跪下來求大家放他一馬，當時不管是漁船船長、村長，還是那時候的三藤老爺，也就是允先生的爸爸，他們這些大人物都有一些拿不定主意。

「聽說那個屍者已經屍者化十五年了。原本屍者就只能維持二十年左右的時間，再加上那個屍

註一：法蘭克斯坦公社的運作模式，是將政府所轉讓的屍者派遣至民間企業、地方政府及各團體組織進行運用。勞動地點有九成以上爲炭坑、礦山及地方鐵路或公路的修築工地現場。主要都市內部的多用途勞動模式在實驗階段就因受到民眾強烈反對而提前中止，在運輸業及第一級產業的勞動現場長期運用成功的例子也不多。

註二：舊滿州國在關東軍的統治下，民眾私自製造及使用屍者的情況形成常態，消息甚至經由滿州移民者傳入了內地。然而當時的日本政府並沒有正視這個問題，甚至有默許的傾向，將滿州當成了屍者於民間運用的新實驗地區。

者接受過好幾次艱難的實驗，身體早已損傷嚴重，能夠活動的時間最長不會超過半年。」

那個屍者被改造成了炸彈。

「屍者身上的脂肪能夠製作成炸藥。目前我們國家還沒有這種技術，那是從英國引進的特殊屍者。聽說在那個通譯原本搭的軍艦上，像那樣被改造成炸彈的老舊屍者大概有三十幾個。」

那個通譯哭著說，他原本想要幫助所有的屍者逃走。

「但是憑他一個人的能耐，當然沒辦法帶走三十幾個屍者。何況一般的屍者既沒辦法說話，也聽不懂那個通譯的話。唯獨那個屍者是例外，只要慢慢地說，他就聽得懂。通譯心想至少救一個也好，於是就帶著那個屍者跳上了救生艇。」

結果沒想到竟然漂流到我們這種偏僻的村子，我原本以為他們大概是死定了。

「不，那個通譯說情況沒那麼糟。正因為我們這裡只是個偏僻的小漁村，所以沒有記載在海軍的地圖上。能夠漂到這裡，反而可以說是運氣不錯。只要躲藏起來，或許就能不被發現。」

通譯苦苦哀求，讓他躲在我們古浦村裡。

「目前看來軍艦似乎沒有派人前來追趕，要瞞過憲兵也不算太難。畢竟一個大男人哭著對我們磕頭，如果不放他一馬，總覺得會良心不安……」

允先生當時還是年輕氣盛的小夥子，一邊對我這麼說，一邊高傲地嗤嗤竊笑。

「更重要的一點，是大家都還是第一次看到屍者，心裡怕得不得了。屍者雖然還會動，但其實已經死了。村長擔心要是陷害屍者，引起鬼魂作祟，那可就吃不了兜著走了。」

這也怪不得大家。畢竟我們都沒看過屍者，卻聽了不少關於屍者的可怕傳聞。還有人說，屍者是最強的軍隊，因為死掉的人不會再被殺死一次。

更何況那個屍者不僅高頭大馬，眼珠的顏色還跟大海一樣，顯然是個外國人。我自己也嚇得心底發毛，不明白允先生爲什麼還能露出一副滿不在乎的表情。我一問，才知道他在讀高中的時候，曾經在課堂上觀察過屍者。允先生還歪著腦袋說，屍者應該無法開口說話，也沒辦法跟活人溝通，如果那個通譯說的是眞的，這表示那個屍者相當特別。

咦？你問我跟允先生的關係嗎？你說得沒錯，我當時總是稱呼他「三藤少爺」，畢竟我只不過是漁夫的女兒，身分跟他天差地遠，怎麼可能像現在這樣稱呼他爲「允先生」？

我媽媽在三藤家當女傭，我爸爸死了之後，我媽媽當女傭的薪水是養活一家的重要收入，因此我們家對三藤一家人可是畢恭畢敬。不過那個時候的三藤老爺及夫人都是大好人，對我們家很好，沒讓我們餓著。允先生雖然性情有點古怪，但是在上高中之前，也常常離開宅邸，到漁夫的居住區遊玩，對我們也很和善。

哎喲，學者先生，你別消遣我了。在允先生的眼裡，我們就跟海邊的螃蟹、海牛一樣，他只是覺得有趣才靠近我們。

呃，說到哪裡了……總而言之，最後他們答應了通譯，把兩人藏匿起來。西邊的岩岸上有一座小小的工具倉庫，兩人就躲在那裡頭。但屍者畢竟是死人，村裡的女人都不希望讓他們留在村子附近，後來船長派自己底下的年輕船員去那裡看守著，才讓女人們放下了心。

他們就這樣躲了五天，沒有憲兵找來村裡，什麼事也沒發生。聽說那個通譯經常到三藤家，與三藤老爺說話。他從軍艦逃出來後，當然很在意軍艦的動靜，因此經常向三藤老爺打聽消息。這也是後來允先生才告訴我的事情。聽說三藤老爺從一開始就很同情通譯的處境。

到了第六天還是第七天，那艘軍艦似乎已經放棄尋找通譯，開離了三浦港，不知去了哪裡。大家都說這下子可以安心了，接下來只要幫助通譯和屍者偷偷離開村子就行了。沒想到這時候通譯卻說，他想要報答村民們這份恩情。

而且聽說這不是那個通譯的想法，是那個藍眼珠的屍者的想法。

位於西邊岩岸的海守爺祠堂那附近，不是一座斷崖，頂端微微突出一塊嗎？很久以前，斷崖頂端突出的部分原本非常長，簡直像是蜥蜴尾巴。在西邊岩岸附近的深水處，原本可以捕到很多尖頭狐鯛跟姬鯛，但前一年的春天，那段像蜥蜴尾巴一樣的部分突然折斷，掉進了海裡。當時既沒有地震，也沒有打雷。船長說，像那種細長狀的岩石本來就很脆弱，一個不小心就會斷裂。

岩石掉進海裡之後，斷裂面剛好露在水面上，改變了海水的流動方向。那一帶變得經常產生漩渦，如果把船開到那附近，很容易就會被拉進漩渦裡。就算奮力逃出漩渦，也會撞到下方的岩石，實在是非常危險，根本無法捕魚。所以西邊岩岸附近的工具小屋也就沒再使用。

而且在岩石崩落的那個當下，有兩條我們村子的漁船跟著被捲進了海裡。是啊，我爸爸就是在那個時候死的。漁船都裂成了碎片，有些漁夫的屍體浮上了海面，但我爸爸一直沒有被找到，大家都說多半是被壓在岩石底下了。

那個通譯說，他帶來的屍者應該能把掉進海裡的岩石推開，讓水流恢復原狀。屍者不僅力大無窮，而且不用呼吸，不會溺水。更厲害的是就算潛入水底，動作也不會因寒冷而變得遲鈍。

船長跟三藤老爺都嚇了一大跳，不敢相信一個屍者會說出這種話。通譯接著解釋，那個屍者每天躲在海邊的小倉庫裡，沒有事情可以做，所以一直看著大海。剛開始的時候，屍者覺得很奇怪，總覺得這一帶應該能捕到不少魚，不明白爲什麼一艘漁船也沒有。仔細觀察之後，屍者想通了，原來是因爲有那塊岩石，讓這一帶的海變得非常危險。屍者當然不知道岩石曾經崩落的事情，一切都是他自己猜出來的，而且竟然猜得八九不離十，讓船長跟老爺都聽得目瞪口呆。

船長對村子附近的大海狀況十分瞭解，他認爲即使是屍者也不該冒這種風險，但屍者說他不會有事，而且通譯也不反對。

「那通譯大概是認爲屍者還能動的日子已經不長了，不如乾脆讓屍者做他自己想做的事。」

允先生對我這麼說。

從那天算起，屍者整整有五天的時間，每天都潛入海底。剛開始他只不過是觀察漩渦底下的狀況，就已經用盡了所有力氣。後來他才一點一點地將岩石推開，果然成功讓漁夫們又能在西邊的岩岸附近捕魚了。

噢，對了。他還在岩石底下發現了一小部分我爸爸的遺骨，帶回來給我們。其中還包含頭蓋骨，我們從嘴裡的缺牙，確認那眞的是我爸爸的骨頭。

村民們剛開始都很害怕，只敢躲得遠遠的，但允先生經常到工具倉庫去看屍者推岩石，我也總是跟在他的身邊。屍者每次鑽進海底，都會將岩石稍微推動一點點，並且帶回一些海底的東西。不久之後，村民們也都來到近處觀看。

是啊，那個通譯也在看著。他還對允先生說，那個屍者生前也是個漁夫。我們這才知道，原來英國也有漁夫。

「每個屍者的力氣都像他這麼大嗎？」

允先生這麼問。我還記得通譯當時笑了起來。他說並不是所有屍者的力氣都那麼大，這個屍者能夠擁有一身蠻力，是因爲在身體裡安裝了一點東西。

咦？外掛？噢，那叫外掛程式嗎（註）？我現在才知道。

屍者的名字？那個通譯都叫他湯姆，所以大家漸漸也都這麼叫。

我們從來沒有跟湯姆說過話，但是有一次，我看見他獨自坐在海邊時，竟然低聲哼起了歌。對，雖然我聽不懂歌詞，但我可以肯定那是一首歌。由於他唱得實在太難聽，我忍不住笑了出來。湯姆轉頭看著我，竟然也微微笑了一下。我把這件事告訴允先生，他一直不相信，直說屍者不會唱歌。但我真的親耳聽見了，是真的。

雖然屍者已經死了，不會感覺到痛癢，但是身體還是會壞掉。我可以看得出來湯姆身上的損傷一天比一天多，今天掉了一隻耳朵，明天少了一根手指。

到了最後一天，湯姆將探出海面的那塊最沉重、最巨大的岩石也推開了，圍繞在附近觀看的村民們全都拍手叫好。但是湯姆一直沒有上岸。到了後來，連通譯也嚇得臉色蒼白，將手掌圍成像喇叭的形狀，湊在嘴邊大喊：

「湯姆！湯姆！」

好一會之後，大家看見湯姆的頭在外海處浮出海面，這才開心得手舞足蹈起來。湯姆以宛如紙片一般的游泳方式游到了岸邊。跟過去的他比起來，他游泳的速度變得非常慢。大家馬上就看出了原因。

他的右腳自大腿以下全都不見了。因此一游上岸後，他就癱在地上，連站也站不起來。而且他似乎在游泳時耗盡了所有的力氣，上岸後連手臂也沒動一下。

村裡的男人們立刻圍了上去，合力將湯姆抱起，抬進了工具倉庫。接下來，通譯、船長、三藤老爺及村長等幾個人一直在倉庫裡討論接下來該怎麼做才好，一直談到太陽下了山。最後老爺終於走了出來，對著一直等在外頭的允先生這麼說：

「湯姆已經損壞了，我們決定把他安葬在村子裡。」

不管下葬在哪裡，重點都是事後絕對不能被憲兵發現。因此老爺說這件事要瞞著村裡的所有人，就說已經把湯姆的屍體拋進海裡了。

原本以我的身分，也沒資格知道這個祕密。但我懇求允先生告訴我實話，因爲湯姆是找到了我爸爸遺骨的大恩人，我想要祭拜他。

「如果只有阿繡一個人的話，應該不要緊吧。」允先生對我這麼說。

於是允先生這才幫我拜託老爺，在事後把詳情告訴了我。

原來首先提議安葬湯姆的是船長。

「湯姆從大海的另一頭來到我們古浦村，幫我們把漁夫的遺骨撈上岸，還幫我們將漁場恢復了原狀，簡直就像神明一樣，我們應該要好好地祭祀他。」船長當時這麼說。

剛聽到的時候，我覺得這太荒唐了。但是後來仔細想一想，又覺得船長這番話說的很有道理。

「海守爺」是我們這村子從很久以前就在祭拜的神明，聽說那是來自大海另一頭的海神，能夠保佑漁夫們在海上平平安安。我心想，那確實很符合湯姆爲我們做的事。

聽說屍者還會動的時候，身體不會腐敗，但是不會動之後，就跟普通的死人一樣，會漸漸腐

註：當時的英國爲了控制屍者的行動，一般而言會先在屍者的體內安裝「劍橋泛用驅動系統」，接著再依不同的職業加入外掛程式。然而出現在古浦村的屍兵或許因爲是實驗體的關係，安裝的並非職業類別的外掛程式，而是能力增強型的外掛程式。

壞、潰爛。船長說這可不行，於是就悄悄在三藤家的宅邸裡把湯姆體內的血放掉，風乾之後以明膠及木漆封住，製作成神像。船長年輕時曾經在外海釣到一條長達一尋的大翻車魚，製作成了標本，他說其實製作神像跟製作標本也沒什麼不同。塗木漆是允先生的建議，他認爲上了漆才比較像神像。至於明膠，則是因爲湯姆沒了右腳，得幫他黏上一條義腿。

海邊的祠堂裡濕氣重，我本來擔心不管怎麼預防，時間久了終究還是會腐敗……是啊，學者先生，你也看到了，湯姆的模樣跟當年沒什麼不同。或許那是因爲他是個屍者，不是普通的死人。

你說那個通譯嗎？我不知道他後來去了哪裡。自從那件事之後，他就離開了村子，再也沒有回來。或許允先生知道他的消息吧。但不管怎麼樣，這時多半也已經死了吧。

你們把海守爺搬到東京之後，會把他送去哪裡？讓他回自己的國家嗎？

他的名字？不是湯姆嗎？噢，那是變成了屍者之後才取的名字？現在已經沒辦法查出他的名字了？這麼說來，也沒辦法知道他的故鄉在哪裡了……

不過，我相信湯姆應該已經到「哈來索」去了吧。

學者先生，你知道「哈來索」嗎？就是極樂世界的意思。

祭拜湯姆的時候，我原本想要誦經，送湯姆上極樂世界。但是通譯說，湯姆信仰的神跟我們不同，不須要爲他誦經。通譯還說，雖然信仰的神不一樣，但善人能夠上極樂世界的觀念是一樣的，只是湯姆他們上的極樂世界不叫極樂世界，叫做「哈來索」。

那個人的眼睛，就像是夏至的那一天，頭頂上的太陽把海面照得閃閃發亮的那種藍色。對我來說，他永遠都是神明。

保安官的明天

1

本部的文件又出問題了。這次是名字拼錯了，這樣的名字根本無法發音。

「快改一改。」

保安官將文件拿到當事人（剛到任的保安官助理）面前，指著出錯處，順便遞出了一枝筆。

新任助理皺起眉頭，露出一臉彷彿自己的資歷遭人雞蛋裡挑骨頭的不悅表情。

「哪裡錯了？」

「第三行跟最後一行。只是拼錯了字，這是常有的事。」

保安官打開辦公桌最下層抽屜的鎖，取出助理用的徽章跟一把小型手槍。那是一把四十五口徑、六發裝填的左輪手槍。

「簽名要簽在哪裡？」

「最後一頁。」

新任助理胡亂簽下自己的名字，將那份只有封面氣勢十足的任命書還給保安官，微微揚起嘴角說道：「早就聽說這裡還維持著老式風格，沒想到是眞的。」

保安官在任命書最後一頁的主管簽名處簽上自己的名字，聳了聳寬厚的肩膀，說道：

「哪個鄉下地方不是這樣？你是都市孩子？」

「你沒看我的履歷表？」

「看了是看了，看完就忘光了。」

唯一記得的只有年紀。這個新任助理實歲二十二歲。

「打開後頭那扇門，就是辦公室。辦公室最深處有一間更衣室，你自己去挑一件大小合適的制服吧。手槍喜歡掛在腰上還是肩上隨你高興，但不管是腰帶還是肩帶，都已經破破爛爛了。」

保安官說完之後，將徽章及手槍在桌上一推，兩樣東西沿著桌面滑出，新任助理伸出右手抓住。他的個頭雖然不高，手掌卻是挺大。不愧是年輕人，指甲呈現健康的顏色。

「熟人都怎麼叫你？」

「齊克。」

「好。齊克，上工了。」

齊克有著理了平頭的紅色頭髮、寬大的額頭，以及一張曬得黝黑的臉孔。從椅子上站起來的時候，齊克笑著說道：「保安官，那我要怎麼叫你？」

「『保安官』。」

在這座只有二百九十七戶、合計八百二十三人的小鎮裡，保安官駐所只有一間，保安官也只有一名。助理不僅沒有就任儀式，就連自我介紹也是草率帶過。就在這個新夥伴帶著一臉錯愕表情準備走出門外的時候，保安官忽然又喊道：「齊克！」

「是。」

「歡迎來到『TOWN』，夏天正是這個小鎮最美的季節。」

兩人的頭頂上，有一座裝設在保安官值勤室天花板的舊型電風扇，正以微微向右偏了一點的角度緩慢轉動著。

小鎮裡的居民，喜歡將保安官駐所暱稱爲「馬廄」。這種以合板牆及木瓦屋頂搭建而成的建築物，若套句齊克的話，也算是一種「老式風格」吧。事實上這樣的建築在這裡一點也不稀奇，鎮內的房屋絕大部分都是大同小異。雖然駐所的東側有一塊狹長狀的增建區域，有點像馬廄，但小鎮裡的騎馬俱樂部所蓋的眞正馬廄比這裡高檔得多，因此這不是保安官駐所被喚作「馬廄」的主要理由。那是一種對老朋友的揶揄，因爲保安官有張標準的戽斗臉。長長的下巴，看起來簡直與馬兒有幾分神似。既然是馬兒待的地方，當然就成了馬廄。

從值勤室的玻璃窗，可看見隔壁的辦公室。在那辦公室裡頭，占據最大空間的是一座警用無線電裝置。有道人影坐在裝置前面，背對著值勤室，那是通訊員兼保安官祕書的嘉妲奶奶。正如同小鎮裡的每個人都稱保安官爲「保安官」，嘉妲奶奶也沒有其它的綽號或暱稱。嘉妲奶奶的年紀恐怕已超過七十歲了，除了保安官，沒有人會稱呼她爲「嘉妲小姐」。但包含嘉妲奶奶自己在內，整個小鎮裡沒有一個人在意這件事。嘉妲奶奶醒著的絕大部分時間都坐在無線電裝置前，坐在無線電裝置前的絕大部分時間都在打著瞌睡。只要看了嘉妲奶奶，就知道「TOWN」這座小鎮多麼和平。

只要無線電裝置一響，嘉妲奶奶就會奇蹟般地睜開雙眼。但在齊克通過嘉妲奶奶身旁的時候，她卻是動也不動，彷彿什麼事也沒有發生。電話也完全沒有動靜，看來今天也會跟昨天一樣，是個安靜祥和的一天。

保安官走向牆邊的鏡子，檢查自己的服裝儀容。淡卡其色的襯衫，配上深卡其色的領帶。襯衫的領口處有兩道紅線，象徵著保安官的身分。保安官助理齊克的制服領口，並沒有像這樣的紅線。至於副保安官喬（就跟保安官一樣，整個小鎮也只有一名副保安官），領口則是只有一道紅線。階級的上下關係可說是一目瞭然。

保安官有著一頭夾雜了不少白髮的黑髮，跟齊克一樣理著平頭。他將臉湊向鏡子，拔掉一根右邊眉毛裡的明顯白毛。襯衫的領口沒有一點皺紋，領帶上也沒有污漬。胸口袋蓋上的鈕釦光滑明亮，沒有半點傷痕。褲管上的摺痕清晰可辨，皮革製的安全鞋也打磨得油油亮亮。手槍、警棍、保安官手冊及徽章都已備齊，接下來只要戴上帽子、掛好無線電接收器，就可以出發了。

今天早上，保安官在自己的家裡接到消息，小鎮裡的集會堂遭人砸破了一扇窗戶。住在集會堂內的老管理員聲稱，昨晚聽見附近傳來一群年輕人的喧鬧聲及腳步聲。可見得若不是那群年輕人故意惡作劇，就是打架的時候不小心撞破了窗戶。

在這座採行直接民主政治的小鎮裡，集會堂就跟議會一樣神聖。雖然只是微不足道的小事，保安官在偵辦時還是要打扮得氣派體面。「TOWN」這座小鎮裡的所有居民，都對禮節相當重視。

每走一步，木頭地板都會發出吱嘎聲響。保安官走向無線電裝置，拿起了自己的無線電接收器。嘉妲奶奶正張著嘴打瞌睡。保安官正猶豫著該不該把新來的助理留在這裡，自己獨自出門的時候，巡邏車剛好開了回來。睡眼惺忪的喬打開車門，下車之後拿起帽子，一邊撩撥頭髮一邊走上了駐所門口的階梯。

這時，齊克也換好衣服走出。或許領子太緊，他手指伸進領口處，正在拉扯著。

喬以身體將對開式的駐所大門推開，走進了所內。保安官還沒有對他說早，他先以中氣十足的嗓門喊道：「終於有援軍了。」

「只有一名。」

保安官輕輕點頭，將帽子拿到胸口。齊克微微鞠躬。

「呃，請問你是……」

「我是喬，副保安官，請多指教。」

喬與齊克握了手。喬比保安官還高一個頭，兩條腿也很長，留著一頭亞麻色長髮。後腦杓及鬢角的頭髮雜亂，保安官好幾次叫他剪髮，他卻充耳不聞，彷彿堅持想要留下一些個人風格。

「請多指教。」齊克以略顯僵硬的表情說道。

「平常的我還會更帥一點，現在是因爲昨晚值夜班，帥氣程度大概減少了三成。」

喬的表情看起來確實有點疲憊。

「辛苦了，怎麼花了那麼多時間？」

「累死我了，又是第一水塔出問題。我看不如別再修理，直接拆掉重蓋比較快。」

今天凌晨四點左右，保安官駐所突然接到消息，小鎮裡三座水塔的其中一座突然不動了，當時負責值班的喬立刻前往瞭解狀況。水塔問題不找水管維修公司或施工單位，卻出動保安官駐所的人馬，這聽起來很怪。事實上那是因爲這兩個月以來，第一水塔已出問題好幾次，保安官懷疑事情並不單純。如果真的如同喬所說的，是機械太過老舊造成的現象，那當然不是什麼值得擔心的事情。但在幾次發生問題的狀況當中，還包含了一些疑似人爲破壞的跡象。事實上到底是不是人爲破壞，目前還難有定論，但保安官認爲這可能性很大。

「十分鐘之內，水管的兩處閥門都偵測到超標的水量，因此機器自己停了。」

喬打了個呵欠後繼續說道：「想也知道是偵測水量的儀器出了問題，當時可是凌晨四點。除非整個小鎮的人都愛上了清晨洗澡，只是我們不知道。」

「畢竟現在是夏天，會不會是有很多人同時淋浴？」

齊克這突如其來的一句話，讓整個場面陷入尷尬的沉默之中。齊克趕緊解釋：「畢竟我們這小鎮是盆地地形，夏天眞的很悶熱。」

喬眨了眨眼睛，揚起一邊眉毛，說道：「在凌晨四點淋浴？」

保安官笑了起來，齊克笑了出來，喬更是哈哈大笑。

「我出去巡一巡，順便問問看第二及第三水塔的狀況。」

保安官戴上帽子，拿起了車鑰匙。通過喬的身旁時，保安官拍拍喬的肩膀，說道：

「你幫我跟齊克大致介紹一下我們這小鎮上的設施，順便說說值班時要注意的事項。說完之後，你就先回去休息吧。」

「是、是。」喬笑著朝嘉妲奶奶瞥了一眼。

「我會順便教他怎麼樣讓我們可愛的老奶奶起床。」

集會堂的玻璃破損情況並沒有很嚴重。只是出現一些裂縫，掉了幾塊碎片。管理員再三強調他在深夜裡聽見了年輕人的吵鬧聲，但他也表示在年輕人吵鬧的期間，並沒有傳來玻璃破裂的聲音。

「或許玻璃在更早的時候就破了，跟那些年輕人無關。」

集會堂不僅正對著大馬路，而且西側緊鄰的巷道也常有車輛通行。或許是車子的輪胎撞飛了鋪設在建築物周邊的碎石，剛好把玻璃砸破了。

「絕對不可能！我可是會定時巡視，並沒有偷懶。那些年輕人實在太吵，我起來看看狀況，才發現玻璃已經破了。」

管理員氣呼呼地反駁，保安官安撫道：「你別緊張，我不是在質疑你的工作態度。」

「早知如此，我當時應該立刻通報才對。我只是不想半夜把你吵醒，才等到了早上。」

管理員依然癟著嘴大發牢騷。

「反正就只是單純的玻璃破損，找玻璃行的人來修修就行了。」

管理員轉身走進集會堂內，保安官看著他的背影，發現他走起路來有些彆扭，似乎是左腳行動不太方便。管理員雖然年紀大了，但過去走路一直不成問題。

保安官解開胸前口袋的鈕釦，取出了手機。「TOWN」的鎮上雖然只有兩家手機行，但舊機換新機的價格非常低廉，而且時常推出新機種，因此兩家店鋪都是門庭若市。兩家店的店員看了保安官的手機，都會驚訝地說出這句話：

「保安官，你怎麼還在用這麼舊的機種？」

保安官則總是這麼回答：「這支手機是我老婆的遺物，所以我不想換。」

保安官的手機雖然看起來相當老舊，性能卻比小鎮裡的任何一支手機都優秀得多。不過事實上這支手機並非保安官的私人物品，甚至不是「TOWN」的公物，而是來自本部的配給物。

老管理員一跛一跛地走入集會堂的門，保安官以手機鏡頭對準老人，拍攝數秒鐘的影片。分析對象如果只是單一個體，這種程度的影片綽綽有餘。接著保安官輸入老管理員的產品編號，附上一些說明，正要傳送，忽然改變心意，決定先將這個資料保存在手機裡。如果老管理員沒有蓄意說謊，這表示他聽得見年輕人在寧靜的深夜裡喧鬧的聲音及腳步聲，卻聽不見玻璃破裂聲。如果老人的「對物聽力」出現了問題，這一點也最好一併向上呈報，因此保安官決定暫時觀察一下。

「玻璃行的人說馬上會來修。」

老管理員從集會堂的辦公室窗戶探出頭來，朝保安官喊道。保安官揮了揮手，說道：

「我現在要去水塔那裡看看，你幫我打電話給鎮長，就說報告書晚點再交。」

小鎮「TOWN」四面受森林環繞，三座水塔都座落森林。三座水塔所連成的正三角形，剛好將整座小鎮圍起。雖然這三座設施通常被稱爲「水塔」，但其實除了乾淨的飲用水之外，小鎮裡的污水也在這裡處理。就跟配電所一樣，這三座水塔對小鎮而言是相當重要的基礎設施。

離開集會堂，保安官首先前往了第三水塔。與水塔內的維護組長交談過，確認毫無異狀後，保安官調轉車頭，將粗大的車頭保險桿轉向北方，朝著第二水塔前進。車子行駛在小鎮郊區的森林小徑上，沿途沒有遇上其他車輛。保安官關掉冷氣，打開窗戶。夏天的森林氣息從窗外灌了進來。

第二水塔的維護單位正在開會，討論如何避免發生像第一水塔那樣的意外。這裡的維護組長是個很有危機意識的人物，值得信賴。

「雖然目前我們這裡還沒有發生類似的情況，但我們打算立即對所有閥門進行拆解清掃作業。根據第一水塔送來的報告書，我們研判應該是氯造成了閥門凝結無法關閉的現象。」

保安官將維護組長帶到了距離其他維護人員稍遠的地點，問道：

「我就開門見山地問你吧。你覺得有可能是人爲蓄意破壞嗎？」

「這個嘛……我也不敢肯定。」維護組長含糊說道。

「第一水塔上星期不是也發生過停止運轉的狀況嗎？這故障率也未免太高了一點。何況我也曾聽說那裡的人員之間處得不是很好。」

「就算職場上有什麼糾紛，單憑一個人也不可能對系統動什麼手腳。」

「例如故意在儲水槽裡倒入大量的氯，應該是做得到的吧？只要持續有氯含量超標的水通過管路，不就有可能造成閥門凝結？」

「這也不是沒有可能……」維護組長想了一會後低聲說道：

「聽說第一水塔的維護組長曾經對底下的女員工性騷擾。」

「我一點也不意外。」

保安官的腦海浮現了第一水塔維護組長那張堆滿肥肉的臉孔及圓滾滾的大肚子。

「這種事情，當面問多半是不會說實話的，或許直接調出監視器紀錄比較快。」

「我會試試看，謝謝你。」

保安官回到巡邏車的駕駛座上，再次取出手機，連上了本部資料庫。雖然保安官對自己的記憶力很有自信，但謹慎小心是他的做事原則。

——果然沒錯。

第一水塔維護組長的個人資料，證實了保安官的記憶並沒有出錯。

這件事也得向本部報告。雖然除了繼續觀察，沒有其它實際解決辦法，但或許可以由鎮長出面，建議三個水塔之間進行人事調動。第一水塔最好不要有女性員工，才不容易出問題。

第一水塔還有備用設施持續運轉中，所以小鎮裡並沒有任何地區必須面臨停水的窘境。至於監視器的影像，只要向本部申請就可以取得。因此保安官決定先回駐所再說。反正不管是在心情上還是職務上，自己都沒有理由特地跑一趟第一水塔。

話雖如此，保安官並沒有直接將車子開回鎮，而是故意繞一大圈，通過可以遠眺第一水塔的森林小徑。並沒有什麼太大的理由，只是想再享受獨自開車兜風的樂趣。事實上保安官隨時都與本部維持聯繫，絕不可能有真正獨處時間，但至少假裝一下，也具有調劑心情的效果。

看著第一水塔逐漸從視線中遠離，從森林小徑轉入鎮道二號線，不久之後，保安官看見了一幕不尋常的景象。

二號線沿線上的民宅並不多，而且有些民宅並沒有人居住，在小鎮裡屬於較冷清的區域。保安官看見了一名身上穿著白色洋裝、肩膀上掛著提包的年輕女孩，從一棟有紅色屋頂的民宅中奔了出來，正要跳上停在前院的銀灰色轎車。如果保安官的聽力沒有問題，年輕女孩在奔出家門時，似乎有人對著她斥罵或大聲吆喝。

年輕女孩坐上了轎車的駕駛座，正要發動車子，保安官放慢車速，按了兩次喇叭，吸引她的注意。年輕女孩猛然轉過頭來，切齊於肩膀高度的一頭秀髮高高揚起。

保安官故意將巡邏車停在轎車的前方。年輕女孩雙手抓著方向盤，垂下了頭。旁邊那棟有著紅色屋頂的民宅，窗戶裡頭的窗簾忽然微微動了一下，露出屋裡的一道女性人影。但是下一秒，那道人影馬上又消失在窗簾的後頭。那是年輕女孩的母親。

保安官先戴上帽子，確認皮帶上的徽章沒有歪掉，接著才慢條斯理地跨出巡邏車，朝著坐在轎車駕駛座上的少女舉起一隻手，說道：「嗨，珍。」

少女一直抓著車鑰匙不放。那輛車似乎也跟少女一樣心情不好，像一條發現可疑人物的看門狗一樣發出低吼聲。

「現在這個時間好像不適合說早安了，珍。」

保安官一邊以親切的口氣打招呼，一邊將手放在轎車的引擎蓋上。

「這個暑假過得如何？還開心嗎？」

名叫珍的少女今年十七歲，是「TOWN」鎮上高中的三年級學生。她不停轉動車鑰匙，但就是發不動引擎。

「下來吧，珍。我們聊一聊。這風很舒服呢。」

珍低聲咒罵一聲，跨出了車外。洋裝的下方短裙微微揚起，瞬間露出了豐腴的大腿。

她粗魯地關上車門，擺著一張臭臉走向保安官，雙手緊緊握拳，說道：

「我想去教堂，你能不能載我去？」

保安官假裝沒有聽見地道：「我猜妳的車應該電池沒電，快打個電話給海地爾吧。」

「海地爾」是鎮上的一家汽車修理廠。

「我要去教堂。」

珍激動得兩眼上翻，雙頰潮紅。因爲咬著嘴唇，一張嘴變成了ㄟ字形。

「今天是星期五，沒有白天的彌撒。距離傍晚的禱告，也還久得很。」

這女孩前一次出現熱衷於到教堂參加彌撒的現象，是在上上次的「循環」時。那時候「TOWN」的天主教信徒們經常聚集的聖瑪麗教堂有一個年輕又英俊的副司鐸。但是天主教的司鐸不能娶妻生子，那位副司鐸也不打算爲了珍而還俗。珍眼見戀情無望，倒也放棄得很快。只不過在放棄之前，她最後一次踏進教堂時，把整座教堂鬧得天翻地覆。

這女孩果然還是本性難移，就跟第一水塔的維護組長一樣。每一次的循環，都有很高的機率會湊出「牌型」。

但至少這一次，珍到目前爲止還沒有惹出事情。只要再撐一陣子就行了。保安官盡可能展露出溫柔而明理的笑容，對著珍問道：「珍，妳爲什麼要去教堂？」

激動的女孩突然眼眶含淚，說道：「當然是爲了去見司鐸，叫他不准主持明天的婚禮！」

「珍，妳並沒有權利這麼做。」

「我有！我當然有！」

女孩全身顫抖，一邊哽咽一邊大喊：

「湯尼是愛著我的！我們彼此相愛！湯尼不應該娶那個愚蠢的女人！」

女孩口中所說的湯尼，是高中的數學教師，一個前程似錦的二十六歲青年。明天早上十點，他要在聖瑪麗教堂舉行婚禮，新娘是學校裡的音樂教師，同時也是鎮長的女兒。

保安官其實早就知道這兩人在交往，理由就在於湯尼曾經徵詢保安官的意見。湯尼很擔心自己身為剛出社會的數學教師，配不上地位崇高、財力雄厚的鎮長獨生女。

保安官的回答簡單。

——配得上。當然配得上。

保安官選擇了這樣的答案，是因為知道這兩人都是屬於「白點」的個體。這證明了兩人的匹配可說是天作之合。不論哪一次的「循環」，他們都是善良、勤奮的居民，完全符合「白點」的特質。在上一次的循環裡，湯尼是剛出社會的稅務師，鎮長的女兒則是診所醫生的女兒，但這並沒有改變他們身為「TOWN」模範居民的特徵。這兩人的智能及情感參數都屬於典型的都市白領階級，因此不論循環多少次，都會被分配在相同的群組之中。

由於兩人談辦公室戀情，而且身分都是教師，因此他們表現得相當低調。直到三個月前，湯尼終於獲得鎮長點頭同意，兩人正式訂婚，這才對外公開兩人的關係。

沒想到就在這時，身為「黑點」的珍竟然跳出來攪局。珍向來是個看不慣他人過得幸福的女孩。尤其一邊是珍非常欣賞的大帥哥，另一邊是珍最討厭的漂亮千金小姐，珍絕對無法容許這兩人過著幸福快樂的日子。

「珍，我想妳誤會了。」

保安官心想，自己到底是第幾次對這個女孩說教了？

「湯尼是位好老師。對於像妳這種數學不拿手的學生，他會教得特別親切認眞。但是在他的眼裡，妳就只是個學生，湯尼並沒有喜歡上妳。」

「他當然不是喜歡我。」珍高傲地抬起鼻子說道：「我已經不是那種滿腦子只想談戀愛的孩子。我說過了，我們彼此相愛，他對我是眞心的，這跟喜歡完全不同。」

「如果是這樣的話，爲什麼他要娶別的女人？」

「因爲那女的騙了他！」

「湯尼是那麼笨的男人嗎？」

珍的氣勢被削弱了一些，但還是嘴硬說道：「他不笨……但是他被迷惑了。那是一場政治婚姻，湯尼將來想當評議員，當然會希望有鎭長當後盾，不是嗎？」

這三個月以來，保安官已聽了這個理由不知多少次。

珍口中所說的「眞心的愛」，在保安官的眼裡不過是單純的妄想，一種「被愛妄想」。這女孩的腦袋除了戀愛之外，彷彿裝不下別的事。當然如果只是這樣，充其量只是有點吵的花癡。但珍的問題可沒那麼簡單。當現實狀況違背了她心中事先寫好的愛情劇本時，她並不會摸著鼻子乖乖放棄。她的心中會產生一股想要以暴力破壞的手段加以修正的可怕衝動。上一次與副司鐸的事情也是這樣，當珍發現他對自己完全沒興趣的時候，簡直是氣炸了，下定決心要報這個深仇大恨。某天深夜，珍突然衝進教堂，哽咽著說有件事情無論如何必須立刻向神告解。心地善良的副司鐸答應了，於是兩人度過了一段獨處的時間。沒想到結束之後，珍立刻趕往保安官駐所，指控副司鐸在教堂的祭壇前對自己性騷擾。

當時正好是保安官在值夜班。對於珍的人格性向，不管是從數據上還是從經驗上，保安官都已瞭如指掌。因此聽了珍的指控時，保安官一點也不慌張。珍很喜歡說謊，但是不擅長演戲。倘若原本深深信任的副司鐸突然對她做了踰矩的舉動，照理來說她應該會顯得驚惶失措才對。但是當她在告發副司鐸的時候，卻依然多話且表現出強烈的好勝心及一股傲氣。而且她所描述的過程也是毫無邏輯、破綻百出。保安官委婉地指出這些疑點，珍立即惱羞成怒，繼續說出更多令人啼笑皆非的胡言亂語，令保安官甚至不禁對她感到同情。

回想起來，那次的事情因爲牽扯到教會的名譽，本部立即決定暫時將珍移出「TOWN」之外。結果她還沒有回來，就已經「全體停止」了。不過雖然珍是燙手山芋，在其它的循環裡倒也沒有惹出太大的麻煩（遭人在背後批評不知檢點倒是常有的事，因此在學校及職場都常遭到討厭）。這次保安官只得耐著性子，苦口婆心地安撫這個麻煩女孩。努力對她曉以大義，就算沒辦法換掉她的腦袋，或許也能稍微改變她的想法，讓她更能清楚掌握自己與他人之間的距離。

然而此時保安官仔細觀察珍的態度，發現還有更實際的問題須處理。珍與保安官說話時，一直顯得心神不寧，有時雙手交握，有時手掌開開闔闔，有時左顧右盼，有時輕點腳尖。更重要的一點，珍似乎非常在意身旁的轎車。顯然不只是她想早點甩掉保安官，開車到教堂。

「珍，我看看妳的車子。」

果然不出所料，珍整個人跳了起來，簡直像是屁股遭人戳了一針。

「爲什麼？」

「我突然覺得妳的車子引擎發不動，不是因爲電池沒電的關係。」

「當然是因爲電池沒電，沒有其它原因了。」

珍的額頭開始冒汗。

「我看看就知道。」

保安官通過她的身旁，朝著轎車走去。珍伸手想要將保安官拉住，卻不敢，整個人當場僵住。

保安官打開車門，將上半身探入車內。

「行照在哪裡？這是妳母親的車子吧？」

屋子裡的窗簾又動了一下，顯然母親也在觀望著外頭動靜。珍與副司鐸爆發問題的那次循環，她的母親是「白點」。但這一次，她的母親是「灰點」，雖然沒有犯罪前科，但有酗酒的毛病，不僅對女兒的教育漠不關心，而且生活態度很差，家裡亂得像垃圾堆。珍總是能穿著乾淨時髦的服裝，是她自己的努力成果，這點值得稱讚。如果可以，應該要想辦法讓她發展這個優點。

打開前方的置物盒，赫然有一把自動手槍，以及一排備用的彈匣。保安官取出槍與彈匣，轉身將手裡的東西舉到珍的面前，說道：

「九公釐帕拉貝倫彈與ＳＩＧ自動手槍？」

珍嚇得縮起了肩膀。

「不久前這玩意還是我們保安單位的正式裝備呢。妳在哪裡弄來的？我可不記得我們曾經出清拍賣這東西。」

珍的臉色迅速變得蒼白，她低聲咕噥：「網路上買的。」

「TOWN」雖然是個實質上與外界完全隔絕的小鎮，還是能使用網路。因爲存在「家鄉」的那座與「TOWN」差不多大的小鎮，能夠使用網路。本部的原則，是讓設定盡可能貼近現實。

但像這樣的設定，就會引發這種問題。雖然小鎮裡有規模不小的槍械行，販賣槍械給喜歡打獵的人，但有些人想要擁有槍械的理由並不是爲了打獵。這種人的槍械，大多來自網路。事實上除了槍械之外，網路還會帶來許多麻煩的東西。例如兒童色情照片以及毒品。

「看來我們需要好好討論一下，妳想拿這把槍做什麼。」

珍不知所措地站著不動，保安官朝著巡邏車甩了甩下巴，示意要她上車。就在這時，車上的無線電接收器響了起來。保安官不再理會珍，拿著她的槍及彈匣大跨步走向巡邏車。

「什麼事？」

「保安官！快回來！」

那是齊克的聲音，口氣相當緊張。

「發生綁架案了。人質……不對，應該說是受害者，現在逃了出來，是個女孩子，正在我們這裡。所以這應該算是綁架監禁案？」

「我立刻趕回去。」保安官說完之後，轉頭對珍說道：

「妳先進屋裡，晚點我會跟妳聯絡。在我聯絡妳之前，不准擅自外出。」

保安官發動車子，屬於夏天時的「TOWN」所特有的一股潮濕熱風拂上了保安官的臉頰。

2

受害者的名字叫做凱拉．席拉。二十一歲，美術大學的學生。這陣子回老家過暑假，但父母在上個周末到奧利耶湖畔的別墅去了，因此這幾天一個人留在家裡看家。

奧利耶湖是一座位於第二水塔的森林北方人造湖，爲小鎮的水源之一，湖邊蓋了不少別墅及小木屋。正如同今天早上齊克所說的，「TOWN」因爲地處盆地，夏天實在太悶熱，奧利耶湖畔可說是避暑的絕佳地點。

「妳還好嗎？」

凱拉只是默默點頭。她不僅嘴唇乾裂，而且嘴角沾著不少乾掉的血跡。雙手手腕及雙腳腳踝上，也都有著以繩索或細膠帶綑綁過的圈圈痕跡。

凱拉剛奔進駐所內的時候，身上只穿著內衣及襯裙，腳上沒有穿鞋。齊克的驚惶程度，甚至不下於凱拉本人。這突如其來的狀況，讓打瞌睡的嘉妲奶奶也醒了過來。嘉妲奶奶借了自己的衣服給凱拉穿，拿了水給凱拉喝，還不停在凱拉的背上輕拍，才終於讓凱拉的臉上恢復了一些血色。相較之下，齊克的臉色反而比凱拉更加蒼白。

凱拉規規矩矩地坐在辦公室角落的沙發椅上，保安官則坐在稍遠處的旋轉椅上，兩人四目相對。像這種案子的女性受害者，往往會極度恐懼過於靠近或由上往下的男人視線，就算對方是負責保護自己的男性警察也一樣。

紊亂的髮絲因汗水而黏在臉頰上，眼睛周圍有著明顯黑眼圈。即使如此，仍不難看出凱拉是個美女。尤其是那一頭黑髮與藍色的眼珠，美得令人留下深刻印象。

警察的無線電從剛剛就一直吵個不停。嘉妲奶奶與喬正忙著召集鎮上的義警隊隊員。凱拉轉頭望向他們，心裡似乎想起了什麼，身體微微顫抖。

「幸好妳還記得地點，幫助我們迅速破案。」保安官說道：「我們等等會進行現場採證，但妳不用跟我們一起來。醫院的人馬上就到了，剩下都交給我們處理，妳安心接受檢查就行了。」

「可是……」凱拉的聲音有些沙啞。多半是因爲剛奔進駐所時嚎啕大哭，在齊克的安撫下好不容易才恢復冷靜。「爲了保留證據，不是要拍照什麼的嗎？」

保安官微微一笑，說道：「醫院裡有專業人員會處理。話說回來，妳知道得真多。妳能像這樣保持冷靜，對我們幫助很大。」

凱拉也有氣無力地擠出了一點笑容。「我在連續劇上看過。」

就在這時，閃爍著藍色警示燈的救護車趕到了。

「抱歉，我想再確認一次妳剛剛的證詞。綁架妳的男人只有一個？」

「對，只有一個。看起來不像是有家人或同伴的樣子。」

「他有槍？」

「有，就跟保安官身上帶的槍一樣。」

看來是左輪手槍，而不是自動手槍。

「只有那一把而已？」

「我只看到那一把，另外還有一把藍波刀。」

「妳遭監禁的地點是地下室。一走進屋子的大門，就會看到上樓的樓梯，通往地下室的入口在那座樓梯的後面？」

「對。」

凱拉點點頭，喉嚨像痙攣一樣微微抽搐。

「地下室沒有傢俱，但是有一張彈簧墊，以及很多器材……」

她沒有辦法再說下去。

「器材？什麼樣的器材？」

「攝影器材……」

凱拉的咽喉上下抖動，身體微微一震，摀著嘴哭了起來。

「那個男人對我做那些事情的時候，他一直在攝影……一直在攝影……」

齊克難過地皺起了眉頭。

此時傳來一陣乒乓聲響，醫院的救護人員奔進保安官駐所。保安官朝他們招招手，接著起身說道：「齊克，走吧。這是你的第一個任務。」

齊克霎時慌了手腳，說道：「那……喬呢？」

「這次換他留守。」

義警隊的隊員們陸續開車或騎腳踏車抵達駐所門口。

歹徒藏匿的屋子位在「TOWN」的西側郊區，就在鎮道四號線的尾端。若以珍的家來看，剛好就在隔著鎮中心的另外一頭。

這一帶的民宅也不多。「TOWN」的主要產業設定爲木材加工業，因此這附近有很多業者的木材放置場，此外還有一些加工廠及停車場。歹徒藏匿的屋子在民宅地圖上爲一棟加工業者的員工宿舍，屋主就是老闆。

凱拉在前天晚上十點多時，走路到住家附近的便利商店買東西。走出店外的時候，忽然遭男人綁架。男人以槍指著凱拉，將她強拉上車，帶到了這棟屋子。其後凱拉遭監禁了大約四十個小時，才終於趁男人睡著時成功逃走。

鑄下大錯的男人在醒來之後發現凱拉不見了，終於做了一個正確的決定。他逃了。當眾人趕到時，整棟屋子早已人去樓空，門跟窗戶都沒有上鎖。

保安官等人進入屋內，在地下室發現凱拉說的器材。除了攝影機，還有兩臺螢幕。地板上到處是各種不同顏色及形狀的傳輸線及電纜線。男人們每走一步，都不禁擔心將因潮濕而腐朽嚴重的地板踏破。一張雙人床尺寸的床墊直接放在地板，上頭沾滿汙垢，還包含了一些血跡。

「首先拍照存證，然後扣押這裡所有的東西。」

齊克正想要操縱一臺螢幕前的儀器，保安官立即加以制止。

「先別看。」

這只會讓早已氣得滿臉通紅的義警隊隊員們更激動，讓原本就傷心不已的凱拉更難過。

「嗯，沒錯。」

齊克緊緊咬著嘴唇，將頭轉向另一邊，內心暗自責罵自己太過魯莽。

整棟屋子又髒又亂，看得出雖然有人住在這裡，但從來不曾打掃或炊煮食物。倒是衣櫃裡的衣物都很乾淨，有很多看起來一次都不曾穿過，而且全都是非常高級的衣物。

歹徒似乎是開著車子逃走了，車庫裡並沒有車子，角落堆滿了垃圾袋，發出陣陣惡臭。

「看來得大舉搜山才行了。」

一個禿頭的老者咕噥道。他是兼任義警隊隊長的副鎮長，雖然年紀不小了，但身材魁梧且肌肉結實，而且還是個經驗豐富的獵人。從剛剛他就以犀利的目光觀察著車庫裡的輪胎痕跡，宛如看著獵物留下的足跡。

「歹徒持有槍械。雖然受害者只看到一把，但或許……」

「我知道，我會提高警覺。」

副鎮長環顧四周，兩眼閃爍著陰鷙的光芒。除了憤怒，更流露出對齷齪敗類的輕蔑之意。

「保安官，你知道這屋子裡住的人是誰嗎？」

「很遺憾，我不清楚。」

保安官說了一句不知已說過多少次的謊言。每次循環的時候，保安官總是必須不斷告訴自己，我不是在說謊，我只是在盡自己的職責。

「我也想不出來，或許是外地人吧。」

「得查一查這傢伙是從什麼時候開始住在這裡。」

「如果能知道長相就好了……」

此時屋子裡突然傳來了一聲：「保安官，請過來看看。」於是保安官從車庫走回了屋內。一進入位於後側的客廳，就看到義警隊的隊員之一正在不停對著自己招手。

「看來我們不必花時間請人畫這傢伙的肖像了。」

在紊亂卻又顯得空蕩的屋子裡，竟有一張看起來古色古香的咖啡桌，與屋內的氛圍顯得格格不入。桌上擺滿了相框，每一張相片裡的中心人物都是同一個人。

「應該就是他吧。竟然擺了這麼多自己的照片，眞是個自戀狂。」

每張照片裡的男人都看著鏡頭，露出一副彷彿自己是模特兒的表情。有的照片身穿晚禮服，有的照片身穿戶外休閒風格的帥氣服裝，還有的照片是穿著泳裝站在泳池邊，每張照片裡的男人都露出燦爛的笑容。

保安官拿起了其中一個相框。照片裡的年輕男人站在聖誕樹前，舉起手中的香檳酒杯，對著鏡頭擺出乾杯的動作。不須要找凱拉來指認。保安官很清楚「這個男人」就是歹徒。即便如此，一切還是得照著既定程序進行。

「你去把副鎮長請來，我們就在這裡討論搜山事宜吧。」

保安官將義警隊隊員支開後，把相框放回桌上。趁著這短暫的時間，保安官閉上了雙眼。

在過去的每一次循環之中，「這個男人」從來不曾出現過自戀的特徵。這樣的特徵，只出現在眞正的「現實」之中。

這次的循環，首次出現了「現實」與「循環」的一致性。或者應該說，是現實與另一個有可能成眞的現實的一致性。而且偏偏是在這種毫無意義的細節上一致。

同樣的事情不斷上演。

——眞是浪費時間。

保安官忽然察覺了自己的心情。這不是憤怒，不是錯愕，而是沮喪。就在這一瞬間，保安官忽然感覺到一股疲倦感湧上心頭。

義警隊的隊員加上一群志願協助的居民，開始了大規模的搜捕行動。然而找了半天，卻遲遲找不到歹徒的下落。

歹徒的身分已經查出來了。當然，那指的是歹徒在租下那棟屋子時，寫在契約書上的名字。對保安官來說，那只不過是毫無意義的記號。自從前三次的循環開始，本部決定每次循環都爲「那個男人」取一個不同的名字。這麼做到底有什麼心理學上的意義，保安官並不清楚，也不想知道。

在此之前的「那個男人」，也就是現實世界中的「那個男人」，名叫卡布爾・摩恩。他的家人、朋友，以及他的律師們，都稱呼他卡布。

到了這天傍晚，出現了一起案外案。有一對夫妻在得知凱拉的案子之後，也來向保安官報案，聲稱他們的女兒在半個月前離家出走後就下落不明，可能也已遭到男人綁架。

保安官責罵那對夫妻爲何直到現在才報案，那對夫妻同時露出無奈的表情，表示他們的女兒從以前就很想獨自搬到大都市去住，一家人常常爲了這件事而發生爭執。而且女兒經常說出「如果你們不答應，我就離家出走」這種話，因此女兒突然消失，他們也只以爲女兒是眞的離家出走了。那對夫妻似乎感情不錯，互相都把責任攬在自己身上，直說不是對方的錯。

女兒只有十五歲，比凱拉、珍都年輕。

「年紀還這麼小，就算眞的是離家出走，你們也不應該不聞不問。」

夫妻兩人都後悔莫及。此時，眾人也在鎭道四號線附近的那棟屋子裡找到了女性衣物及女鞋，而且確認不是屬於凱拉所有，彷彿印證了那對夫妻的擔憂。義警隊的隊員們得知消息後，更是臉色大變。除了凱拉之外，還有另一名受害女性。她現在在哪裡？雖然凱拉成功脫逃，但另一名女孩恐怕就沒有那麼幸運了。

「我們必須設想最壞的情況。換句話說，我們恐怕不是把歹徒找出來就行。」

案發現場的房屋周圍是一片雜樹林。

「仔細看看地面有沒有最近挖掘過，或埋過東西的痕跡。」

時間已過晚上十二點，但是眾人的士氣依然高昂。原本寧靜祥和的「馬廄」，這天晚上竟變得燈火通明，再加上進進出出的男人們所散發出的怒火，讓整棟建築物宛如從天而降的太空船一般熊熊燃燒。

「嘉姮奶奶，妳先回去吧。義警隊的人會幫妳操作無線電，妳不用擔心。」

或許是平常睡飽了的關係，嘉姮奶奶顯得精神奕奕。「保安官，你的氣色好差。與其擔心我，不如你自己先去休息一下。」

「我不要緊。」

就在這時，保安官胸前口袋的手機突然開始震動。那種獨特的震動模式，絕對不會搞錯。

保安官心想，果然來了。

「我不需要休息，不過我得去教堂看一下。鬧出這麼大的事情，我想拜登司鐸應該很擔心明天的結婚典禮是否能照常舉行。」

「這件事，剛剛鎮長已經打電話來交代過了。」

嘉妲奶奶有時會把重要的傳達事項忘得一乾二淨。

「他說婚禮只讓親友們參加，喜宴則是改天再辦。所有參加者都已經通知了。」

「好，我向司鐸確認看看。」

保安官表示三十分鐘之內就會回來，接著轉身趕往聖瑪麗教堂。

教堂二十四小時開放民眾進出，目前還有十多名信徒稀稀落落地坐在一排排長板凳前，對著祭壇低頭默禱，或許是在祈禱這樁搞得整座小鎮人仰馬翻的案子趕快破案吧。明明已經是深夜時分，拜登司鐸在會見保安官時，身上依然穿著法袍。

「徹夜做彌撒？」

「很多人不抓到歹徒就睡不著覺。」

拜登司鐸的年紀跟保安官相仿，卻有著瘦骨如柴的體型。「虔誠」是組成人格模型的重要基礎要素之一，因此宗教家較不容易出現錯誤舉動，重複進行複製也不會迅速劣化，可說是重要的資源。保安官的腦袋明明想著這些事，但一看見身上穿著白色法袍、肩上披著紫帶的司鐸那慈和的眼神，內心還是感覺得到了慰藉。

沒錯，慰藉。保安官心想，我需要的正是慰藉。如今的「TOWN」即將再次走到終點，在那一刻到來之前，我需要一點慰藉。

曾幾何時，我竟然變得如此脆弱。重複那麼多次循環，事態完全沒改善，我卻劣化了。

「搜索行動大有進展。只要歹徒還在『TOWN』內，明天早上之前應該就能抓到，請轉告大家放寬心。」

「我明白了。」司鐸回答。

「我曾經吩咐義警隊派一個人來保護教堂，他們派了誰來？」

「湯尼。」司鐸面露微笑。「他說在明天成爲新郎之前，想要盡一盡身爲小鎮一分子的責任。你要跟他談談嗎？」

「不了，目前不需要。我只是來看看狀況而已。」

「謝謝你特地前來關心。」

「湯尼今晚如果熬夜，明天可沒有精神舉辦婚禮。我馬上派另一個人來頂替他。」

「我會這麼告訴他，但他接不接受，我也不敢保證。」

聽說湯尼和凱拉很熟。

「湯尼剛任教那一年，凱拉是他的學生之一。聽說凱拉一直希望能當個畫家。」

「是啊，所以她上了美術大學。」

「我想目前她最需要的，應該是醫療照顧，但如果有我幫得上忙的地方，請盡管說沒有關係。不管是任何時間、任何地點，我都會立刻趕到。」

「謝謝你，眞是振奮人心的一句話。」

保安官走出了聖瑪麗教堂。穿過前院，回到了停著巡邏車的地方時，保安官忍不住回頭仰望教堂的尖塔。一顆明亮的星星，就懸掛在尖塔的正上方。

上了車之後，保安官取出了手機。輸入安全鎖的密碼，按下通話鍵。對方立刻接起了電話。「你那邊狀況如何？」

本部的操作員也會出現人事異動。就保安官所知，目前這個已經是第三任了。或許因爲年紀最輕的關係，說話的口吻也最客氣。

「你那邊能夠查得一清二楚，何必特地問我？」

「我想知道的是你個人對這個狀況的理解。」

這個年輕的操作員說起話來總是平淡冷靜，不會動怒，從不開玩笑。或許這正是操作員該有的樣子吧。不論保安官問他幾次相同的問題，甚至是譏諷或揶揄，他都不爲所動。

「整個小鎭的人，都爲了凱拉的遭遇而暴跳如雷。義警隊那些隊員一抓到歹徒，搞不好會當場動用私刑。」保安官停頓了一下，接著對身處遠地的操作員說道：「所以請你趕快告訴我，卡布現在在哪裡？」

「他現在的名字不叫卡布。」

「有什麼關係，反正沒有其他人聽見。」

聖瑪麗教堂傳出了管風琴的音樂聲。應該是拜登司鐸在彈奏吧。

「他現在在奧利耶湖的湖底。」

操作員說得若無其事。

「他開著車子，連人帶車衝進湖裡。時間是昨天下午兩點十二分，我現在把座標傳過去。」

保安官大吃一驚。卡布竟然自殺了，過去從未有過這樣的結果。

「……既然他已經死了，我們還需要做什麼？」

「你也知道，這是我們第一次遇到這樣的情況。我們決定讓『循環』繼續執行，觀察周圍所有人的反應。」

簡單來說，就是爲了蒐集數據。

「好吧。我就對義警隊那些人說，我接到匿名通報，說是看見有車子掉進湖裡。這樣就能馬上進行打撈作業了。」

話說回來，卡布竟然在下午兩點十二分就衝進了湖裡。當時凱拉剛進入駐所不久，搜索行動才正準備要開始而已。卡布這麼快就對自己的人生放棄了希望？

「這次的卡布可眞沒耐心。」保安官說道。

操作員就跟平常一樣，不對並非提問的話做出回應。事實上就算是提問，往往也得不到回應。

「翹家少女失蹤的案子，也是卡布幹的嗎？」

「她的遺體就在屋後的樹林裡，我本來以爲你們應該會找到。」

「我們接獲報案不久後就天黑了……」

這次的受害者有兩人。一個逃了，一個死了。卡布已經自殺，不會有第三人。

「故意拍攝下犯罪過程的做法，第二次循環時的卡布也幹過。不過上次是拍照，這次是攝影，你覺得這算是進步還是退步？」

「我只是操作員，不是心理分析師。」

「我知道。」

保安官再度轉頭望向教堂的尖塔。一顆流星剛好就在此時劃過夜空，彷彿一直在等著這一刻。

「總之『全體停止』的時間還沒有決定？」

在這個全是死人的小鎮上，一旦有人死亡，所有人都得面臨再一次的死亡。

「不，剛剛會長已經下達指示了，將在今天上午十一點之前。」

保安官吃了一驚。

「那時湯尼的結婚典禮不是正舉行到一半嗎？」

「這是『參觀者』的要求。」

一股宛如膽汁一般的苦澀滋味自保安官的咽喉往上竄升。保安官忍不住以辛辣的口吻說道：

「原來如此，外觀活像眞人的玩具人偶發誓永遠相愛，確實很有看頭。雖然是犧牲了兩個年輕女孩的世界，還是有著開放給人參觀的價值。」

「他們不是玩具人偶。」

操作員立即加以訂正：

「他們是『歸還者』，請不要忘了他們的身分。」

即使沒有操作員的提醒，保安官也沒有忘記。一秒都不曾忘記。保安官正要結束通話，操作員突然又解釋道：「參觀者做出這樣的決定，有他們的理由，保安官。」

保安官心想，這傢伙果然是個年輕小夥子。竟然敢對我說教，眞是太不知天高地厚。

「新郎跟新娘雖然都還很年輕，但都是『白點』。參觀者願意花一般人一輩子也賺不了的錢，來看他們脫胎換骨後的婚禮，會有什麼正當的理由？」

「這次的參觀者是伴娘的父母，伴娘是『紅點』。」

保安官一聽，不由得眨了眨眼睛。「紅點」的意思是犯罪受害者。

「她生前是在十八歲又五個月的時候遭到殺害。她的父母希望親眼目睹她穿著杏黃色禮服擔任伴娘的模樣，也是可以理解的事情。」

保安官遲疑一會，不知如何措辭，最後乖乖道歉：「抱歉，我的記憶並沒有所有鎮民的資料。」

「我知道。」

「如果有，辦起事來就方便多了。但我申請了好幾次，本部就是不答應。」

「像這樣的能力強化，會讓你的言行舉止偏離人性。」

「如果不答應，那乾脆每次都將我的記憶也『消除』吧。你們應該做得到才對。還有，順便把我的人格也改一改。」

「我們不能這麼做，你很清楚爲什麼。」

是啊，很清楚。當然很清楚。保安官心裡想著，我只是隨口問問看而已。

「這次參觀者會進入現場嗎？」

「不會。」

多半是負責對參觀者進行評估的心理學家不同意吧。這表示參觀者的意志不夠堅定，無法在看見原本已經去世的愛女朝氣十足地歡笑、說話、走動，甚至是帶著泛紅的雙頰擔任伴娘的模樣，還能夠確實遵守既定的規則。

保安官心想，又有誰能夠這麼堅強？有誰能夠習慣面對死而復生的親人？

除了「TOWN」這個小鎮實質上的鎮長，摩恩會長之外。

「這麼說起來，明天早上前，我必須解決卡布這個案子，讓婚禮的氣氛變得開朗一點？」

「期待你的表現。」

「他的遺體不能搬到教堂，須搬到墓園的保管室。我沒空聯絡回收班，你幫我轉達。」

這次保安官不等操作員回答，直接切斷了通話。

教堂內，信徒們配合著管風琴的旋律，唱起了聖歌。

——不，那不是聖歌。

那是歌劇中的詠嘆調。曲名是《失去我心愛的優麗迪絲（Che Farò Senza Euridice）》。保安官記得自己過去曾經聽過。但那是在哪裡？自己是在哪裡聽到的？這首曲子的歌詞，是在哀悼一位紅顏薄命的美女。保安官仔細聆聽了一會，終於想起來了。

——在受害者的追悼會上。

與保安官自己有關的那起案子的受害者……

想到這裡，手機再度震動。操作員傳來了座標資料。

保安官於是拿起了無線電接收器。一聽到齊克的回應，保安官迅速說道：

「我接到了一個重要的通報，昨天下午，有人目擊一輛車子衝進了奧利耶湖，地點在北邊的碼頭附近，那似乎是嫌犯的車子。」

保安官指示齊克立即召集人手，準備探照燈及聯絡拖車，最後說道：

「我現在在聖瑪麗教堂，馬上就會趕過去。」

「瞭解！」

保安官雖然對齊克這麼說，卻將巡邏車的車頭調轉至鎮道二號線的方向，關掉警示燈，用力踩下油門。此時是三更半夜，有著紅色屋頂的那棟屋子的二樓房間卻依然點著燈。珍本來就是個夜貓子，今天晚上應該會更加輾轉難眠吧。但絕對不是因爲害怕逃亡中的綁架犯找上門來，而是因爲滿腦子都在想著明天那場婚禮的事。

保安官本來走向門口，但略一思索，改變了主意。他撿起地上的一顆小石子，朝著透出燈光的窗戶扔去，發出一聲輕響。窗簾晃了一下，接著窗戶開啓，珍探出頭來。雖然看不見珍的表情，但從她那敏捷的動作，可以研判出她一定是把保安官誤當成另一個人了。

保安官默默朝著珍招手。

「下來一下，有件關於湯尼的事情要告訴妳。」

珍的反應相當快，她立刻從窗邊消失，接著乒乒乓乓地奔跑下樓。明明搞出了不少聲音，她的母親卻不知是睡死了，還是下定決心今天晚上不管珍做什麼都充耳不聞，竟然毫無動靜。

大門開啓，珍跑出門外，身上只穿著一件薄薄的小可愛，下半身穿著迷你裙，腳下踩著涼鞋。

「湯尼說了什麼？他改變主意了，是嗎？」

珍的呼吸異常急促，兩眼閃爍著神采。簡直就像眞人一樣。雖然只是一些微不足道的細節，卻不禁讓保安官暗自讚歎，這些玩具人偶製作得可眞像。

「是啊，他說他決定取消婚約，跟妳私奔。」

保安官聳了聳肩，故意裝出一副怕惹上麻煩的表情。

「新娘畢竟是鎮長的女兒，我不想蹚渾水。但被湯尼那個好青年哭著懇求，我也只好幫忙了。」

「保安官，我愛死你了！」

珍撲過來抱住了保安官。保安官感受到了她身上散發出的熱氣。

「我們快走吧！湯尼在等著妳。」

「他在哪裡？」

「奧利耶湖附近。他的父母在那裡有一棟小木屋。」

「我得進去收拾行李。」

「喂，這可是私奔，還拿什麼行李？不管妳需要什麼，湯尼都會買給妳。」

「噢，這麼說也對。」

珍興奮地跳上了巡邏車的副駕駛座。

「那我們快走吧！」

珍的情緒激動得簡直像是發了狂。保安官默默開著車子，她在一旁嘰哩呱啦地說個不停。她說她早就猜到湯尼會這麼做。她說她知道湯尼在天亮前一定會來迎接她。她問「朝窗戶扔小石子」的方法是不是湯尼教的。她說她跟湯尼常常像這樣半夜溜出來幽會。

保安官聽珍說得天花亂墜，內心不禁產生了一個疑問。這女孩所說的話，有沒有可能並非全是謊言？湯尼會不會眞的曾經在夜裡將她叫出來幽會過一兩次？就算湯尼是一個「白點」，是一個猶如模範生般的數學教師，也可能經不起糾纏著自己的女學生誘惑。

——算了，這一點也不重要。

就算湯尼眞的曾經染指女學生，也不會對他下一次循環時的資歷造成負面影響。他下次依然會是個「白點」，可能是大學裡的研究人員，或是剛出道的律師。

「珍，我能問妳一個問題嗎？」

車子行駛在黑暗的森林小徑，前方只見車頭燈兩道光芒，車身振動發揮了十足催眠效果。

「什麼問題？」珍正依賴著車子的後照鏡梳理頭髮。

「如果今晚湯尼沒有來帶妳私奔，你明天眞的會破壞他們的結婚典禮？」

珍皺起眉頭，癟著嘴說道：「這時候還問這個做什麼？」

「我身爲鎭上的保安官，實在很想問個清楚。」

珍一臉認眞地輕輕嘆了一口氣，接著露出微笑。「嗯，應該不會放過他們吧。」

「除了上次被我沒收的那把，妳還有其它的槍？」

「就算沒有槍，我也能把他們搞得雞飛狗跳。」

保安官看著她那充滿自信的側臉，不禁跟著嘆了口氣。

「原來如此。」

保安官忽然轉動方向盤，將車子開進小徑旁的森林裡，接著停下了車子。

「怎麼了？」

「從這裡走比較快。」

保安官讓少女下了車，自己也跟著下車。就在關上車門的時候，森林的另一頭忽然有一發照明彈竄上天際。那是齊克聯絡義警隊的信號。

「那是在幹什麼？」

「跟妳沒有關係，快走吧。」

保安官指著森林的深處，接著說道：

「前面有微弱的燈光，看見了嗎？那就是湯尼的小木屋。」

保安官隨口撒了個謊。其實前方根本沒有燈光。但是對珍而言，那燈光確實是存在的。那是她心中的希望之燈，是虛妄的幻想所點燃的燈火。

或者應該說，是棲息於她心裡的「黑點」所創造的幻影。不計一切代價，不管使用任何手段，都要奪取心中渴望得到的東西。如果得不到，寧願將它破壞也不願拱手讓給別人。

珍腳下穿涼鞋，在森林裡走得踉踉蹌蹌，不時被樹根、枯枝及落葉絆住。兩人不斷深入森林之中，保安官在珍的背後大約五公尺處停下了腳步。

從槍套中抽出手槍，扳下擊錘。深夜的森林裡響起了一聲詭異的金屬碰撞聲。

「珍！」

年輕女孩轉過頭來。「湯尼怎麼都沒跟我說，他家在這種地方有小木屋……」

她看見保安官拿槍指著自己，歪著腦袋問道：

「保安官？」

遠方揚起了第二發照明彈。閃光拖著長長的尾巴升上天際，接著炸裂。就在這一瞬間，保安官扣下了扳機。

「抱歉了。」

珍的胸口正中央開了一個洞，整個身體往後彈飛。

保安官走上前去。珍倒在地上，身體呈大字形，圓睜著雙眼。自天空射下的照明彈光芒，在一瞬間照亮了她的蒼白臉頰，但一切馬上又隱入森林的漆黑之中。

保安官抱起珍的身體。由於實在太沉重，保安官忍不住發出了低吟。保安官將屍體扛在肩膀上，繞到巡邏車後方，打開後車廂，粗魯地將屍體扔進去。就在關上後車廂蓋的同時，手機響起了本部來電的鈴聲。保安官毫不理會，跳上駕駛座，發動了引擎。

「保安官！請回答！」

胸前口袋裡的手機震動了一會，忽然強制接通，響起了操作員的聲音。

「『黑點』之一失去了訊號，你做了什麼？」

「你看了不就明白了？」

保安官踩下油門，車外揚起一片塵土。

「爲了好好辦一場婚禮給參觀者看，我得先將問題人物排除，這也是我的工作。」

總不能當著穿杏黃禮服的「歸還者」及凝視她的參觀者的面，讓這個花癡少女把婚禮搞砸。

「這是違反規定的做法。」

「管他什麼規定。」

保安官哈哈大笑。

「反正都要『全體停止』了，有什麼不同？」

巡邏車朝著奧利耶湖前進。不一會，終於看見照在夜晚的森林及平靜湖面上的數道探照燈。

3

保安官站在聖瑪麗教堂的對開式大門前，再次確認了自己的服裝儀容，接著才輕輕推開門板。

新郎與新娘正在祭壇上互相對望，觀禮的來賓們皆肅穆地坐在長椅上。

正如同當初對操作員的預告，保安官在天亮前就將卡布爾・摩恩的案子處理妥當了。爲了悼念受害者，盛大的喜宴還是延期舉辦，但是結婚典禮則依照原本的預定計畫，除了兩家的親戚之外，鎮上有名望的人物及學校同事們也都參加了。

眾人都把注意力放在儀式上，唯獨站在正前方的拜登司鐸發覺保安官走了進來。他對著保安官微微一笑，保安官脫下帽子，放在胸前，對他點頭致意，接著輕輕坐在最後一排長椅的角落。

新郎與新娘恭恭敬敬地低著頭，司鐸對著他們翻開聖經，接著環顧所有觀禮來賓，以溫和但宏亮的嗓音說道：

「如果有人反對他們結婚，請現在就提出。如果現在不提出，將永遠不得有異議。」

觀禮席上一片寧靜。這是理所當然的結果，因爲珍已經不在了。

保安官轉頭望向站在祭壇角落的伴娘。她有著不輸給新娘的緊張，以及不輸給新娘的美貌。杏黃色禮服穿在她的身上，實在很好看。

保安官的腦海裡，驀然浮現了原本應該早已遭到抹除的景象。從前他也曾經有妻子。兩人結婚時還年輕，沒有錢舉辦婚禮，因此他找來一條有著白色蕾絲的漂亮手帕，蓋在妻子的頭上，並且拿著一朵買來的紅玫瑰花，在市公所承辦人員的見證下，立下了結婚的誓約。

——必當互相扶持，直到死亡分隔兩人。

當生與死的境界線變得模糊不清，這樣的誓言是否還具有永恆的意義？自從有了「歸還者」之後，一個人的人生終點指的到底是哪個階段，誰也沒辦法說得明白。是第一次死亡的時候，還是第二次死亡的時候？抑或，這世界上已不存在「死」的概念？

充滿了死人，是「TOWN」這個小鎮的最大特徵。在這個小鎮裡，路上到處都是死人。

保安官胸前口袋裡的手機響起了鬧鈴聲。

上午十一點整。

「全體停止」的時刻終於來臨。

一切的動作都停止了。不管是正在朗讀著聖經的拜登司鐸、正要拉起新娘面紗的新郎、捧著戒指的伴郎與伴娘、盛裝打扮的觀禮來賓，還是正在彈奏管風琴的人。

雖然已經經歷過這樣的狀況好幾次，保安官還是不由得暗自心驚。動作的停止，也意味著聲音的消失。活人就算什麼也沒做，只要還在呼吸，就會發出聲音。

沒有人會意識到自己正在呼吸。不管聚集多少人，都不會有人嫌呼吸聲太吵。但是當所有的呼吸聲全部消失，世界將會頓時陷入一片死寂。

保安官從長椅上站了起來。才剛伸直膝蓋，胸前口袋裡的手機忽然開始震動。

「『全體停止』確認無誤。」

保安官對操作員說道。

「你們還是這麼準時，我真是佩服你們的一板一眼。」

一場由玩具人偶所舉辦的結婚典禮，在瞬間失去了操縱者。保安官轉身背對這宛如畫一般的景象，心裡暗想，這裡的回收作業應該是最後才會進行吧。多給參觀者一點時間，讓他們好好欣賞這一幕。驀然間，突如其來的刺耳警示音讓保安官迅速抬起了頭。這聲音不是來自手機，而是來自「TOWN」的控制中心。

「動作感應系統偵測到移動物體！發現侵入者！發現侵入者！」

保安官取出手機，望向螢幕。上頭自動顯示了鎮上的部分地圖，其中一處亮著紅點的位置，正是保安官駐所。

果然是那傢伙。

保安官立即戴上帽子，拔腿疾奔。

徹夜解決了重大的犯罪事件，整個鎮上的居民今天都顯得疲憊。往常即使是在假日，這個時間市中心大街上也會有著熙來攘往的購物人潮，今天的路人卻顯得稀稀疏疏。

保安官避開了一路上靜止不動的人群，朝著保安官駐所前進。這種「全體停止」後的景象，保安官早就習以爲常，根本不會在意誰正在做出什麼樣的動作。

昨天忙了一整晚的喬，此時正在家裡睡覺。至於嘉妲奶奶，則正坐在保安官駐所的櫃檯內。她沒有坐在無線電裝置前，是因爲駐所裡來了客人。雜貨店老闆隔著櫃檯和她對望，保安官低頭一看，原來他正在塡寫著遺失物拾獲表。

但是放眼望去，沒看到齊克的蹤影。

保安官將兩手抵在腰際，深吸一口氣，肩膀隨著吐氣緩緩下沉。

背後傳來了喝斥聲。「不准動！」

齊克舉著手中的槍，從貼著小鎮地圖的移動式看板後方走了出來。

槍口劇烈搖晃。他不只雙手正在發抖，就連膝蓋也在不住抖動。兩眼布滿血絲，一滴汗珠沿著太陽穴滑落。

保安官乖乖站著不動，雙手依然插在腰間。

「原來你不是間諜，是刺客？」

齊克頻頻眨動雙眼，不知是汗水流進了眼裡，還是嚇得眼眶含淚。

「我想你一定很害怕吧？『全體停止』的景象可沒那麼容易適應，除非像我經驗老到。」

保安官轉過身，穿過辦公室。

「不准動！我要開槍了！」

齊克的聲音聽起來像是哀求。

「那個危險的東西，我勸你快收起來吧。看你抖成那樣，小心轟斷自己的手指頭。」

保安官心想，更何況那把自動手槍可是我們駐所的所有物，看來最近的人造軀體反對派勢力眞的很窮。

「過來吧，我們坐著談。」

進入執勤室後，保安官坐在自己的椅子上。齊克走得搖搖晃晃，簡直像是惡作劇的孩子被叫進了校長室。雖然他的臉上依然帶著逞強的表情，卻聽話地走到保安官的身邊。他的手上依然舉著槍，身體卻有些彎腰駝背，腳尖動來動去，顯露出焦躁不安。

「你是哪個派系組織的？」

齊克緊閉嘴唇，眼神中流露出怒意。

「拿出來吧。」保安官輕搖手指。

「拿什麼？」

「你沒有被入口的質量感應裝置偵測出來，一定是攜帶了干擾器吧。」

人造軀體的比重是活人的一．五倍。體格相同的情況下，重量會比活人重得多。質量感應裝置能夠偵測出每個個體的身高及質量，計算出體密度。這可說是辨識出活人與人造軀體的基本裝置，由於價格低廉，在很早的時期就已受到廣泛使用，因此干擾器的種類也是琳琅滿目。

「最新型的干擾器應該很輕吧？你裝在哪裡？」

齊克臉上的表情，簡直像是正在看魔術表演的孩子。

「你發現了？」

保安官點頭說道：「早就發現了。」

「他們提醒過我，干擾器只能騙得過感應裝置，卻騙不了人。」

齊克伸出拳頭抹去汗水，結結巴巴地說道。此時的他，看起來既不像間諜，也不像刺客，就只是個普通的孩子。

「他們還說，由於實際的體重沒有增加，所以千萬不要走在容易被人看出體重的地方。」

「但要當保安官助理，要去哪裡可由不得你自己，對吧？」保安官說道。

「你是在那個地下室裡發現的吧？那裡的地板都腐朽了，他們每走一步都好像要把地板踩破似的，為了不被識破，我在那裡走路可是非常小心。」

保安官伸手比了比一張空椅，示意齊克坐下。那正是昨天齊克在任命書上簽名時所坐的椅子。齊克搖搖擺擺地走向椅子，腿部不小心碰到椅腳，發出巨大聲響。他自己反而嚇了一跳，一滴汗水順勢從額頭滑落。

「等等本部的人一到，你馬上就會被抓起來。我勸你自己先解除武裝，罪名才不會那麼重。」

齊克低頭望向手裡的手槍，露出彷彿現在才發現自己手上有槍的表情。他趕緊將槍放在保安官的桌上，手掌在褲腿上不停摩擦，一邊說道：「干擾器沒辦法拿出來。」

保安官愣了一下，揚起一邊的眉毛。

「跟通訊機一起埋進內耳裡了。」

「噢，那可眞是先進。」

保安官以手腕抵著桌子，將身體湊過去問道：

「齊克，你的眞實年齡是幾歲？」

「……十九歲。」

眞的是個孩子。

「你是自願來到這裡？」

「嗯。」齊克點點頭，帶著哀戚的眼神說道：「我是來救你的。」

保安官不禁笑了出來。「來救我？但你剛剛可是拿槍指著我。」

「我也說不上來爲什麼……總覺得你好像已經是這裡的人了。」

倒也沒錯。

「這已經是第九次循環了，要不變成這裡的人也難。」

齊克所流露出的無助感，簡直就像是被父母告知「你不是我們的孩子」的孩子。

「原來你眞的被洗腦了……你原本可是傳說中的鬥士。」

「那是很久以前的事了。」

實在是太久、太久了。所以我累了，也老了。

「是誰邀你進組織的？」

「我爸爸。」

原來是家庭淵源。

「你爸爸也被人造軀體勞工奪去了工作？」

齊克點了點頭。

「眞是可憐。」

「書上說你也一樣。」

「對了，聽說『家鄉』的地下出版社出版了一本我的傳記。我實在很想弄一本來讀，但本部就是不答應。早知道你要來，就請你夾帶一本進來給我。」

「你知道我為了潛入『TOWN』，費盡多少苦心嗎？」

「嗯，我相信你一定是克服了重重困難，才能夠通過本部的審查。」

齊克的臉上恢復了一點精悍之色。

「沒錯，摩恩公司那些人都沒有發現我的眞正目的。」

保安官忽然伸出手，指著齊克的臉說道：

「正式名稱是摩恩・瀧澤公司。唐・摩恩會長如今依然深深感謝共同創始人瀧澤的貢獻。你要加入抵抗勢力，應該多查一查敵人的底細。」

齊克雖然沒有反駁，卻不以為然地嘟起了嘴。

「我參與抵抗活動的時期，至少比你早了兩個世代。」

保安官忍不住咕噥：

「這世界已經變了。如今人造軀體已不再是什麼稀奇的東西。雖然『家鄉』能夠看見它們的地方並不多，但不管是挖掘海底礦物或是開拓行星，到處都可看見它們的蹤影。這點你應該也很清楚，怎麼還會遵守著那種老舊抵抗勢力的陳腐思想？」

齊克的雙眸燃燒起了憤怒的火焰。

「這世界應該屬於人類，而不是人造軀體！」

「如今依然是人類在統治著這個世界，不是嗎？」

「工作都被人造軀體搶走了，人類只能靠著領糧票過日子，這算什麼統治世界！這個世界已經落入人造軀體的手中了！」

保安官整個人仰靠在椅背上。椅子承受了他的重量，發出尖銳聲響。

「利用基因操控及複製人技術所製造出來的人造人，確實有著道德上的瑕疵，對於人類社會的不良影響也很大。」

但是唐・摩恩及其同伴瀧澤博士所研發出來的人造軀體，在這方面的隱憂就小得多。雖然人造軀體擁有不輸給活人的機動性及細膩性，能夠執行原本由活人所執行的工作，但外貌通常會與活人截然不同。瀧澤博士稱它們爲「人造軀體」而不稱它們爲「機器人」，純粹是因爲製造出人造軀體的技術，一部分可應用於治療人體疾病及人體機能障礙。

「而且你知道嗎？在人造軀體裡數量最龐大的『泛用型軀體』，甚至不具備學習能力，只能依照程式設定做出動作。它們只能受人類指揮，絕對不可能變成人類。在這樣的社會裡，如果你的父親還會因爲人造軀體而活不下去，那不是人造軀體的問題，是你父親的問題。」

「你說什麼……」

齊克的眼眶變得濕潤，鼻子微微顫動。

「你眞的已經被洗腦了！」

保安官笑著說道：「每個潛入這裡的抵抗組織分子都這麼說，怎麼連你也不例外，我眞是對你太失望了。」

如今雖然瀧澤博士已經去世了，唐・摩恩依然謹守著當年兩人的理念，那就是人造軀體只能輔助人類，不能超越人類。

「但是你看看這裡！」齊克緊握雙拳，激動得口沫橫飛。「你看看『TOWN』這個地方！這裡的人造軀體都像眞人一樣，過著人類的生活！」

「所以你想把這裡破壞掉？」

「沒錯！要是放任不管，摩恩公司遲早在『家鄉』也會幹出一樣的事情！這一定能讓唐・摩恩發大財吧！他就是個貪婪的老頭！」

保安官的手機突然開始震動。操作員很清楚這裡的狀況，因此他選擇以傳訊息的方式進行聯繫，而不是直接通話。

訊息裡說參觀者已經離開了，回收班馬上就會出動。

保安官收起手機，看著齊克問道：「你知道最新的編號是幾號嗎？」

齊克錯愕地眨了眨眼睛。

「我指的是來到軌道上的小行星……不，應該說是小行星的碎片，現在最新的是第幾號？」

齊克的眼神顯得更加錯愕了，他低聲說道：「VI號。」

竟然已經到了六號。保安官吃了一驚。「我那時候還只到III號，現在編號竟然變成兩倍了。」

這也證明了人類對一般金屬及貴金屬的消耗量有多麼巨大。

「那些小行星的採掘權，有一半掌握在摩恩會長的手裡。不管拉來幾顆都一樣，因爲摩恩會長擁有牽引技術的專利權。」

保安官的言下之意，是那個老人的財富早已超越了一般人的想像能力。

「他根本沒有必要爲了賺錢，而把在這裡幹的事情搬到『家鄉』上。雖然他靠著交換臟器，獲得較長壽命，但不是長生不老。他總有一天會死，他一死，『TOWN』自然就會停止運作。」

保安官心想，到時候自己對他們來說，也會失去利用價值。

「到時候唐・摩恩一定會讓自己也變成『歸還者』，不是嗎？」

齊克繼續反駁。

「根據本部對外宣布的企業方針，他並不打算這麼做，我相信他沒有說謊。」

「爲什麼你相信他？」

「因爲就算是唐・摩恩，也沒有辦法製造出完美的『歸還者』。經過在這裡的多次實驗，他對這一點一定心知肚明。」

齊克咬住了嘴唇，什麼話也沒說。

「現在的國際法不是規定不能將『歸還者』的技術加以實用化及商品化嗎？我告訴你，這些國際法的誕生，那個老人正是主要推手。」

「那只是裝裝樣子而已。」

「你喜歡這麼想，那是你的自由。」

一陣潮濕的熱風，在保安官駐所的窗外吹拂而過。那是夏天的「TOWN」所特有的季風。

「要不然的話，他爲什麼要搞出這樣的地方？」

齊克的表情依然固執，聲音卻已失去了氣勢。

「爲什麼會有『TOWN』這個小鎮？爲什麼要在這裡放八百二十二具的『歸還者』？」

保安官說道：「這只是那個老人的一股執著。」

「歸還者」就像是復活的死人。

原理是將使用了死者人格模型的人工智慧，植入仿照死者外貌所製作的人造軀體之中。因此在外人看來，就像是死人活了過來一樣。

「但是要建立一個人的人格模型，可沒有那麼簡單。以現在的技術，沒有辦法百分之百重現一個人的性格、個性及行爲特質。」

一個人的人格，就像是一棵大樹。現在的人工智慧技術，只能顧及主幹及細枝，卻沒有辦法讓末梢的樹葉、嫩芽完全相符。

「而且人工智慧的能力，也完全比不上活人的大腦。」

保安官對著齊克露出微笑，接著說道：

「你想不想知道，我是怎麼看出你是活人的？」

齊克點點頭，眼神流露出一絲膽怯。

「其實我這帽子裡裝了機關。」

齊克嚇得整個人往後縮。保安官輕輕摸著帽子的帽緣，笑著說道：

「我開玩笑的。我是在那個地下室裡發現的。」

「果然是因爲我的體重太輕了？」

「不，你猜錯了。你還記得嗎？那時候你曾經操縱機器，想要播放影像。」

歹徒在監禁凱拉的過程中拍下的影像。

「那時候，我跟你說『先別看』，你馬上就停手了，而且還露出了責怪自己太過魯莽的表情。我一看你的表情，就知道你是個人類。」

齊克瞪大了眼睛，問道：「爲什麼？」

「人工智慧並不具備推測事情的能力。不，或許該說是『領會』的能力。」

形容成「體諒」的能力或許更加貼切。

「我一制止你，你馬上就明白了我的意思。如果你在那個地方播放影片，義警隊的那些人也會看見，這樣凱拉實在是太可憐了。」

「嗯，那又怎麼樣？」

「人工智慧沒有辦法做出這樣的思考。當他們被制止的時候，他們沒有辦法推測理由。因此如果你是人造軀體，你在那時候應該會問我『爲什麼』。」

保安官雙手一攤，露出「就是這麼簡單」的表情。

「唐・摩恩也很清楚這一點。他知道『歸還者』稱不上是人。雖然外貌和死者一模一樣，行爲模式也很類似，但絕對不是本人，充其量只不過是仿冒品。」

「既然如此，他爲什麼……」

齊克原本問得相當急促，但是問到一半，他突然變得有些尷尬。因爲他發現自己的口氣已不再是指責，而是單純的好奇。

「唐・摩恩到底想要做什麼？他爲什麼要安排八百二十二具『歸還者』在這裡組成一個小鎮，重現他們生前的生活？」

保安官搖頭說道：「摩恩會長想重現的並不是八百二十二人的人生，而是一個人的人生。」

卡布爾・摩恩。唐・摩恩的兒子。

「摩恩會長總共有五個孩子，分別是三個兒子及兩個女兒。其中四個孩子都有著非常傑出的表現，有的擔任公司的高級主管，有的成爲藝術家，有的則建立了幸福美滿的家庭。」
唯獨么子卡布非常不成材。
「卡布在十九歲的時候，就因爲吸毒而遭學校退學。他在戒毒中心住了半年之後，父母爲了讓他能夠安心靜養，幫他在鄉下買了一棟房子，讓他獨自生活。」
接下來的二十一個月，卡布共綁架、監禁、性虐待及殺害十二名女性，將遺體埋在後院。
「當時受害的女性遍布全國。因爲他知道犯案的範圍如果太狹窄，容易遭警方鎖定。」
直到掩埋在後院的一具遺體被野狗挖了出來，他的犯行才曝光。
齊克嚥了一口唾沫，問道：「後來他被抓了嗎？」
「最後他和警方的攻堅部隊發生槍戰，遭到了射殺。」
「我完全不知道有這件事。」
「畢竟是很久以前的案子，而且這是摩恩家的家醜，雖然摩恩家沒有刻意掩蓋，但也是絕口不提。何況以你的年紀，不知道也很正常。」
卡布醜聞爆發的時期，正值摩恩．瀧澤公司成功研發出第二代的人造軀體。相較於只能算是「昂貴玩具」的第一代人造軀體，第二代可說是有了長足的進步。人造軀體開始進入實用化的階段，這也讓唐．摩恩邁入了人生中的事業巔峰。
「爲什麼卡布會變成那麼可怕的壞蛋？」
齊克不禁聽得入神。
「其他的兒子及女兒不是都很有成就嗎？不是都是奉公守法的大人嗎？爲什麼只有卡布走上岔路，變成那種怪物？」

爲了找出原因，唐・摩恩製造「歸還者」，組成了這個名爲「TOWN」的小鎮。

「摩恩會長讓卡布成爲『歸還者』，住在『TOWN』裡，反覆循環他的人生。」

藉由這個方式，摩恩會長不斷尋找，不斷觀察，想要找出卡布是在什麼樣的時間點步入了歧途。在那個時間點，到底發生了什麼事？存在著什麼樣的要素？有誰在他的身邊？到底要如何修改，如何矯正，才能讓卡布不變成一個殺人魔？

「但卡布一個人沒辦法過具有社會性的生活。他需要居民，才有了更多『歸還者』。」

雖然國際法嚴格禁止製造「歸還者」，卻有一條但書，那就是在一定期限內的研究素材不在此限。當然要成爲研究素材，必須要取得歸還者本人生前的同意，以及二等親以內的親屬同意。而且這必須視爲對科技研究的捐獻，不得涉及金錢交易。

「『TOWN』裡頭必須住著各式各樣的人，就像卡布生前生活的小鎮一樣。」

這些「歸還者」除了人種、年齡及性別必須各自不同，不論表層或潛層的性向也都必須有所差異。因此爲了管理上的方便，這些「歸還者」被區分爲「黑點」「白點」及「紅點」。

說起來這種分類法實在過分。無視於個人的多樣化特質，只以犯罪前科、癖好及「死法」來進行記號式的分類。本部敢光明正大地使用這樣的分類手法，也是因爲他們很清楚這些「歸還者」並不是「人」。這樣的手法，與從前的人種歧視主義在本質上相同。尤其使用顏色來區分人種這一點，更是如出一轍。

「卡布的『歸還者』，是以大學遭退學、離開了戒毒中心的時期爲出發點。」

他的基本人格模型被鎖定在那個時期。

「在環境方面，第一次的循環故意設計得跟卡布生前的現實環境幾乎一模一樣。從第二次循環之後，開始逐漸加入一些變化。例如讓卡布擁有工作、擁有女朋友，或是改變小鎮的風貌等等。」
齊克瞇起了眼睛，問道：「那個『循環』到底是什麼意思？」
「簡單來說，就是卡布的每一次新人生。」
他戒掉了毒品，在雙親的庇護下，搬到了一個靜謐的鄉下小鎮。以此爲新生活的起點，一直到終點，就是一次「循環」。
「新生活的終點……又是什麼意思？」齊克呢喃道。
保安官點了點頭，說道：
「過去的九次循環，都是以卡布幹下性犯罪或殺人爲終點，這次也不例外。」
「TOWN」的居民當然與現實中案發當時的鄰近居民並不相同。即使如此，成爲「歸還者」的卡布還是跟現實生活中一樣，每次必定都會幹下案子。這麼一來，當次「循環」就會宣告結束。
「那就是『全體停止』。」
執行「全體停止」之後，包含卡布在內的所有「歸還者」的記憶都會遭到「還原」，只留下基本人格模型，並且在新的循環中獲得新的姓名、工作及身分。「TOWN」的設定也會加入一些變化。當然在開始新的循環之前，研究人員會進行詳細的分析與研究，但從來沒有一次眞正找出了卡布誤入歧途的明確契機或肇因。
雖然每一次都是毫無意義的循環，保安官的心中還是不禁抱持著一絲期待。
「或許是與生俱來的性格。」
齊克不禁低聲說道：「卡布這個男人，或許天生就是個惡魔。」
「除了卡布之外，摩恩會長還有其他兒女，所以他是個徹頭徹尾的環境影響論者。」

摩恩會長認爲卡布在誤入歧途之前，或者該說是他在殺第一個人之前，必定受到了某種外在因素影響。只要能找出這個因素並加以排除，卡布就不會變成殺人魔，也不會萌生性虐待的癖好。他會像他的兄長們一樣，變成一個善良又有成就的好人……

事實上在本部所聘請的犯罪心理學家與兒童心理學家之中，有不少人對摩恩會長的做法抱持強烈的反對意見。他們並非否定環境影響論，而是認爲不應該將卡布爾‧摩恩的基本人格模型設定在十九歲。有些人主張至少應該把時間往前拉至他開始吸毒的一年之前，甚至有些人主張應該從卡布三歲時就開始觀測。

但是摩恩會長並沒有採納這些意見。他認爲那些學者主張的「卡布從孩童時期就出現行爲偏差」，是一種結果論的偏見。他堅持卡布出現問題是在離家搬進大學宿舍，因寂寞而禁不起壞朋友的慫恿（或是遭到欺騙）而開始吸毒之後的事，與卡布之前的人生完全沒有關係。不過摩恩會長也妥協過一次。除了這裡之外，他又在另一個地方建立了一座「TOWN」小鎮，將卡布的「歸還者」年紀設定爲半吊子的十歲，觀察他當時的行爲特質。那次的實驗並沒有發現任何明顯的徵兆，這也更讓摩恩會長確信自己的想法並沒有錯。

「那就像是一種怨念。」

依附在唐‧摩恩身上的一種怨念。

「他搞出這樣一座小鎮，就只爲了這麼無聊的小事？」

「這算是無聊的小事嗎？」

保安官望向窗外。

「震驚世界的殺人魔父親，想爲心愛的兒子找出完全不同的人生，讓他有重新選擇的機會。」

這確實只有像唐・摩恩這樣的有錢人才做得到，但這並非只是錢的問題。「唐・摩恩想要親眼看見兒子選擇另一種人生的那個瞬間。這樣的心願，真的能夠稱之爲無聊的小事嗎？」

「可是……」齊克又像個不肯屈服的不良少年一樣嘟起了嘴。「如果只是爲了這種目的，爲什麼要安排參觀者？」

「那就像是一種慈善事業吧。」

唐・摩恩自己也有一些朋友或熟人，有時總是會發生無法拒絕他人懇求的情況。

「有很多人想要再看一眼過世的兒子、妻子或丈夫，甚至想要牽著對方的手，與對方說說話。摩恩會長只是實現他們的心願而已。」

「如果是慈善事業，他爲什麼要收錢？」

「那就像是工本費。」

保安官指著執勤室的地板。

「要到這個地方來，得搭乘太空梭，而且途中必須經歷一小段時間的無重力狀態，所以得事先接受訓練。你也是這麼過來的，不是嗎？」

一般人要與「歸還者」見面，除了必須事先接受各種模擬演練之外，還必須通過各種心理測驗。這雖然麻煩，卻是不能省略的環節。如果活人因爲與「歸還者」接觸而產生心理創傷，人造軀體製造規範的監督者必定不會善罷甘休。到那時候，就算唐・摩恩有天大的能耐，可能也無法讓「TOWN」這個違反規定的特例繼續維持下去。

齊克終於再也找不到理由可以反駁。他將雙手交叉在胸前，擺出一副宛如在保護自己的姿勢。

「卡布到底爲什麼要重複做出類似的犯罪行爲？」
「你玩過『撲克』嗎？」
「咦？」
「一種規則很簡單的撲克牌遊戲，使用五張卡來組合出各種不同的牌型，你玩過嗎？」
「啊，嗯。」
「有時卡片一發下來，已經有牌型了，對吧？最常見的是一對，有時會是三條或兩對，或是只差一張牌就可以組成順子或同花。」
保安官頓了一下，接著說道：
「不管是卡布，還是其他的『黑點』，也就是具有犯罪前科的『歸還者』，其實也類似。他們的人生就像是一副原本就有牌型的卡片，或是只要交換一張牌，就可以變成很強的牌型。」
如果環境和運氣都很好，手上的卡片一直維持著很弱的牌型，或是雖然只差一張牌就可以組成順子或同花，但一直沒有補到那一張牌，那麼他們就可以渡過平安幸福的一生。
反過來說，如果手上的牌型太強，或是很容易就湊齊很強的牌型，這些人就會特別容易受到惡魔眷顧。例如不管哪一次循環都喜歡欺負弱女子的第一水塔維護組長，以及抱持著強烈的被愛妄想，即使殺人也要將妄想化爲現實的珍。
「……這樣的說法太武斷了！」
齊克提出抗議。保安官點頭說道：「是啊，我也認爲很武斷，但我想不出其它的解釋方法。」
在「TOWN」待久了，看多了卡布爾．摩恩的人生，就算不想這麼認爲也不行。
「你爲什麼能夠這麼淡定？」

齊克凝視著保安官問道：

「這就是『禪』的境界嗎？」

「什麼？」

「禪呀，你不知道？」

齊克霎時面紅耳赤，彷彿自己不小心說了什麼猥褻下流的話。

「我猜錯了嗎？你是東洋人，我還以爲你一定懂。」

保安官不禁笑了出來。「我確實有東洋血統，但是禪什麼的，我可是一竅不通。」

眞的嗎？保安官心裡浮現了疑問。會不會只是不記得了？

保安官此時還算是個活人。這意味著身體器官一半以上都還維持著原始的狀態。但是到目前爲止，保安官已好幾次罹患了難以治癒的疾病，因而將器官或器官上的一部分更換掉。「TOWN」內的宇宙射線實在太強，對活人而言不是個適合生存的環境。在這裡想要擁有跟一般人一樣長的壽命，就勢必得將身上的一些東西換掉。

然而人造軀體的人格模型沒辦法與活人完全相同，據說正是因爲並不是只有大腦會影響一個人的個性及人格特質。自身體反饋的電流訊號，實際上也是影響人格形成的要素之一。因此保安官擔心身體各部位器官一一替換成無機物的過程中，自己正逐漸喪失身爲一個「人」的整體性。

自己與妻子的那些回憶是眞的嗎？會不會是在記住了無數「歸還者」的資料之後，誤把其中的一部分當成了自己的記憶？

保安官的腦海裡經常會浮現一幅景象。遠方有一座遼闊寬廣的高山，山上覆蓋著白雪，山腰至山腳處的優美稜線讓人聯想到站在聖瑪麗教堂祭壇上的新娘那片頭紗。那是什麼國家？是我的祖國嗎？

同樣的情況，或許也發生在唐・摩恩身上。那個老人可能已不再是當年么子遭警察射殺時的老人。他已遊走在活人與人偶之間的交界線上。

即使如此，他依然想要親眼看見兒子當一個不曾犯罪的好人。

「齊克，你知道嗎？」

保安官的這句話，不知爲何竟讓齊克的身體微微一震。

「我雖然不是『歸還者』，卻也不是活人。『TOWN』就像一座監獄，我就是裡頭的囚犯。」

「……我知道。你和摩恩公司進行了一場交易。」

「沒錯，但我答應這場交易，不是因爲怕死，而是因爲後悔。」

保安官頓了一下，接著說道：

「當初我也是反抗勢力的成員，那是講求活人至上的激進組織，比把你送進來的組織更激進。」

該組織基於反對人造軀體的立場，在摩恩・瀧澤公司研發出第二代人造軀體的時期，對其研究機構發動了炸彈攻擊。保安官正是執行這場炸彈攻擊的人物。這場炸彈攻擊總共死了三十二個人，除了摩恩・瀧澤公司的職員之外，還包含剛好前來進行校外教學的十多名未滿二十歲學生。

「漫長的審判對我來說毫無意義。我一心只想趕快被判死刑，實現爲信念犧牲生命的心願。」

直到律師當著保安官的面，播放起了受害者追悼會的影片，才讓保安官改變了想法。

「遭我殺害的那些人家屬及親友們點起了蠟燭，手牽著手，一邊哭泣一邊唱歌。」

保安官正是在那時聽見了那首《失去我心愛的優麗迪絲》。

「我這才發現自己鑄下了大錯。雖然打著反對人造軀體的口號，但我只不過是個殺人凶手。我現在還是很討厭人造軀體，但如今的我既不是人造軀體，也不是個人。」

就只是個人渣。

「我決定與摩恩・瀧澤公司進行一場交易……不，正確來說，我只是答應了唐・摩恩個人對我的提議。」

這多麼諷刺。成功策畫及執行炸彈攻擊的縝密思緒及強韌的精神力，反而成為受到「挖角」的理由。唐・摩恩直接了當地問這麼一句話……你願不願意當我的「TOWN」的保安官？

「唐・摩恩告訴我，他不斷重複卡布的人生，只是想要為兒子找出一個不用成為罪人的人生。我聽了之後，也相當感興趣。」

如果唐・摩恩成功為卡布爾・摩恩找到了一個美好的人生……

「這代表我也曾經有過那麼一點機會，能夠擁有一個不必成為人渣的人生。」

當然如今就算知道了這一點，也不能改變什麼。就像即使製造出了「歸還者」，也沒有辦法讓死人復活一樣。事情一旦發生，任誰也沒有辦法讓時間倒轉。

「但如果我能證實自己曾經有過機會卻沒有把握，我就能夠更心甘情願地接受懲罰。當我面對死刑的時候，我就不再是個恐怖攻擊的凶手，而是一個贖罪之人。」

齊克臉上的汗水已完全乾了，此時反而露出有點冷的表情。

「等等你會被抓起來。唐・摩恩在這裡擁有治外法權，他可以直接處死你，不必經過審判。」

保安官站了起來。

「我給你一個良心的建議，跟他們進行交易吧。就說你目睹了這裡的一切之後，你的想法改變了，你想做跟我一樣的工作。」

保安官頓了一下，接著說道：

「我希望你能回到這裡。當我快死的時候，我希望你能看著我死亡，並且繼承我的工作，繼續守護這裡。」

這也是一種緣分吧。保安官笑了起來。

「我是東洋人，所以會有這種想法。」

代替我守護這裡吧。直到「TOWN」擺脫無盡的循環，邁向真正的終點。

抵達終點的那一天，正是唐・摩恩得償夙願的那日。那將能夠帶給人類一絲微渺卻美麗的希望。或許人類將能夠讓犯罪從世界上徹底消失，就像從前的人類徹底消滅了天花病毒。

「『TOWN』最美的季節，其實是冬天。」

保安官留下了齊克，踏著沉重的腳步聲，來到了屋外。西側天空有一小塊區域扭曲變形，那裡既沒有雲也沒有藍天，而且投射出七彩的美麗光芒。那不是彩虹。看起來就像是舞臺的燈光師一時手誤，在晴天的場景中打上了錯誤的燈光。

保安官抬頭仰望天空。那不是真正的天空，而是覆蓋著「TOWN」上方的圓弧狀天花板。如果穿越森林，通過水塔及湖泊，繼續往遠方前進，還會看見分隔「TOWN」與外界的牆壁。

平常的保安官完全不會想起這件事。但是當天空出現不自然的光芒，存在於保安官體內的活人記憶，那些曾經生活於真正的自然景色之中的記憶，就會開始吶喊著，這一切都是假的，這裡只是摩恩會長製造出來的豪華庭院。沒錯，這一切都是假的，所以那個地方才會開了一個大洞。

「TOWN」的閘門開啓，回收班魚貫而入。

保安官雙手愼重地戴上帽子，邁開步伐。到聖瑪麗教堂吧。等到那些靜止不動的「歸還者」都被回收班運走了，保安官想坐在裡頭彈奏管風琴。彈得很差也沒關係。他想彈管風琴，唱首聖歌。

這裡雖然沒有神，但沒有人會阻止自己祈禱。

（完）

解說

科幻十年，宮部美幸的變與不變

張筱森

令和的第一本宮部小說——這是日本出版社給出版於二〇一九年七月的《再見的儀式》的文案之一。歷經昭和、平成、令和，三個年號的更迭，或是一九八七年登上文壇，三十二年的寫作生涯，不管那個說法都讓人深刻感受到宮部美幸的長青。而日文原書（出版社爲河出書房新社）書腰上的「宮部美幸的新境界」並不全然是句誇大的包裝語言。在這本花費宮部美幸近十年歲月（自二〇一〇年至二〇一八年）集結而成的「科幻小說」短篇集，的確展現了一個我們至今很少見到的科幻小說家——宮部美幸。

出道三十餘年，還有什麼樣的宮部美幸沒看過？爲什麼要特別強調「科幻小說」？首先要先從本書收錄的大部分作品的出處說起。八篇作品中，有四篇出自於「NOVA未經連載日本SF精品」（註）（下稱NOVA）這個系列。這個二〇〇九年開始，目前已經出版十四本短篇集的系列是由日本知名科幻小說譯者、評論家大森望主編。他以「擔負二〇一〇年代日本科幻小說主軸的作家們」爲概念，廣邀日本的奇科幻小說加入創作。主要參與者當然是奇科幻小說家，不過台灣讀者熟悉的法月綸太郎、恩田陸以及宮部美幸也參與其中。

註：系列原名爲「NOVA書き下ろし日本SFコレクション」（河出書房新社出版）。書き下ろし意指未經雜誌或報紙刊登，直接成書的作品。此系列的收錄作均是作家特地爲此系列撰寫的新作。

而宮部之所以答應邀稿的原因是，她想寫「眞正的」科幻小說。「眞正的科幻小說」？對於宮部美幸的死忠粉絲來說，應該人人都可舉出一兩本宮部的科幻小說吧？畢竟她在作家生涯早期便以《蒲生邸事件》（一九九六）拿下科幻小說的獎項，《龍眠》（一九九一）或是《十字火焰》（一九九八）也都具備了明確的科幻元素。然而，意外的是宮部本人卻在訪問中表示這些作品都是「帶有科幻風味的推理小說」。雖然喜歡科幻小說，因爲不是理科出身，嚴格定義之下的科幻小說對宮部而言其實有些難讀，所以一直到接到大森望的邀請，她才下定決心要面對寫眞正的科幻小說這件事。（讀到這篇訪問時，眞的覺得非常感謝大森望。）所以從這個角度來看，《再見的儀式》一書，也是一個能夠談談宮部美幸的科幻小說創作和她其他作品有何異同的機會。

〈母親的法律〉（二〇一八年，十二月發表）全書收錄作品中最新的一篇。故事描述爲了防止兒童虐待，制定了一套激進的法案，名爲「母親的法律」，將遭受雙親虐待的未成年者的監護權收歸國有，並且透過某些科技手段，讓被收養的孩子遺忘痛苦的過去。主角與她沒有血緣關係的父母以及兄姊便在這套法律下度過了一段完美的童年，一直到養母的死亡，整個家庭面臨解體。宮部透過主角的遭遇，仔細地描寫了法案的內容，以及外人對於收養家庭的惡意。故事在一開始就始終瀰漫著一股不祥的氣氛，以及某種可以隱約在字裡行間感受到的怒意。而劇情果然緩緩向壞方向展開，不過壞的方向出乎意料，戳破了血濃於水的神話，一股極少在宮部作品看到的惡意及諷刺噴湧而出。

〈戰鬥員〉（二〇一四年，十月發表）：一個喪妻獨居的老者在一成不變的生活中，察覺到日常變得有點不一樣。某種不屬於地球的存在似乎在步步進逼，最終他和在追查過程認識的少年（多麼宮部美幸的組合）選擇了戰鬥，要在人生即將抵達終點時打一場（或許會不爲人知的）戰爭。和宮部的大部分作品一樣，不管是推理、奇幻、恐怖都是從日常生活開始，科幻小說也不例外。而對於非人生物的想像非常特殊（在科幻小說總是充滿當代社會的隱喻這點看來，長得像是監視器的外星生物，眞是夠令人不安了），以及這種生物傷害人類的方式也十分驚悚，若是宮部狠下心來詳細描寫，恐怕就是史蒂芬・金風格的恐怖小說了。開放式結局讓人好奇故事會如何發展，不過遺憾的是宮部在去年此書宣傳期接受的訪問中說，她應該不會寫續集了。（哭）

〈我與「我」〉（二〇一八年，四月發表）：時光跳躍並不是特別的科幻題材，自從科幻小說誕生以來，時光跳躍就是熱門題材之一；然而宮部選擇了一個特別的角度切入。本篇並不是發表在以「NOVA」系列爲首的科幻相關書籍，而是一般的小說雜誌上，令此篇展現出一種獨特的柔軟質感。她在接受訪問時談到她的發想是如果被十五歲的自己責罵時，會是什麼狀況？是啊，當自己長成了索然無味的大人時，要如何面對那個對未來仍有諸多想像的自己？而最後回到過去的那個十五歲的自己若是聽取自己的建議，那麼這個即使索然無味，卻也自由自在的自己還會存在嗎？故事雖然戛然而止，卻也令人浮想聯翩。此外，描寫單身中年女子的部分，應該也很能引起諸多共鳴。

〈再見的儀式〉（二〇一三年，二月發表），在機器人就如同現在的智慧型手機一般普及的社會，少女想和她心愛的機器人做最後的道別。故事乍看之下或許會以爲有個溫情的結尾，但很快就可以從主述者的角度看出絕對不會如此。一直以來談論講述人類和機械人的科幻作品，若不是互相對立，便是相互扶持；然而本作最終揭露的眞相——若是不能被當成人類看待，那不如當個能獲得人類寵愛的機器人——以及主述者最後那句話包含的痛楚，絕對令人心頭爲之一凜。

〈向星星許願〉（二〇一六年，十月發表）：一場隕石墜落的意外，不知道爲什麼令本來活潑可愛的妹妹，漸漸變得憔悴不堪，爲此不解的姊姊直到一場隨機殺人案，才知道事情眞相。因爲某個原因可以直接看到人心的題材，在宮部的作品裡並非少見的元素，不過宮部在這裡的處理方式卻是罕見地冷酷。宮部向來少對少年少女的心靈下重手，這篇是難得的例外。發現他人眼中的自己竟是人人都想閃避的可怕怪物，這對當事人的打擊該有多大。但是最後，姊妹有了和解的機會，一切有了重新開始的可能。

〈聖痕〉（二〇一〇年，七月發表），這篇作品是整本短篇集中最早的一篇，發表於二〇一〇年。和第一篇〈母親的法律〉相同，都是以虐待兒童為重要的元素，不過宮部將這篇的重點放在主角面對無力解決的困境，最終從心中生出的「自以為是的正義感」。「自以為是的正義感」在宮部的奇幻小說也出現過，但是相較於在其他作品中主角最終能夠獲得救贖的結局相比，這篇的主角則是徹底陷入瘋狂。主角的妄言創造了救世主，然而被創造出來的救世主召喚來的，眞的是神嗎？

此外，主角是在網路討論區裡獲得了創造妄言的力量。網路的力量是宮部一直以來關心的主題，雖然她極少直接以網路世界為主題創作（對照她一直以來以緊密的現實世界的人際關係發展出來的各種故事），但是她在這篇十年前發表的作品中，已經指出了網路意見領袖的危險之處。對照十年後，各種網紅、網路意見領袖、youtuber因為各式各樣的原因擦槍走火，形象崩壞屢見不鮮的情況，宮部的作品始終有著某種先見之明。

〈海神之裔〉（二〇一五年，十月發表），伊藤計劃（一九七四—二〇〇九）的英年早逝恐怕是日本科幻界進入二十一世紀後的最大損失。他所遺留下來的《屍者的帝國》（二〇〇九、二〇一三）的遺稿，讓讀者窺見了一個充滿創造力以及發展性的屍者宇宙（？）大森望有感於此宇宙的發展性之大，邀請了包含宮部在內的多名作家以《屍者的帝國》世界觀寫下屬於他們的屍者故事。宮部在此作用了一種口述歷史的筆法，寫下在《屍者的帝國》中，我們未能看見的屬於屍者以及周邊人類的溫情故事。

〈保安官的明日〉（二〇一一年，十一月發表），看到這裡，可以察覺出本書編輯在安排作品順序的巧思，從以日本的日常生活爲舞台的故事開始，最終走到登場人物以西方人爲主，舞台是在遙遠的外太空的故事。這篇作品若是遮住作者名字，原文讀起來有著一股濃厚的翻譯小說味道。而且從設定到劇情的訊息量都非常龐大，探討了人類和人造軀體、人工智慧的關係，人性中的惡究竟是先天帶來，或是後天養成，到最後還碰觸到了良心犯的問題。種種大哉問，絕對可以發展成一本大部頭小說，成爲宮部美幸又一部代表作，但是她卻很奢侈地寫成了短篇。在閱讀的過程中，令人想起宮部所尊敬喜愛的菲利普．K．迪克的代表作《銀翼殺手》，以及這幾年熱門的美國影集《西方極樂園》（Westworld）探討的議題，可以與其併陳探討。

寫到這裡，這八篇作品和台灣讀者以往熟悉的宮部作品究竟有何異同？在今年一月出版的《地下街之雨》（原書於一九九四年出版）裡也有一些顯然有點陌生的宮部美幸面向，尖銳、粗礫，但也奔放，實在讓人驚訝又喜愛。並不是說在這之後的宮部作品沒有這些部分，但不可否認的是，我們平常看到的宮部絕大時候都是圓融、溫暖的。而這次終於又在《再見的儀式》中看到了那個尖銳、粗礫以及奔放的宮部美幸。雖然依舊是從日常生活出發，貼近市井小民發展的故事，不過其中幾篇帶著憤怒、殘酷、冷漠、甚至帶點絕望的發展，或許眞的必須要用科幻小說這樣遠離日常生活的形式才能展現出來。

宮部花費將近十年的嘗試，可能一開始不是那麼容易入口，卻絕對值得細細品味——然後繼續期待她的「眞正」科幻小說的新作。

作者簡介

張筱森

喜歡故事，不管是推理、恐怖、科幻都好。透過這次撰寫解說的經驗，再次體會到宮部美幸爲何能在日本競爭激烈的大衆文壇屹立不搖的獨特之處。

宮部美幸

作品集 / 68

Miyabe Miyuki

再見的儀式

國家圖書館出版品預行編目資料

再見的儀式 / 宮部美幸著；李彥樺譯. -- 初版.-- 臺北市：獨步文化：家庭傳媒城邦分公司發行, 民 109.06
面； 公分. --（宮部美幸作品集：68）
譯自：さよならの儀式
ISBN 978-957-9447-73-7（平裝）

861.57　　107018058

SAYONARA NO GISHIKI
by MIYABE Miyuki

Originally published in Japan by Kawade Shobo Shinsha Ltd. Publishers, Tokyo.
Chinese (in complex character only) translation rights arranged with RACCOON AGENCY INC., Japan
through THE SAKAI AGENCY.

原著書名 / さよならの儀式・原出版者 / 河出書房新社・作者 / 宮部美幸・翻譯 / 李彥樺・責任編輯 / 詹凱婷・行銷業務部 / 徐慧芬、陳紫晴・編輯總監 / 劉麗眞・總經理 / 陳逸瑛・榮譽社長 / 詹宏志・發行人 / 凃玉雲・出版 / 獨步文化 城邦文化事業股份有限公司 台北市中山區104民生東路二段141號5樓 電話 / (02) 2500-7696 傳眞 / (02) 2500-1966; 2500-1967・發行 / 英屬蓋曼群島商家庭傳媒股份有限公司城邦分公司 台北市中山區民生東路二段141號11樓・讀者服務專線 / (02)2500-7718; 2500-7719・服務時間 / 週一至週五：09：30-12：00、13：30-17：00・24小時傳眞服務 / (02)2500-1990; 2500-1991・讀者服務信箱 e-mail / service@readingclub.com.tw・劃撥帳號 / 19863813 書虫股份有限公司・香港發行所 / 城邦（香港）出版集團有限公司 香港灣仔駱克道193號東超商業中心1樓 / (852) 25086231 傳眞 / (852) 25789337 E-mail / hkcite@biznetvigator.com 馬新發行所 / 城邦（馬新）出版集團 Cite (M) Sdn. Bhd. 41, Jalan Radin Anum, Bandar Baru Sri Petaling,57000 Kuala Lumpur, Malaysia. 電話 / (603) 90578822 傳眞 / (603) 90576622・封面設計 / 蕭旭芳・排版 / 游淑萍・印刷 / 中原造像股份有限公司・2020年（民109）6月初版・定價 / 399元
Printed in Taiwan　ISBN 978-957-9447-73-7

獨步文化
APEX PRESS

廣　告　回　函
北區郵政管理登記證
台北廣字第000791號
郵資已付，免貼郵票

104台北市民生東路二段 141 號 2 樓

英屬蓋曼群島商家庭傳媒股份有限公司

城邦分公司

請沿虛線對摺，謝謝！

獨步文化
APEX PRESS

書號: 1UA068	**書名**: 再見的儀式	**編碼**:

請於此處用膠水黏貼

獨步文化 APEX PRESS

讀者回函卡

謝謝您購買我們出版的書籍！
請費心填寫此回函卡，我們將不定期寄上城邦集團最新的出版訊息。

姓名：______________________ 性別：□男 □女

生日：西元________年________月________日

地址：______________________________________

聯絡電話：____________________ 傳真：______________

E-mail：____________________________________

學歷：□1.小學 □2.國中 □3.高中 □4.大專 □5.研究所以上

職業：□1.學生 □2.軍公教 □3.服務 □4.金融 □5.製造 □6.資訊
□7.傳播 □8.自由業 □9.農漁牧 □10.家管 □11.退休
□12.其他 ______________________________

您從何種方式得知本書消息？

□1.書店 □2.網路 □3.報紙 □4.雜誌 □5.廣播 □6.電視
□7.親友推薦 □8.其他 ______________________

您通常以何種方式購書？

□1.書店 □2.網路 □3.傳真訂購 □4.郵局劃撥 □5.其他

您喜歡閱讀哪些類別的書籍？

□1.財經商業 □2.自然科學 □3.歷史 □4.法律 □5.文學
□6.休閒旅遊 □7.小說 □8.人物傳記 □9.生活、勵志 □10.其他

對我們的建議：______________________________

____

____

為提供訂購、行銷、客戶管理或其他合於營業登記項目或章程所定業務需要之目的，家庭傳媒集團（即英屬蓋曼群島商家庭傳媒股份有限公司城邦分公司、城邦文化事業股份有限公司、書虫股份有限公司、墨刻出版股份有限公司、城邦原創股份有限公司），於本集團之營運期間及地區內，將以mail、傳真、電話、簡訊、郵寄或其他公告方式利用您提供之資料（資料類別：C001、C002、C003、C011等）。利用對象除本集團外，亦可能包括相關服務的協力機構。如您有依個資法第三條或其他需服務之處，得洽詢本公司服務信箱cite_apexpress@cite.com.tw請求協助。相關資料不提供亦不影響您的權益。

□我已詳讀權利義務之相關條款，並同意遵守。

請於此處用膠水黏貼

吉沢みゆき